岩波現代文庫／社会 296

ボタン穴から見た戦争

白ロシアの子供たちの証言

スヴェトラーナ・アレクシエーヴィチ
三浦みどり［訳］

岩波書店

LAST WITNESSES

by Svetlana Alexievich

This Japanese edition published 2016
by Iwanami Shoten, Publishers, Tokyo
by arrangement with the Author
c/o The Literary Agency Galina Durstoff, Köln.

目　次

〔年齢は一九四一年当時〕

孤児たち

おじいさんは窓の下に埋めた（ワーリャ・ヴィルコ、三歳）
壁が立ち上がっていった（ヴィクトル・レシチツキイ、六歳）
夜になると泣きました、朗らかだったお母さんはどこにいるの？（ガーリャ・スパンノフスカヤ、七歳）
私のおうち、燃えないで！（ニーナ・ラチツカヤ、七歳）

戦争が終わって――

にっこり笑うまでは……（ガーリャ・ダヴィドワ、十一歳）
うちのお母さんは笑いませんでした（キーマ・ムルジチ、十二歳）
ここを掘って（ヴォロージャ・バルスク、十四歳）
よそのおじさんにお父ちゃんの背広をあげちゃだめ（ワレーラ・ニチポレンコ、四歳）
逃がしてくれない（ワーシャ・サウリチエンコ、八歳）
このことは一生憶えておくのよ（アーニャ・コルズン、二歳）
戦争が痛いの？（ニコライ・ベリョースカ、一九四五年生まれ）
カーネーションで飾りました（マリアム・ユゼフォフスカヤ、一九四一年生まれ）
僕はお父ちゃんを長いこと待っていた（アルセーニイ・グチン、一九四一年生まれ）
私たちで生き証人は終わりです（ワーリャ・ブリンスカヤ、十二歳）

はじめに

一九四一年六月二十二日の朝、ブレスト市の街角におさげ髪のほどけた女の子が殺されて人形といっしょに横たわっていました。

多くの人々がこの女の子のことを憶《おぼ》えています。永遠に忘れません。

戦争が殺してしまう子供の数を誰が数えられるでしょうか？　戦争は子供たちをしらみつぶしに殺してしまいます。この世に生まれた者たちも。生まれるはずだった者たちも。殺された兵士たちの横たわる戦場をうたった白ロシアの詩人、アナトーリイ・ヴェルチンスキイの「レクイエム」では子供たちの合唱の声が響きます。生まれ出ることの出来なかった子供たちが泣き叫ぶ声です。その子たちはあちこちの共同墓地で泣き叫んでいます。

戦争の惨禍を経験した幼児《おさなご》は幼児と言えるでしょうか？　子供の日々を誰が返してくれるでしょうか？　かつて、ドストエフスキイは、「たった一人の子供といえども、その子の苦しみを代償にして社会全体の幸せを得ていいのだろうか？」と問いました。

ところが、その苦しんだ子供が一九四一年から一九四五年の間には何十万といたのです。

彼らが憶えていることとは何でしょうか？　何を語ることができるでしょうか？　語ってもらわなければなりません。なぜなら、今でもどこかで爆弾が炸裂《さくれつ》し、弾丸がうなりをあげ、家々が木っ端《こっぱ》みじんに爆破され、吹き飛ばされた子供用ベッドが破片と一緒に空から落ちてくるのですから。なぜなら、大戦争を起こしたい、広島の惨劇を世界中で起こしたいと望む者が、原子力の炎の中で、子供たちを水滴のように蒸発させ、花のように無惨に干からびさせることをまたもや欲する者がいるのですから。五歳や十歳、いや、十二歳で戦争を経験することのどこが英雄的なのか、そんな子供たちが何を理解し、眼にし、憶えていることができるのか、と問うこともできるでしょう。

実にたくさんのことを子供たちは憶えています。

母親のことは何を憶えているのか？　父親のことは？　憶えているのは死んだということだけ。「燃え残りの火の中にお母さんのブラウスのボタンが一個残ってた。ペチカにはまだ暖かな丸パンが二切れ載っていた」（アーニャ・トチーツカヤ、当時五歳）。ドイツ軍のシェパードに八つ裂きにされかけながら、父は叫んでいた。「息子をどこかへ連れて行ってくれ、こんなことを眼にしないように、息子を連れ出して……」（サーシャ・フヴァレイ、当時七歳）。

飢餓や恐怖で死んで行った者のことも子供たちは話してくれます。家出して前線へ行こうとしたことも。「僕の手を借りずに戦争が終わってしまうのではないか心配だった。ところが、戦争はとても長く続いた。戦争が始まったのは少年団《ピオネール》（十〜十五歳の児童組織）に入った時だったのに、終わったのはもう青年同盟《コムソモール》（十四歳以上の青年組織）員になってからだった」（コースチャ・イリケーヴィチ、当時十歳）。

「お母さん、戦争に行かせて」「だめだよ」「それじゃ勝手に行くよ」

「タンボフのスヴォーロフ専門学校にいれられた。戦前の教育は小学校三年まで受けただけなのでスヴォーロフ校の書き取りで一をとってしまった。これはたまらないと学校を逃げだし前線へ行ってしまった」（連隊の息子（実戦部隊と共に行動した子供）、ワーリャ・ドンチック、当時十歳）。

一九四一年の九月一日、新学期になっても学校に行かなくてよかった時、どんなに学校が恋しかったことか。小さな兵士になっていった様子も憶えている。「君じゃどうにもならないな。君の背丈は銃の長さの半分じゃないか、と隊長は言った」（連隊の息子、ペーチャ・フィロネンコ、当時十一歳）。「ただ一つ残念だったのは、まだ大人になっていなくて飛行士になれなかったこと」（クララ・ゴンチャローワ、当時十四歳）。箱を踏台にして、やっと工作機械に背が届くくらいで、十歳や十二歳で、一日十二時間も働いたこと。父親の戦死公報をもらった時のこと。戦争が終わって初めてパンを丸ごと見た時、食べていいのかどうか分からなかったこと。「……四年間の戦争の間に白パンてどういうものか忘れていた」(サーシャ・ノヴィコフ、当時十歳)。孤児院の女の先生を戦線に見送る時、子供たちは声をそろえて、「パパを捜してきて!」と言ったこと。その子供たちをよその人たちが養子にしたこと。そんな子供だった人たちに母親のことを尋ねるのは今でもとても難しいことです。

子供の記憶というのは不思議なものです。レフ・トルストイもくるまれていたオムツの清潔でひやっとした感触を憶えていると主張しています。

当時三歳だったヴォロージャ・シャポヴァーロフの最も遠い記憶では、家族みんなが刑場へ引かれて行った時、だれよりも大きな声で泣き叫んでいたのは母だった気がします。「……お母さんが僕を抱いて僕は首にかじりついていたから。お母さんの喉《のど》から出る声を両手できいていた」

一九四一年に六歳だったフェリクス・クラスは今でも暖房貨車の負傷兵が投げ与えてくれたひと切れのパンを忘れることができません。

「僕たちは一週間というものひもじい旅を続けていた。お母さんが僕たちに乾パンの最後のかけらをくれて、自分は僕たちを見ていただけ。その負傷兵はこの様子を見たんだ……」連隊の息子になったトーリャ・モローゾフは飢えて凍えきっている自分が森の中で戦車兵に拾われ、衛生係の女の人が長靴《ちょうか》用の毛の硬いブラシでこすってくれたこと、

「大きな石けんの塊があればねえ」と言ったことを、自分は「石より黒かった」と話してくれました。

子供たちの運命はお互いに似ています。ロシアのスモレンスクと白ロシアの少年たち、ウクライナとリトアニアの少女たちの運命が。戦争は戦中世代共通の履歴です。子供たちが銃後にあったとしても、それも戦争の中の子供たちです。彼らの語ることもやはり戦争の初めから終わりまでの長さのものです。

今日ではこの子供たちがあの悲劇の日々の最後の目撃者です。この子たちで終わりです！

しかもその人たちは子供の記憶より四十年以上年上なのです。あですから、その頃を思いだしてと言っても、たやすいことではありませんでした。あの頃の状態、子供の感覚で感じた具体的な感じを追体験しなければならなかったからです。それは不可能なことかとも思われました。しかし驚くべきことが起きました。すっかり髪の白くなってしまった女の人の中で、「おかあちゃんを穴に埋めないで。きっと眼をさますから、また一緒に先へ行くんだから」(カーチャ・シェペレーヴィチ、当時四歳)と兵士に懇願している小さな女の子が突然顔をのぞかせました。幸いなことに、こういう記憶力から身を守るすべはないのです。そうでなかったら、私たちはどういう人間になってしまうでしょうか？　過去を忘れてしまう人は悪を生みます、そして悪意以外の何も生み出しません。

大人の記憶というものが模様を描いて、体験した過去を立体的に描くとすれば、子供時代の記憶はもっとも強烈で悲劇的な瞬間をつかみ出して、大人が描いた模様に割り込んできます。具体的なところが抜けてしまうこともあります。「底の深いドイツ軍のヘルメットは憶えているけど、顔は憶えていない。恐ろしさはいつも黒い色だったみたい」(エーリャ・グルジナ、当時七歳)。それでいて、一方では、まったく正確にその時の気持ちを伝えています。「戦争中感じたことは何もかも、九九の暗算表と同じように、収容所で手につけられた番号のように頭に焼き付いているよ。ひっぱがそうと思えば生皮も一緒だ……」(イワン・カーヴルス、当時十歳)。また、こうも言っています。「不思議に思うんだが、あの頃、大人だった人たちが憶えていることと僕が憶えていることはちがうんだ。パルチザンだった人たちが集まるときに大人たちに何か話すと『そうだったな』と聞いているんだが忘れてる。ところが僕は憶えている。子供だったから。子供の時に戦争に遭《あ》ってパルチザンに入って精神的なショックを体験したから。初めて爆弾が落ちるのを見たとき僕はもう僕ではなくて、別の人になってしまった。少なくとも、僕の中で『子供』は消えてしまった。まだ生きていたとしても、誰か違う人が脇から見ていた」(ワーシャ・アスタショーノク、当時十歳)。

なんと適確な表現でしょうか。「僕の中で『子供』は生きていたけれど、誰か違う人が脇から見ていた」……死に隣合わせ、いつでも人殺しが行われるという中で子供たちは大人びて利口になりましたが、それは子供らしさでもなく、人間らしさでさえありません。「子供の心の傷は死そのものの恐怖より深いことがあった」こんな例があります。「ドイツ人のお百姓の家に住んでいたの。あたしが破けた薄いワンピースを着ているのを見てこう言ったわ。『おまえの胸はいつになりゃ突き出すんだい？　早く大きくなれよ。うちの男どもがよく働くようにな』あたしは奥様が説明してくれて初めてその人が何をしたかったのか分かって、夜になって首を吊ろうとしたわ……」(リューバ・イリイナ、当時十一歳)。他にもあります。「何もかも自分は憶えている。母は戦後に『お前が憶えているはずないよ。誰かに聞いたんだろ』と言って信じていなかったが、爆弾が破裂する様子をちゃんと憶えている。その時、私は兄にしがみついていた。『死にたくないよう！　死にたくないよう！』死ぬのが恐かった。もっとも、その歳で死のことなんか何も分かっていたわけじゃない」(ワーシャ・ハレフスキイ、当時四歳)。

おそらく、四十年前のあの時だったら、子供たちはこんな話し方をしなかったでしょう。同じ内容だったかもしれませんが、違う話し方だったでしょう。なぜなら、その頃なら子供の話し方だったでしょうが、今ではかつて幼児だったり、十代の子供だった人が思い出話をするのですから。今、この本の語り手となる人たちと、その人たちのお話に出て来る男の子や女の子たちの間には、それぞれの人の全人生という時間的隔たりがあります。かつての姿を思い出させてくれるのは奇跡的に残っている写真だけで、写真のない人たちは残念そうにこう言います。「パルチザン部隊には、カメラマンがいなかったから、自分がどんな子だったか想像できない。どんなだったのか、知りたいものだ」(ヴォロージャ・ラエフスキイ、当時十三歳)。

「どの自分について話せばいいのかしら？」と聞く人もいます。「一九四一年に七歳だった時のこと？　それとも一九四一年に七歳だった、あたしの現在について？」「一九四一年に七歳だった時のことを。その女の子が目撃してたんですから……」

時がたち、かっての子供たちは変わってしまいましたが、それぞれがもつ過去との関係はより完成したものに、むしろより複雑なものになりました。変わったのは記憶していることを伝える形式であって体験の内容そのものではありません。だからこそすでに大人になってしまった人々であっても、その人たちが語ることは真の記録としての意味があるのです。別の危惧もありました。子供時代のことを物語る時にそれを飾りたてて理想化することがよくあるのです。この本の語り手たちはその心配もいりませんでした。惨状や恐怖を飾りたてたり理想化することなどできないじゃありませんか。

誰がこの本の主人公なのか、という質問にはこう答えましょう。「焼き尽くされ、一斉射撃をあびた子供時代、爆弾や弾丸、飢餓や恐怖、父親を失うことによっても、死に追いやられたあの子供時代です」と。参考までに白ロシアの孤児院には一九四五年には二万六千人の孤児がいました。別の数字もあります。第二次世界大戦で千三百万人の子供が死んでいます。

そのうち何人がロシアの子供たちで何人が白ロシアの子供たちか、ポーランドの子供やフランスの子供たちは何人だったか、誰が言えるでしょう？　世界の住人である子供たちが亡くなったのです。

私の故郷《くに》、白ロシアの子供たちを助け育ててくれたのはソ連全国の人々です。大勢の子供たちに混じってその子たちが唄《うた》う声がきこえます。

ヴォルガ河沿岸のフヴァリンスク孤児院では移動で失った毛が生えそろうまで子供たちをどなりつけた大人は一人もいなかったことを白ロシアのタマーラ・トマシェヴィチという少女が大切に記憶し、ミンスクからタシケントに疎開したジェーニャ・コルパチヨフはお母さんと駅にいた時、残っていた最後の毛布を持って来てくれた一人のウズベク人のお婆さんを忘れません。解放されたミンスク市に入ってきた最初のソ連軍兵士はガーリャ・ザバーフチクという女の子を抱き上げ、この子は兵士をお父さんと呼びました。ネーラ・ヴェルショクは自分の村を兵士たちが行進して行った時のことを語ります。子供たちは兵士たちを見て、「お父さんだ！　お父さんだ！」と大声で言いました。

地上で一番すばらしい人たちは子供たちです。不安に満ちた二十世紀に子供たちをどう守ってやったらいいのでしょう？　その心や命をどう守ってやったらいいのでしょう？　その子供たちばかりでなく、私たちの過去や未来を？

人々の住むこの惑星をどうやって守ったらいいのでしょう？　女の子たちがちゃんと自分の寝床で朝を迎え、ざんばら髪のままに道端に死んでいたりしないように。そして、子供時代を二度と再び「戦争中」と呼ばないために。

一九四一年六月二十二日

炭の上でその子たちの身体《からだ》はピンク色に見えました……

カーチャ・コロターエワ、十四歳。
（水利関係の技師、ミンスク在住）

戦争が始まる前に私は六年生を終えていました。その頃の学校では四年生から毎年進級試験がありました。私たちは最後の試験に受かったところでした。それは六月のことで一九四一年は例年より寒い五月と六月でした。いつもなら五月にはライラックが咲くのに、その年は六月の半ばに咲いたのです。それでライラックの香りはいつも戦争の始まりを思い出させます。

家はミンスクにあって、私はミンスクで生まれました。父は軍楽隊の指揮者でした。私には二人の兄がいました。私はみんなにかわいがられ、末っ子だし、そのうえ女の子だからと甘やかされていました。

もうじき夏、もうじき休暇、というので私はとても浮き浮きしていたんです。赤軍会館のプールに通っていました。クラスの男の子たちまでみんながとてもうらやましがっていました。私は鼻高々でした。六月二十二日は日曜日で、コムソモール湖の湖開きがあるはずでした。私はもちろん、一番乗りしようと決めてました。

毎朝、焼きたてのパンを買いに行くんです。それが私の役目でした。途中で会った友達が「戦争が始まったのよ」と教えてくれました。私たちの通りには庭がつづいていて、家々は花に埋まっていました。「戦争だなんて、何を言ってるのかしら?」

家では父がサモワール〔湯沸かし器〕をつけました。私が何も言わないうちに、近所の人たちが押しかけてきて、誰もが同じ言葉を言います。「戦争だ! 戦争だ!」翌日、七時には上の兄のところに召集令状が届けられました。兄は昼のうちに職場へ行ってお金をもらい、退職してきました。そのお金をもって家に帰ると母にこう言いました。「僕は戦場に行くからなにも要《い》らない。このお金でカーチャに新しいオーバーを買ってやってよ」私は、七年生になったばかりで、上級生ですから、灰色のアストラカン毛皮の襟《えり》で紺色のウールのオーバーが欲しいと思っていたんです。兄もそのことを知っていました。

出征する兄が私にオーバーのためのお金をくれたことが今でも忘れられません。家の暮らしはつましくて、家計にはしじゅう穴があいていました。それでも、兄が頼んだのですから、母はオーバーを買ってくれたはずです、でもなにひとつ間に合いませんでした……

ミンスクの爆撃が始まりました。私たちは母といっしょにお隣の地下倉庫に落ち着きました。うちでは猫を可愛がっていたんですが、その猫はとても人見知りで、うちの庭から外には出たことがありませんでした。でも爆撃が始まって私が庭を出たら走ってついてきました。私は「家にお帰り」と追い払いましたが、それでもついてきます。猫も独りになるのが恐かったのでしょう。ドイツの爆弾はうなりをあげて落ちてきます。私は音に敏感な子だったので、この音がとても強く感じられ、恐ろしさのあまり、手のひらがじっとり濡れていました。地下倉庫には私たちの他に四歳の子がいましたが、その子は泣きませんでした。ただ眼が大きくなっていくだけです……

まず、あちこちの家が燃え、それから街が燃え始めました。私たちは火を見るのは好きですが、家が燃えるのは恐ろしかった。火は両方向から迫っています。空も街も煙が広がってました。火を前にして動物的な恐怖を感じました。私たちは走りました。木造の家があって明け放たれた三つの窓にりっぱな葉サボテンが置いてありました。もう誰もいなくてサボテンだけが花を咲かせています。それは赤い花ではなく、赤い火のような気がしました。私は立ち止まりました。なぜ、窓辺の白いカーテンが燃え出さないのか不思議でした……

途中の村で、パンやミルクをもらいました。他には何もありません。こちらもお金はもっていません。私はネッカチーフをかぶって家を出ましたが、母はなぜか冬のオーバーを着て、ハイヒールを履いて駆けていました。私たちはただで食べさせてもらい、お金のことなどまったく言われませんでした。避難民は群れになって逃げていました。

それから、「行く手をドイツ軍のオートバイ部隊が遮断《しゃだん》した」という情報が伝わってきました。みんなさっきの村を通り牛乳壺をかかえたおばさんたちの横をぬけて、もと来た方へ走りました……うちの通りに走りつくと……数日前まで、あちこちに草が萌《も》え、花が咲いていたところが、なにもかも焼きつくされていました。百年もたっているような菩提樹《ぼだいじゅ》の樹も、跡かたも無くなっています。なにもかも焼き払われて、薄黄色の砂がむき出しになっています。草木が生えていた黒土はどこかへ消えてしまって、もっと下の黄色の砂ばかり……。新しく掘ったばかりの墓の前に立っているような感じでした……

工場の炉《ろ》が残っていました。これも白くて、黒くすすけてはいません……。強い炎で白くなったのです。あたり一帯が丸焼けでした。お婆さんも子供たちも焼けてしまいました。みんなといっしょに逃げなかったからです。老人たちは幼い者と残っていたのです。自分たちには手を出さないだろうと思ったからです。火は誰も容赦しませんでした。すこし行くと真黒な死体がころがっています。老人が焼け死んでいるのです……遠くの方に何か小さなピンク色のが見えます、それは幼い女の子です。子供たちは炭の上にピンク色の死体をさらしていました。

数週間のあいだ私は歩きまわり、何かつぶやいていました……。何が何だか分からなくなっていました。初めてファシストたちを見つけた時……いえ正確に言えば、ファシストが来たのを耳にした時——ファシストは皆、鋲《びょう》をうったブーツを履いていて大きな音をたてていましたから——地面も痛みを感じているような気がしました。

戦争が始まりました。私たちはまだ子供でした。十三歳、十四歳でした。戦争が終わった時、私たちはもう大人になっていました。十八歳、十九歳でした。働きに出なければなりません。レンガを一つ一つ手で積んで破壊された街を再建しなければなりません。デートをするにも相手がいません。男の子は死んでしまったのです……。ちょうどそういう年齢になっていたのです。戦争の始まった頃か終わりの頃かに……。子供時代も青春時代もありませんでした。私は、初めから大人だったような気がします。いつも大人の仕事ばかりでした……。

みんな、まだ小さくて、お互いに抱き上げることもできなかった——

ヴィクトル・クプレーヴィチ、十二歳。
（教師、ミンスク州ミャデリスク地区ウズル村在住）

「戦争」という言葉をきいた時、とても恐ろしくて、その瞬間、空が暗くなったような気がした。みんな泣いていて、戦争のことばかり話していた。子供たちも、以前は「戦争ごっこ」が好きだったのに、ぴたり止《や》めてしまって、誰も遊びたがらない。

馬の群れを草地に追って行った時、どこからか分からないが砲弾が飛んできた。痛みも何も感じない、ただ、倒れるのが分かった。立ち上がったけど、すぐひっくり返る、片足がすっかりもぎとられて、皮だけでついていることがまだ分かっていなかった。あおむけになって、大声を出した。「助けて！　助けてよう！」まわりにいるのは子供と馬ばかり、村までは遠かったからだ。

そんなわけで、戦争が始まって一か月で片輪者になった。うちは八人兄弟だった。みんな、まだ小さくて、お互いに抱き上げることもできなかった。

なめさせて！……と頼みました

ヴェーラ・タシュキナ、十歳。
（労働者、ロストフ・ナ・ドヌー在住）

戦争が始まる一年前に父は亡くなりました。お母さんには七人の子供が残されました。大変でした。でも、戦争になってからは、その前の平和な生活が幸福に思えました。大人たちが戦争だと言っても私たちはおびえませんでした。よく「戦争ごっこ」をしていたし、その言葉はおなじみだったからです。だから、お母さんがどうして大声あげて泣いているんだろうとびっくりしました。あとになってようやく、どんな災難に襲われたのかが分かったのです。真夜中にはね起きては、階段をかけおりて、爆弾から隠れたものです。弟は、ひもじさのあまり、ペチカの炭をかじったりしました。お母さんはなけなしの物を持っていっては、ジャガイモやトウモロコシに換えてきました。トウモロコシのおかゆを煮てくれて、それぞれに分けてくれても、子供たちはおナベを見て頼みます。おナベの底をなめさせて！　私たちのあとは、ネコがなめました。やっぱりお腹《なか》をすかせていたのです。私たちがなめてしまったあと、おナベに何か残っていたとは思えません。

味方が来てくれるのをいつもいつも待っていました。「今に、味方がファシストをやっつける！　今に味方がやってくる！」と。味方の飛行機が爆撃を始めると、もう私は隠れませんでした。味方の爆弾を見に行ったぐらいです。破片を見つけました……。

「どこをうろうろしているの？」おびえているお母さんがききました。「何を隠しているのさ？」

「隠してなんかいないわ、破片をもってきたの」

「やられてしまってからじゃ遅いんだよ！」

「なにいっているの、お母さん！　これは味方の爆弾の破片よ、殺されるはずないわ！」

私はその人の膝《ひざ》までしかなかった……

ナターシャ・グリゴーリエヴナ、三歳。
（小児科医、ミンスク在住）

私は三歳でしたが、戦争が始まった恐ろしい日のことはよく覚えています。

私たちはどこかへ向かって走っていました……。爆撃をうけた時、お母さんは小さなクッションのような袋で私の頭を覆いました。ファシストの飛行機が飛んでいってから、もっと先へ逃げました。お母さんは私を抱いていました。お母さんがとても疲れているのが分かりましたが、やさしいあったかな腕と、お母さんの匂いから離れるのは怖かった。ますますお母さんにぴったりくっついて、お父さんの手にうつろうとしませんでした。爆弾がすぐ近くに落ちて、お母さんは自分の身体で私を覆いました。奇跡的に皆助かりました。夕方、私はしゃべり方がおかしくなりました。「おかあさん」という言葉さえ言えないのです。

飛行機はますます低く飛んでいました……あまりに低くて、私はそういう飛行機は地上を走ってうなっているのだと長い間おもっていました。ですから、戦車がやってきた時は、「飛行機が来た！」と叫んだものです。

皆、街に追い返されました……。三日間、水以外に何も口にしませんでした。座って休むことにしました。ファシストの兵士は私の頭の上に立っていて、缶詰から何か食べていました。私たちのことなど見もしません……。私はその人の膝までしかなかった……。

前線にいかなきゃいけないのにお母さんを好きになるなんて

ヤーニャ・チェルニナ、十二歳。
（教師、ミンスク在住）

路面電車の中で人々は話していました。「とんでもないことだ！　たいへんだ！」私には何が起こったのかどうしても分かりません、どうしてもそれを「戦争」という言葉でまとめることができないのです。家にとんで帰ると、お母さんは粉をこねていて、大粒の涙をポトポト落としていました。「どうしたの？」お母さんがまず言ったのは、「戦争よ、ミンスクが爆撃されたの……」ということでした。私たちは、ついその二、三日前にミンスクのおばさんのところからロストフに帰ってきたばかりでした。

九月一日に学校に行きましたが九月十日には学校が閉鎖されました。ロストフの疎開がはじまったのです。私たちは旅支度をしなければならないとお母さんは言いましたが、私は反対しました。「疎開なんてとんでもない」私は党（ソ連共産党）の地区委員会へ行って、年齢はまだだけどコムソモールに入れてくれと頼み、断わられました。コムソモールは十四歳から入れるのですが、私はまだ十二歳でした。私はコムソモールに入れば何にでも参加できて、すぐに大人になれると思っていたのです。

私たちは汽車に乗りました。トランクは一つで、その中に大きいのと小さいのと二つ、私のお人形が入っていました。お母さんはそれを持っていくのに反対しませんでした。この二つのお人形が私たちを救ってくれたのです。あとでお話ししますが……

コーカサス駅まで行き着いたところで、汽車はめちゃめちゃに爆撃されました。私たちは屋根のない台車にはって出ました。どこに向かっているのか分かりません。分かっているのはただ一つ、前線から離れていくということでした。雨が降っていて、お母さんは自分の身体で私をかばってくれました。バクー近くのバラジャル駅で降りた時はびしょ濡れで、機関車の煙でまっ黒でした。それにお腹をすかせていました。戦前の暮しはつましく、とてもつましく暮らしていましたから、バザールにもっていって交換したり売ることができるようなよい品物は持っていません。お母さんはパスポートをもっているだけ。どうしたらいいか分からず、駅に座っていました。兵隊さんが歩いてきます。兵隊さんというよりその卵です。まるで小っちゃくて、まっ黒で、背負い袋を背負って、小さなおナベを持って。軍隊にとられて、前線に行くようです。私たちのそばに立ち止まったので、私はお母さんに身を寄せました。その人が訊《たず》ねます。「あんた、どこ行くんだい？」

お母さんは答えます。「分かりません。私たち疎開してきたの」

その人はロシア語で話しているけれど、ひどくなまっています。

「こわがるなよ、村のおふくろんとこへ行きな。うちは、皆軍隊にとられたんだ。おやじも、俺も、二人の弟も。おふくろは一人っきりなんだ。手伝ってやって、一緒に暮らせよ。帰ってきたら、お前の娘と結婚するよ」

そして住所を教えてくれました。書くものはなかったので私たちは暗記しました。エヴラッフ駅、カッフ区、クーム村、ムサーエフ・ムサ。この住所は一生忘れません。もっともそこには行きませんでした。私たちをひきとってくれたのは、一人暮らしの女の人で、ベニヤ板の小屋に住んでいて、そこにはベッドと小さなひき出しがあるだけでした。寝るのだって、頭は通路に、脚はベッドの下というふうでした。

いい人たちにめぐまれました。お母さんに軍人さんが一人近づいて話しこんでしまい、その人の話では戦争が始まってすぐにクラスノダールで家族は全滅し、自分は前線に行くところだということでした。仲間の軍人さんたちが大声で列車に呼び戻そうとしても、その人は私たちから離れないのです。

「ずいぶん困っているようだから、私の物資受け取り許可証をさし上げましょう。私にはもうだれもいないのですから」突然そんなことを言うのです。

お母さんは泣き出しました。私はまったく別の解釈をしてその人にどなりました。

「戦争なのよ、あなたの家族は全滅したのだから前線にいかなくちゃいけないのに、そのかわりにうちのお母さんを好きになったりして。よく恥ずかしくないわね」

その人とお母さんは泣いていて、私はぽかんとつっ立っています。「うちのいいお母さんがどうしてこんな悪い人と口をきいているのかしら。この人は前線に行きたくないのよ。愛の言葉なんか語って、恋というのは平和があってこそ初めてゆるされるはずなのに」なぜその人の言葉が恋だと思ったのか不思議です。中尉用の物資受け取り許可証のことを言っただけなのに……。

タシケントのこともお話ししたいわ。タシケント、これが私にとっての戦争なのです。私たちはお母さんが働いていた工場の寮に住んでいました。街の中心で、郵便局のクラブを寮として使っていたのです。ロビーと客席には家族のある人たちが住んでいて、ステージには独り者がいました。その人たちは独り者と言いましたが、家族が疎開してしまったあとの労働者たちです。私とお母さんは客席の隅でした。

一プード〔約十六キログラム〕のジャガイモを受けとる切符をもらいましたが、お母さんは朝から晩まで工場なので、私が取りにいかなければなりませんでした。それはちょうど街が検疫体制になっている時で、子供は乗物にのせてくれません。一日中行列に並んだあと、四、五丁も袋をひきずって来るのです。持ち上げることはできませんでした。路面電車に乗せてくれと頼んだのですが許可してくれません。寮の前の道を渡るだけというところまできて、もう渡れず、袋の上に倒れ込んで、ワッと泣き出しました。見知らぬ人たちが助けてくれました。ジャガイモを寮までいっしょに運びこんでくれたのです。今でもあの重さと、あの距離の一丁一丁を感じることができます。ジャガイモを投げ出してしまうわけにはいきませんでした。そこに私たちの救いがあるのですから。死んでも、投げ出すわけにはいきません。お母さんはお腹をすかせて、青ざめて仕事から帰ってくるのですから。

どうにかしてお母さんの力にならなければ。私たちが飢えて、お母さんは私と同じようにやせてしまったという思いが頭を離れませんでした。食べる物が何も無くなってしまった時、私たちの唯一の毛織の毛布を売って、そのお金でパンを買おうと決めました。子供たちが物を売ることは許されていませんでしたから、私は警察の児童室に連行されました。工場のお母さんに知らせが行くまで、そこにいました。お母さんは仕事を終えてやってきて、私をひきとりました。毛布に私をくるんで家に抱いていきました。なぜって、私は恥ずかしさとお母さんがお腹がすいているのに家には食べ物が無いという思いで泣きわめいていたからです。お母さんは気管支ぜんそくで、夜中にひどく咳《せき》込んではあえいでいました。自分の分のパンを少しだけお母さんのために残しました。お母さんが咳をする時、少しでもいいから飲みこめるようにです。そうすると少しは楽になったのです。私はいつも枕の下にパン切れをしまっておいたのですが、眠っているつもりでも枕の下にパンがあることをやはり忘れられなくて、ものすごく食べたくなったものです。

お母さんに内緒で就職しようと思って工場に行きました。私はとても小さくて、典型的な栄養失調児でしたから、雇ってくれません。私はつったって泣いています。だれかがあわれに思って、私を現場の会計係にしてくれました。労働者の作業指令書を書き込み、その単価を入れて、部品の数をかけて、給料を計算するのです。機械を使いましたがそれは現代の計算機の原型です。今は音もなく作動していますが、その頃のはトラクターなみで、しかもランプをつけなければ使えないのです。十二時間私の頭は暑い日なたにいたようになって、機械のガチャガチャいう音で一日の終わりには耳が聞こえなくなってしまいました。

そうして、とんでもないことが起こってしまったんです。ある労働者に二八〇ルーブリと算定しなければいけないのに八〇ルーブリとしてしまったんです。その人は子供が六人いて、給料日までだれも私の間違いに気づきませんでした。だれかが廊下を走って叫んでいます。「ぶっ殺してやる！　子供たちをどうやって養えってんだ？」皆が私に言います。

「隠れな、あんたのことだよ、きっと」

扉が開いて、私は機械にへばりついています。隠れるところなんかないんです。大きな男がとび込んできて、手には何か重いものを持っています。

「奴はどこだ？」

「その子だよ」と教えられて、その人は壁によりかかってしまいました。

「ちょっ！　殺す相手もいねえのか、俺んちだってお前みたいのがいるんだ」

くびすを返して出ていきました。

私は機械の上につっぷして、ワッと泣きくずれました。

お母さんは同じ工場の品質検査にいました。そこの工場は「カチューシャ」砲の砲弾を作っていて、砲弾は二つの大きさ——十六キロと八キロ——のものでした。砲弾本体は圧力をかけて強度テストをします。持ち上げて、固定して、必要な圧力をかけるのです。本体の品質がまともなら、メーターが動いて、その時は、下ろして箱につめるのです。もし不良品なら、ネジが耐えきれなくて砲弾はうなりをあげて飛び上がって天井の下をとんで、そのあとどこへ落ちるか分からないのです。このうなりとこのおそろしさ、砲弾が飛ぶ時は皆が機械の陰にぎゅう詰めに逃げ込みました。お母さんは夜ごと痙攣《けいれん》を起こして叫び声をあげたものです。

一九四三年になって、友軍はとっくに攻勢になり、ロストフも解放されました。私は勉強しなければいけないと思いました。工場長のところへ行きました。そこには背の高い机があって、私の背丈はその陰に隠れてしまいました。

「工場をやめます。勉強したいんです」

工場長は腹を立てました。

「だれもやめさせるわけにはいかん、戦時中だ」

「私は作業指令書をまちがえてしまうんです。字が読めないから。このあいだだって、少なく計算してしまったし」

「覚えるさ。うちは人が足りないんだ」

「戦争が終わったら、勉強できる人が必要になります。中途退学じゃだめです」

「しょうがない奴だな」工場長は机から立ち上がりました。「何でもご承知だ」

六年生に入りました。教科書も、ノートも無くて、先生方が話して下さり、私たちは座って、軍人さんのための靴下やたばこ入れを編みました。

戦争が終わるのを待ちかねてました。それは、あまりに強い願いだったので、私とお母さんは口に出さないようにしてました。お母さんは工場にいて、そこに全権代表が来て、皆にききました。「防衛基金に何を出せますか?」私にもききました。うちには、お母さんが大事にしている債権証書が数枚あるきりです。皆何かしら出すのです。何も出さないわけにいきません。私は、債権を全部出しました。

お母さんは仕事から帰ってきても、叱《しか》らないで、こう言っただけです。「うちにあったものは、あんたの人形以外は、あれっきりなのよ」

そのお人形たちとも別れました。お母さんが一月分《ひとつき》のパンの配給券をなくしてしまって、私たちはあやうく死ぬところでした。その時、窮余《きゅうよ》の策が頭に浮かんだのです。大きいのと小さいのと二つの人形を何かに換えられないかしら。人形たちを持ってバザールに行きました。ウズベクの老人が近よってきて「いくらだい？」とききます。私たちは「配給券を無くしてしまって、一か月間生きていかなければならないのだ」と言いました。年とったウズベク人は私たちに一プードの米をくれて、私たちは飢え死にしないですんだのです。お母さんは誓いました。「疎開から戻ったらすぐに、ああいうお人形さんを買ってあげるからね」

私たちがロストフに戻った時、お母さんはお人形を買えませんでした。またもや貧乏暮らしだったのです。私が大学を卒業する時に買ってくれました。大きなのと小さなのと二つの人形を持ってきてくれました。

その人たちの手にキスをしました

ダヴィド・ゴールドベルグ、十四歳。
(音楽家、ミンスク在住)

その日は、僕らのピオネール・キャンプ「ターリク」のキャンプ開きのはずだった。僕たちは、国境警備隊の人たちを歓迎するために、森へ花を摘みに行っていた。祝日にふさわしい壁新聞を作り、アーチをきれいに飾った。そこは夢のようなところで、すばらしい天気だった。夏休みだ。朝のあいだじゅう、うなりをあげていた飛行機の音をいぶかしく思うこともなく、幸せいっぱいだった。

突然、整列させられて、こう言われた。「朝、僕たちが眠っているうちに、ヒトラーが僕たちの国に襲いかかった」と。僕の頭の中では、戦争ならノモンハン事件が連想され て、それはどこか極東の遠くの方のすぐに終わる出来事だと思っていた。女の子たちはとてもおびえて泣いていた。僕たち年上の者は各班を廻って、皆を、ことに小さい子たちをなだめるよう言われた。夕方には小口径の機関銃が渡された。キャンプには銃が四挺《ちょう》あり、三人ずつになって、キャンプを防衛した。僕はこれが気に入った。銃をもって、森の中に入ってみた。自分をためしてみたかったのだ。恐怖というものをまだ知らなかった。

僕たちは、迎えが来てくれると思って何日間か待っていた。とうとう待ち切れずに、プホヴィチ駅まで出かけていった。駅では長いこと待った。「ミンスクからは何も期待できない、通信が途絶えている」とのことだ。突然、一人の子供が走ってきて、「とっても重たい汽車がやってくるよ」と知らせてくれた。僕たちは線路に出て、ネクタイをはずしてふりまわし、汽車を止めようとした。機関士は僕たちに気づいて、大声で叫んだ、「汽車を止めるわけにはいかない、止まったが最後、動かなくなる」と。「できるんなら、子供たちを放り上げな」と機関士が叫ぶ。無蓋《むがい》貨車の人々も僕たちに叫んだ、

「子供たちを救ってやれ！　救ってやれ！」と。

僕たちは、その人たちめがけて小さい子たちを放り上げはじめた。汽車はわずかに速度をおとした。車両の扉がひらいて、傷ついた手がさし伸べられ、小さな子たちが抱きとられた。最後の一人までこの汽車に乗せることができた。ミンスクを出た最後の汽車だった……。

長いこと乗って行った。記憶に残っているのは……空襲をうけ、皆、金切り声をあげ、爆弾の破片がうなりをあげて飛び交っていたこと。いろいろな駅で女の人たちが食べ物をくれたこと。どうして伝わったものか、その人たちは「こんどの汽車には子供が乗っている」と知っていた。僕たちは、その人たちの手にキスをした。子供たちの中には乳のみ児もいた。そのお母さんは機銃掃射で殺されたのだ。ある駅で女の人がこの子を見て、頭にかぶっていたプラトーク〔大判の四角い布〕を「おむつに使って」とさしだしてくれた……。

お母さんも白くなってしまう……

ジェーニャ・セレーニャ、五歳。
（ジャーナリスト、ブレスト州ベリョーザ在住）

まだ小さかったけど白ロシアの西部に味方の赤軍が来た時のことを憶えている。まず両親が僕をおいて赤軍を迎えに行ってしまったので、僕が泣きわめいたから。第二に二人がアイスクリーム、というか、その残りを——というのもほとんど溶けてしまっていた——持ってきたから。このすばらしくおいしいものを僕は生まれて初めて食べたのだ！　空には翼に赤い星をつけた飛行機が飛んでくるようになった。僕たちガキどもにとってこれは一大事件だった。とてもとても高い空でこういう飛行機がさまざまな芸当を見せると(これが高度な操縦法の型だなどと知るよしもなかった)、皆、口をポカンとあけて、身をのけぞらせてつっ立っていた。

六月二十二日の日曜日は、兄と一緒にキノコとりに行った。柄の太いヤマドリタケが出る時季だ。近くの森は小さくて、茂みの一つ一つを、どんなキノコはどこで、どのイチゴはどこか、時によっては花の咲く場所にいたるまで僕たちは知っていた。もう家に帰りかけている時、陽の沈む方角から、轟音《ごうおん》が聞こえてきた。僕たちの方に飛行機がひとかたまり(その頃は編隊と呼ばず、まさにかたまりといっていた)——十二機か十五機くらい——近づいてくるところだった。決まった順序でかなり高いところを飛んでいた。ただ一つ驚いたのはそれが皆黒かったこと、初めて見たファシストの飛行機は黒い飛行機として記憶された。

飛行機の群れは東の方へウーッとうなりを上げながら飛んで行った。飛んで行く方角に駅があって、汽車が走っていることを僕らは知っていた。飛行機が降下しはじめた時、その下の方で何かがくずれるような大きな音をあげて轟《とどろ》き渡った。僕たちは家に向かってかけ出した。母がこちらに走ってくる。とりみだした様子でうわずった声で泣き叫んでいる。戦争の最初の日は、母がいつものようにやさしく僕たちの名前を呼ぶのではなく、「おまえたち！　おまえたち！」とわめいていたということが、強烈に記憶されている。

二日たってだったと思うけど、村に赤軍の人の一団が立ち寄った。ほこりまみれ、汗まみれで唇はかさかさになったその人たちはむさぼるように井戸の水を飲んだ。空に友軍の飛行機が四機現れると皆の顔に光がさしたようだった。その飛行機にはくっきりと赤い星がついていた。「味方だ！　味方だ！」——子供たちも赤軍の人たちと一緒になって大声をあげた。ところが突然どこからか小さな黒い飛行機が現れて、味方の飛行機のまわりで旋回したかと思うと、バリバリという音がした。まるでビニールシートか布を引き裂くような音だ。僕たちは機関銃が一斉射撃をするとそんなふうにバリバリ音をたてることをまだ知らなかった。味方の飛行機は落ちながら赤い火と煙を帯のようにひいていた。赤軍の人たちはつっ立ったまま、恥じらいもなく泣いていた。

カバキ村から母の妹のカーチャおばさんがかけて来た。まっ黒で、おそろしい様子をしていた。おばさんの話では、村にドイツ軍がやって来て、党の活動家たちを追い立て、村のはずれまで連れ出して、機関銃で射殺したそうだ。銃殺された人の中には、母の兄や村ソヴィエトの代議員がいた。

カーチャおばさんの言葉を今も憶えている。「やつらは兄さんの頭を割ったのよ、あたしは手でその脳を集めたんだもの、気味が悪いほど白かったわ」

一日のうちにおばさんの髪は真っ白になった。カーチャおばさんと並んで母が泣いていて、僕はその頭をなでていた。「お母さんも白くなっちゃう……」

私はずっと泣き叫びつづけて、止められなかった……

ヴェーラ・バルタシェヴィチ、八歳。

（機械工、ミンスク在住）


「戦争」という言葉を戦前、何度となく聞いたことがありました。お母さんはこの言葉をびくびくしながら言いました。お母さんは生産性向上運動の推進者《スタハーノフ》でコルホーズ〔集団農場〕の働き手でした。お父さんはいませんでした。亡くなったのです。残っていたのは五人の子供たちでした。四人の兄と私です。一番上のグリーシャは十年生を終えてミンスクの歩兵軍学校に通っていました。一九四一年の冬に兄が家に来たときのことをよく憶えています。背が高く軍服を着ていて、小さい私たちの誇りであり、喜びでした。私たちはいつもおにいちゃんを外にひっぱり出してみせびらかしたものです。

六月二十二日を私は一生憶えています。私たちは、お母さんの叫び声で目覚めたのです。「たいへん、戦争よ！」そして、晴れ上がった空に黒煙が立ち昇るのが見えました。

ミンスクから私たちのジェフチャレフカ村までは十キロメートルしかありませんでした。私たちが見ている前でその街に飛行機が飛んで来て、爆弾を落とし、爆発の灰色の雲がぱっと舞い上がるのです。ミンスクは三日間も燃えつづけ、まるで私たちは大きなたき火にあたっているようでした。黒い煙と火事の赤い照り返しが空の半分を覆っています。街からは人々が、包みを抱え、子供たちを連れて、手押し車を押して逃げて行きます。味方の軍人さんたちが行進して行きましたが、負傷者もたくさんいて、お母さんは包帯を巻き直したり、私たちの下着を裂いて包帯を作ったりしました。夜は、ジャガイモを煮ておいて、みんなに食べさせてあげる準備をしておきます。人々は昼も夜も通り過ぎて行きました。

突然まったく静かになりました。数日間、村に誰も入って来ませんでした。その静けさのあとでドイツ軍が来ました。

一九四三年、ニコライ兄さんがパルチザンになって家を出て行きました。これは、私たちにとってとても危険なことでした。お母さんと私は何日間も家で寝ず、コルホーズの野菜倉庫に寝に行ったのを憶えています。うちは一番ミンスク市に近い村のはずれにあって、家に戻って、お母さんがペチカをたいている時、私と兄は壁ぎわに立って、ミンスクに通じる道の方を(それは二つありました)見張って、危険な時にはお母さんに知らせて、逃げられるようにしました。一度、逃げおくれて、家の中にドイツ人がどやどやと入りこんで来たことがあります。お母さんはベッドのところに立っていました。ドイツ人のボスはピストルをお母さんにつきつけて「パルチザンはどこだ?」とわめきました。私はとてもおびえて、泣き出しました。皆がわめいたりしゃべったりしているのが不自然だったからです。お母さんは通りに追い立てられました。私は泣き叫びつづけて、お母さんが戻ってきても止めることができませんでした。

恐ろしいことはたくさんありました。ずいぶん長いこと、どこかに隠れたいという願望につきまとわれていました。今でも夕方、村にいる時、どこかで自動車の轟音でもすればそうです。私は戦争を憎みます。三人の兄弟が家に残りました。ヴォロージャはパルチザンから戻りませんでした。グリーシャとニコライは前線で殺されました。

司令官は赤いリボンのついたコサック帽をくれました

ゾーヤ・ワシーリエワ、十二歳。
(技術弁理士、ミンスク在住)

戦前の私はなんて恵まれていたのでしょう! オペラ-バレエ劇場付属の舞踊スタジ

オに入りました。スタジオは実験的なもので、共和国中からもっとも才能のある子供たちが選ばれてきたのです。私の推薦状はモスクワの演出家のガリゾフスキイが書いてくれました。一九三八年にモスクワで体育学校のパレードがあった時、私たちはミンスクのピオネール宮殿から派遣されました。青や赤の風船を飛ばしながら隊列を組んで進みました。ガリゾフスキイはこのパレードの演出家で、私に気づいてくれました。

一年たってガリゾフスキイがミンスクに来た時、私を見つけ出して、白ロシア共和国の人民芸術家、ジナイーダ・アナトーリエヴナ・ワシーリエワに手紙を書いてくれました。この人が、舞踊スタジオを作ったのです。手紙を持って行く時、何て書いてあるのか見たくてしかたなかった。でも、見ませんでした。ワシーリエワ先生は、ホテル「ヨーロッパ」に住んでいました。今の音楽院があるとこです。こういうことはぜんぶ両親に隠れてやったことなので、家を出る時、とてもあわてていました。外をはだしでかけまわっていたままで、つっかけをはいただけで、着替えてもいませんでした。何かよそ行きの服など着ようものなら、お母さんが「どこへ行くの?」ときくでしょうから。両親はバレエのことなんてききたくもなくて絶対に反対だったのです。

私は先生に手紙を渡して、先生はそれを読んでから言いました。「服を脱ぎなさい。腕や脚を見なければね」私はぞっとして立ちすくみました。サンダルを脱ぐことなんかできっこないじゃありませんか。足は泥だらけなんですから。私はそういう顔つきをしたに違いありません。先生は分かってくれたのです。タオルを差し出して、洗面台の方へ椅子を押しやりました。

スタジオに入れてもらえました。二十人の中で五人しかとってくれませんでした。新しい生活が始まりました。古典、リズム理論、音楽……なんてうれしかったことでしょう！　先生は私をかわいがって下さいました。生徒は皆、先生が好きで、先生は憧《あこが》れの的、私たちの神様でした。先生は世界で一番美しい人でした。一九四一年に私はクロシュナー（戦前そういう作曲家がいたのです）のバレエ「夜鳴きウグイス」に出ていました。第二幕のコサックダンスです。この出し物をモスクワの白ロシア芸術旬間《じゅんかん》で上演しました。それから、スタジオの発表会で「ひよこ」のひよこになりました。大きなメンドリもいたのですが私は一番ちっちゃなひよこでした。

モスクワでの旬間で表彰されてボブルイスク市郊外のピオネール・キャンプ行きのクーポンをもらいました。そこでも、「ひよこ」を踊りました。私たちのために大きなケーキを焼いてくれました。それを焼いたのが六月二十二日でした……。

スペインへの連帯のしるしに子供たちはパイロット帽をかぶっていて、私はそれが好きでした。子供たちが「戦争だ！」とさわぎ出した時、私はすぐお気に入りの帽子をかぶりました。でもミンスクに戻る途中なくしてしまいました。

ミンスクではお母さんが出迎えて抱きしめてくれて、それから一緒に駅に向かいました。空襲ではぐれてしまいました。お母さんと妹を見つけられないまま汽車に乗って行きました。クループキで汽車が止まり、そこから先へは行きませんでした。皆は村のあちこちの家に入って行きますが、私は困りました。お母さんはいなくて、一人なんですもの。夕方になって、やっとある家に入って何か飲ませて下さいと頼みました。ミルクを少しくれました。ミルクカップから、眼を上げて壁を見るとそこに若い私のお母さんが結婚式をやっている写真がかけてあるじゃありませんか。「お母さん！」思わず叫びました。おじいさんとおばあさんが根ほり葉ほりたずねはじめました。「どこから来たんだい？　どこの子だい？」こんなことは戦争の時にしかおこらないでしょう。これは、お父さんの叔父、つまり私の大叔父さんの家だったのです。それまで大叔父さんに会ったことはありませんでした。もちろんおじいさんは私をどこにもやりませんでした。

ミンスクで私は「ひよこ」を踊りました。こんどは「ひよこ」を守ってやらなければなりません。カササギにさらわれないように。ひよこは何でもないのですが、ガチョウは怖かった。私は何でも怖かったんです。オンドリだって怖かったぐらいです。初めて、私の「勇気」が発揮されたのは、アヒルを水浴びに連れていった時です。雄ガチョウは自分が怖がられているのを知っていてシューシューいったり、私のスカートを後ろからひっぱったりしようとするのです。他に、とっても怖かったのは雷です。ガチョウもオンドリも子供の頃から平気だった新しい友人たちの前ではうまくごまかさなければなりませんでした。空模様で雷が来ると分かったら、すぐさま何かいいわけを言って、一番近くの家に逃げこんだものです。雷鳴ほど怖いものはありませんでした。すでに空襲を眼にしていたからです。

田舎の人たちはいい人たちで、私を子供のようにかわいがってくれました。私は馬がとてもおもしろくて、馬のたづなをとるのが好きでした。おじいちゃんがやらせてくれたのです。馬は鼻をならしたり、シッポを振ったりするのですが、なにしろ、私の言うことをきくのです。右手でたづなを引っぱる時はそっちに曲がるのだし、左に引っぱれば左に曲がるというのが分かってるんです。

おじいちゃんに頼みました。

「馬でお母さんのところへ連れてって」

「戦争が終わったら連れていってやるよ」

おじいちゃんは偏屈《へんくつ》で厳しい人でした。

私は屋根裏部屋から逃亡を企てました。友達の女の子が村はずれまで送ってくれました。

駅で暖房貨車にもぐりこみましたが追い出されました。どこかのトラックに入りこんで端っこの方へ乗りました。思い出しても恐ろしいのですが、ドイツ人の男と女の人が乗っている自動車に乗ってしまったんです。でも、その人たちは何もしませんでした。

途中、いろいろ質問を始めました。どこの学校に通ってたのか？　何年生まで終えたのか？

私がバレエ学校にも通っていたと言っても信じてくれませんでした。トラックの荷台の上でさっそくお得意のひよこを踊りました。「外国語は習ったの？」ともきかれました。

五年生でもうフランス語を習っていましたし、それはまだ記憶に鮮かだったのです。ドイツ人の女の人が何かフランス語で質問して私はそれに答えました。村で拾った女の子が五年生を終わった子で、バレエ学校に通ったり、フランス語を教わった子だとびっくりしていました。その人たちはその驚きから我に返ることができませんでした。あの時の自分の状態を思い出すことができません。屈辱感だけが残っています。あの眼つきや言葉からくる……この人たちは医療関係の人で教育のある人のようでしたが、ロシア人は野蛮人だと思い込まされていたのです。

……今でも分からないのですが、オンドリが怖かったのに、毛皮帽に剣帯をさげて、星のマークをつけ、機関銃をもったパルチザンの人を見て、「おじさん、私とても強いのよ」と言ったのです。ところがパルチザン部隊では私の夢とちがって、台所に座ってジャガイモの皮むきばかりでした。心の中でどんなに反発していたか分かるでしょう？　一週間台所当番をやってから部隊長のところへ行きました。「本物の戦士になりたいんです」司令官は赤いリボンのついたコサック帽をくれましたが、私はすぐにライフルをもらいたかったのに……

今、この歳になって、何年もの歳月をおいて考えてみると、自分たちは何という子供だったのだろうとあきれます。いえ、子供でなかったかもしれません。

「大祖国戦争のパルチザン」二等のメダルをもらってお母さんのところへ帰りました。学校へ行くようになり、何もかも忘れてしまって、女の子たちとボール打ち《ラプター》をして遊んだり、自転車に乗ったりしました。ある時、爆弾で地面にあいた穴に自転車ごと落っこちて、ケガをしました。血を見て思い出したのは戦争ではなくてバレエ学校のことでした。これからどうやって踊ろうかしら？　ジナイーダ・ワシーリエワ先生がもうじきいらっしゃるのに私はヒザをケガしているなんて……

でも、私はバレエ学校に通うようにならず、工場へ行って働きました。お母さんを助けるために。だから自分の娘が七年生の時に、私はまだ十年生をやっていました。

ドイツ軍の下で

子供時代は戦争までだった……

ミハイル・マイヨーロフ、五歳。
（農学修士、ミンスク在住）

あとになって分かったことだが、戦争まではまぎれもない生活があった。子供時代は戦争までだった。

……家事が終わると、おばあちゃんがテーブルを窓の方に寄せて、生地をひろげ、その上に綿をのせて、別の布でくるんで、綿入れのフトンをつくった。僕もそれを手伝ってやる。おばあちゃんはフトンの片側に釘をうちこんで、それに次々と細引きをかけていき、白墨を塗りつけてあるそのヒモを僕がひっぱる。

「ミーシャ、ちゃんとひっぱって！」とおばあちゃんが言う。僕がヒモを張って、おばあちゃんがパシッと放すと、赤や青のサテンの上に白墨の筋がひけるってわけだ。白い筋が交わりあって、ひし形ができ、その上を黒糸で刺していく。その次は、型紙を並べる。筋のひいてあるフトンの上に図柄ができる。とてもきれいで、おもしろい。おばあちゃんは器用で、シャツも縫った。ことに襟が得意だった。手廻しのシンガー・ミシンは僕がもう眠ってしまってもまだ動いていた。

おじいちゃんは靴を作った。ここでも手伝うことがあった。木釘をとがらすことだ。今は鉄鋲《てつびょう》だけれど、それでは錆《さ》びてしまうし、靴底はすぐとれてしまう。その頃も鉄鋲は使われていたかもしれないけど、僕が憶えているのは木釘だ。白樺の古木で節のない真直ぐなものを輪切りにし、軒先で干して、それから太さ三センチ、長さ十センチぐらいの角棒を切り出し、よく乾燥させる。その後角棒を二、三ミリの厚さにはいで、容易に薄片を作ることができた。靴作り用のナイフはよく切れて、この白樺の薄板の両端も簡単に切り落とせた。これを仕事台に押しつけて、ジュッジュッとこすれば、プレートはとんがって、あとは鋲を刺すだけだ。おじいちゃんは目打ちで長靴《ちょうか》の靴底に穴を開け、そこに鋲を刺して、トンと木づちで打ちこめば、靴底にはまった。鋲打ちは二列で、それは美しいだけでなくとても丈夫だった。濡れれば、かわいた白樺の木釘はふやけて、ますます靴底をしっかりとめることになるし、すり切れるまで、はずれることがない。

おじいちゃんはフェルトの長靴も縫った、というより、フェルト長靴が長持ちするように、そしてオーバーシューズ無しで歩けるように、二重底を縫っていた。その他、オーバーシューズでこすれないようにフェルト靴のかかとに革切れもあてた。僕の役割は、麻糸を撚《よ》って、タールを塗りつけ、蠟《ろう》をひいて、それを針に通すことだった。靴を縫うかがり針は大変な貴重品だったので、おじいちゃんは、たいてい野生のイノシシのたてがみで作ったごく普通の剛毛を使っていた。家畜のものでもかまわないけれど、野生の方が柔らかだった。そんな剛毛の大きな束があった。これを使って靴底を縫いつけて、当てにくい所に小さなつぎを当てることもできた。剛毛だとしなやかで、どんなところにも通せた。

外でもおもしろいことはたくさんあった。年長の子供たちは隣の家の納屋を劇場にして、国境警備隊とスパイの出し物をやった。キップは一〇コペイカ〔ルーブリの百分の一〕で、僕は硬貨を持っていなかったから入れてもらえない。僕は泣きだした。「僕も『戦争』を見たいよう」って。納屋の中を盗み見した。国境警備隊は本物の軍服を着ていた。

そんな軍服をまもなく自分の家でも見ることになった……。おばあちゃんは、疲れ果て、ほこりまみれの兵士たちに食事を出し、その人たちは話をしていた。「ドイツ軍は腐ってる」僕はおばあちゃんにしつこくきいた。「ドイツ人てどんな人たち？」

荷車に荷物を積み込んで、僕はその上に載せられた……。どこかに向かって……。そのあとで戻って来た……家の中にはドイツ人がいる！　僕とおばあちゃんとおかあさんはペチカの裏で暮らし、おじいちゃんは納屋で暮らすことになった。おばあちゃんは、もうフトンのキルティングを作らないし、おじいちゃんも靴を作らない。僕の仕事となったのは「怖がること」だった。ある時、カーテンを押しのけてみると、隅の窓際にドイツ人がヘッドホンをつけて座っていた。無線機のつまみを回している。音楽がきこえて、そのあとはっきりしたロシア語がでてきた。もう一人のドイツ人はパンにバターを塗っていたけれど、僕を見つけると、すぐ鼻先でナイフをひとふりした。僕はカーテンの陰にひっこみ、二度とペチカから這《は》い出したりしなかった。

家の前を、焼けこげた軍服を着た人が素足で、両手を針金で縛られて連れて行かれた。なぜか、真っ黒だったなという憶えがある。その人だけでなく、その頃のことはみんな黒い色で憶えている。真っ黒な戦車が通って行ったこと。僕はまだ学校に上がっていなかったが、読むことと、数えることができた。戦車を数えると、たくさんあって、雪が黒くなった。

僕の身体を包み込んでくれたのも黒い物だったし、僕らは沼に隠れた。朝になって家に帰ると家はすでに無くて、くすぶっている木片の山があるだけだ。おばあちゃんは、ひとかたまりの塩を見つけた。ペチカのたき口にあったものだ。塩をていねいに集め、塩にまじった粘土も集めて、壺の中に振り込んだ。かつて家だったもので残ったのはこれだけだった……。

教科書にのっている人たちの写真にキスしました

ジーナ・シマンスカヤ、十一歳。
（レジ係、ミンスク在住）

私が初めてドイツ人を見た時の印象は……何ともいえない恐怖、何ともいえない悪夢、私の中のすべてが抵抗しました。どうしてドイツ人がここに？　戦前の私は四年生を終わったばかりでしたが、私たちはすでに愛国者だったのです。学校には国内戦（一九一七年のロシア革命の後につづいた革命軍＝赤軍と反革命軍＝白軍との戦争）やスペイン戦争の勇者たちが来ることがありました。これはとてもはっきり記憶に残り、私たちの年齢でも胸をどきどきさせるものでした。

戦争が始まった日、私たちはサーカスを見ていたんです。だから何も知りませんでした。十時にサーカスに行ったのですが、出てくると、街の人たちは皆、泣きべそをかいていて、口ぐちに「戦争だ！」と言っています。私たちはいっせいに「万歳！」と叫びました。「ピオネール・プラウダ」紙で、白ロシア西部解放のことや少年たちが戦士たちに役立ったことを読んでいましたし、その写真がのっていました。今度は自分たちの出番だと喜んだのです。

白ロシアの西部が解放された時、友達と私は、さまざまな戦功についての記事を読み過ぎていて、ソ連軍の助っ人《すけと》に行こうと決心したことすらありました。二人は家をぬけだしました。その前に、ありあわせの食料を用意しました。友達は私の家に泊まりにきて、明け方早く、そっと家から出ました。ところが兄は、私たちがこの二、三日ひそひそ話をしたり、袋に何かつっこんだりしているのを見ていたらしく、庭に出たところで、連れ戻されてしまいました。

同級生の男の子たちは、フィンランド戦線やスペイン戦争に参加するために家出しようとしていました。

ドイツ軍がミンスクに入ってきた時、私たちはそれを見ましたが、これだけはどうしても受け入れてはならない、受け入れがたいことでした。街には「新体制」——とドイツ軍は呼んでいました——がしかれ、学校の授業は再開しました。お母さんは私を学校へ行かせました。戦争は戦争として、勉強を中断させてはいけないと考えたのです。最初の授業で、戦前も教えていた同じ地理の女の先生が、ソヴィエト政権に反対することを言い始めました。私は立ち上がって「もう、こんな学校では勉強しない」と言い、帰ってしまいました……。

家に帰って、文学の教科書にのっている人たちの写真にかたはしからキスしました。文学がとても好きでした……。

どうやって埋葬したらいいかもまだ知らなかった……

ミハイル・シンカリョフ、十三歳。
（鉄道員、オルシャ在住）

ヴィクトル兄さんとは双子だった。戦前に六年生を終えてピオネールに入ったばかりだった。ピオネールのネクタイがとても自慢で、いつもつけていた。ドイツ軍が来たときは昼ははずしたけど、夜はまた結んで、そのまま眠った。「そういうことをすると家族みんなが危なくなる、ネクタイは赤いからね」とお母さんが泣き出すまではそうしていた。

ネクタイを油紙に包んでどこかで見つけたライフル銃と一緒に小川のそばの茂みに埋めた。いっぱしの非合法活動家だった！　毎日その場所を調べに行った。誰か大人が「味方の機関銃兵がそのあたりで致命傷を負って機関銃を持ったまま川に転がり落ちた」と教えてくれた。数日後に川底からなにか黒い物が浮き上がってきた。まさにそういうところに行き合った。沈んでいた、丸太だろうと思われたが、その黒い物が岸にうち寄せられて両手や頭が見えた。それは人間だと分かった。僕たちはおじけなかったのを憶えている。戦争が始まって一か月。死を眼にして恐怖は感じなかった。この機関銃兵を引き上げて埋葬した。一か月前だったら大人の手を借りずに自分たちだけでこんなことはできなかっただろう。一か月前はどうやって埋葬したらいいかもまだ知らなかった。
　二日間というもの川に潜って機関銃を捜した……。

この子たちを連れていってください。私たちは街を守ります――

インナ・レフケーヴィチ、十歳。
（建築技師、ミンスク在住）

　初めの数日は、頭上で爆弾が破裂していました……。地面には電信柱が横たわり電線がのびていました。みんな逃げて、走りながらも、お互いに注意しあっていました。「気をつけて、電線だ！　気をつけて」それにひっかかったり、転んだりしないように。六月二十六日の朝はまだお母さんは給料を支給していました。工場の経理だったのですが、夕方には私たちを連れて避難民になっていました。街を出る時、学校が燃えているのが見えました。窓という窓が炎に包まれていました。私たちは「学校が燃えている！」と、泣きわめきました。うちは子供が四人いて、三人は歩いていましたが、一人はお母さんに抱かれていました。お母さんは鍵を持ってきたのに家を閉めてくるのを忘れたことをまだ言っていました。通る車を止めようとして、大声で頼みました。「この子たちを連れていってください。私たちは街を守ります」敵が市内に入って来るなんて信じてなかったのです。

何もかもおそろしく、理解しがたいことでした。空襲が終わって地面から起き上がっても、隣に伏せていた人は起き上がらないのです……。私は、とっくに大人になっていますが、今でも、その時の気持ちを言い表わすことができません。初めのうちは、なおさらです。

私はオハネでしたから、爆弾が飛んで、空中でヒューと鳴ったり、落ちていくのはどんなだろうと前から思っていました。それで、地面に伏せて、頭からオーバーをかぶっていても、爆弾が落ちる様子をボタン穴から見ていました。初めて死人を見るまではそうだったのですが、死んだ人を見た時は、ぎょっとしました……。

妹のイルマは七歳で、石油コンロとお母さんのハイヒールをかかえていました。このハイヒールをなくしはしないかととても心配していました。それは新しくうすいピンクできれいな形のヒールがついていました。お母さんは、何気なしにその靴を持って出たのですが、もしかすると、それがもっとも美しいものだったからかもしれません……。

鍵とハイヒールを持って私たちは間もなく街に戻りました。食べ物は何もありません。アカザをむしってきて、食べました。薪《まき》もありませんでした。ドイツ軍はミンスク近くのコルホーズの果樹園を焼き払ってしまいました。パルチザンを恐れたのです。私たちは、そこへ行って、木の株を引っこ抜き、ペチカを少しでも暖めようとしました。イーストからレバー焼きをつくりました。イーストをフライパンに入れて焼くと、レバーのような味になりました。お母さんは私にお金を渡して市場でパンを買ってくるように言いました。市場に行くとおばあさんが子山羊《こやぎ》を売っていました。子山羊が一匹いれば家中皆が助かると思いました。山羊は大きくなって、ミルクをたくさん出すでしょう。ありったけのお金をはたいて、私は子山羊を買いました。お母さんにしかられたかどうか憶えていませんが、何日間かうちでは食べ物がなかったのを憶えています。もう、お金が無かったのです。子山羊には何か煮てやって、寝る時は、寒がらないように一緒に寝ましたが、やはり凍えて、やがて死んでしまいました。大変な悲劇でした。子供たちはおいおい泣いて、死骸《しがい》を捨てさせません。お母さんは夜のうちにこっそり捨てて、私たちには、「ネズミに喰《く》われてしまった」と言いました。

占領下でしたが、五月のメーデーも、十月の革命記念日も祝いました。必ず、歌を唄いました。皆、歌好きでした。皮つきのジャガイモとか、ひとかけのお砂糖にすぎなくても、そういう日には、少しだけごちそうにしました。たとえ翌日ひもじい思いをしても、祭日は祝ったのです。お母さんの大好きな「朝はやさしい色」という歌を小さい声で唄いました。必ずそれを唄いました。

近所のおばさんは売るためにケーキを焼いて、こう言いました。「卸《おろし》で買って、小売にしてよ。あんたたち若いんだから、足も早いだろ」私はそうすることにしました。お母さん一人で私たちを養うのは大変だと分かっていましたから。おばさんがそういうケーキをどかっと持ってきて、私と妹のイルマは座ってそのケーキを眺めていました。

「イルマ、このケーキは、そっちのより大きいと思わない？」と言うと、イルマは「そう、思う」と言うんです。

少しでもいいから食べてみたいとどんなに思ったか、分かっていただけないでしょうね。

「ちょっと切り落として、それから売りに行こうよ」

こんなふうに座っていて二時間後には、市場に売りに行く物は無くなっていました。

次におばさんはボンボンを煮始めました。そういうボンボンはなぜかだいぶん前からお店では見なくなりましたが、そのボンボンを市場で売るように渡されました。私とイルマはまたもやそれを眺めています。

「大きなボンボンだね。イルマ、少しなめようか」

「なめよう」

私たち子供三人に一つのオーバーとフェルト靴が一足だけでした。

三人はしょっちゅう家の中にいました。

一番話題になったのは、戦争が終わったら、何をしようということでした。

戦争が終わって、お母さんはクレープデシンのブラウスを着ました。どうしてこのブラウスが残っていたのか分かりません。良い物は皆食料に換えてしまっていたのですから。ブラウスの袖口《そでぐち》は黒い飾りになっていましたが、お母さんはそれをはぎとってしまいました。陰気な物が何一つなく、明るいことだけになるように。子供たちはすぐ学校へ行って、パレードのための歌の練習を始めました。

僕、心臓が痛い……

アンナ・モジェイコ、七歳。
(歯医者、モギリョフ州ボブルイスク在住)

今では信じられないが、七歳のときのことは十歳のときのことよりよく憶えている。ことに戦争の始めの頃のことを。皆、走ってる。思い思いの物を持って。おばあちゃんの手は子供たちでふさがっている。そのあと「ドイツ軍に包囲された」と言われて、大人たちは荷物を埋めにかかり、捨ててしまう人もいた。私は人形と二枚の小皿を持っていた。

お皿は埋めたけど、お人形は埋めたくなかった。別れられない。私たちといっしょに小さい男の子が逃げていたけど、その子は片手でお母さんのスカートにつかまって、もう片方の手には小犬をかかえていた。空襲が始まったとき、その子はまっ青になって、胸もとをつかんだ。「僕、心臓が痛い……」それから私のおばあちゃんにかけ寄った。「おばあちゃん、殺されないようにってお祈りしてよ！」おばあちゃんは泣いているし、その子の小犬も泣いていた。おばあちゃんはお祈りなどしたことなかったのに、突然祈り始めた。「主よ、どこにおられるのです。子供たちがこんなに苦しんでいるのに？」

花婿になる歳でも兵隊に行く歳でもないのに……

ヴェーラ・ノヴィコワ、十三歳。
（操車場勤務、ミンスク在住）

何年たっても決して思い出したくならなかった……

ぽかぽか陽気の日で、風に蜘蛛《くも》の巣が揺れている。私たちの村が燃えている、私たちの家が燃えている。みんなで森から出てきた。小さな子たちが大声を挙げる。「きれい！」みんな泣いている、お母さんが泣いている。

家は焼け落ちて、私たちは灰の中をまさぐった。でも、何も見つからなかった。焼けこげたフォークが見つかっただけ。ペチカはそのままに残っていた、中には食べ物が入ったまま。ちぎれたブリヌィー（イースト入りの厚めのクレープ）が。お母さんは両手でフライパンを取りだしてくれた。「お食べ」ブリヌィーは食べられなかった、燻《ふすぶ》りくさくて、でも、他に何も食べ物がなかったので、それを食べるしかなかった。

従姉妹《いとこ》が絞首刑にされた。従姉妹の夫がパルチザン部隊の隊長で、従姉妹はお腹に赤ちゃんがいた。

誰かがドイツ軍に密告して、奴らがやってきた。村人たちは追い立てられた。誰も泣いてはいけないと命じられた。村議会のそばに大きな木が生えていた。奴らは馬をそこに連れて行った。従姉妹は長いお下げ髪をしていて、首吊りの輪を掛けられたとき、そのお下げを輪の下から引き抜いたんです……馬をつけた橇《そり》が滑り出し……女たちはわっと泣き出した……泣くことは禁じられていて、泣いている者が見つかると殺された……十六歳や十七歳の子供たちは銃殺された……皆泣いたから……。

今でも目をつぶるとそのお下げが目に浮かぶ……長い長いお下げ髪が……それから、殺された人たちが地面に転がっているのが……まだほんとに若くて、花婿《はなむこ》の歳でもない、兵隊に行く歳でもないのに……

うちは四人兄弟だった……

イワン・チトフ、五歳。
（土地改良技師、ピンスク在住）

村の爆撃が始まった。うちは四人兄弟だった。みんな小さくて、一番上が七歳。わけもわからず、庭の古いリンゴの木の陰に隠れた。母は僕らをまとめて、地下の食料庫に抱いていった。

ドイツの兵士たちが小屋に入ってきた時、僕らはペチカの上によじのぼった。母は僕らの上に布きれをかけた。その後、小屋が焼き払われた時、村の「墓場」が爆撃をうけ、埋められていた死人たちが、今、殺されたように、むき出しにころがっていて、母は泣いた。「なんてことだろ、地上でも地下でも助からないんだね。森に行こう……」

あきれたことだけど、戦争中も戦後も僕たち男の子は「戦争」ごっこをして遊んだ。戦後は森の中で見つけた鉄カブトをかぶって、本物の地下の防空壕や、待避所や塹壕《ざんごう》で遊んだ。母親たちは僕らを叱った。戦前にはそうしていても叱らなかったと思うけど。

おかあちゃん、あたし爆弾で殺された……

ニコライ・ビーツェル、六歳。
（教師、ミンスク州メデリスク地区クニャギン村在住）

収穫が終わってジャガイモ畑を這っていく、僕の前にはお母さんが弟をつれて、次に僕、その後に妹が二人。となりの家の納屋に爆弾が落ちて、その爆風で僕たちの上に棚が倒れてきた。下の妹が泣いている。

「おかあちゃん、あたし爆弾で殺された」

村はずれの古いナナカマドの木まで這っていった。それから灌木《かんぼく》の茂みへ。それから、森まで。みんなお母さんのまわりに座って、お母さんは持っていた手織りの敷物で、僕たちを覆《おお》ってくれた。見れば、村が燃えている。マーラヤ・ボロヴィンカが、隣村のシコヴィチも、ずっと遠くのアザルキもいたるところ火事だ。

知合いの男の人がかけつけてきて、ドイツ軍が森の中をくまなく捜索し、人々を村へ追い返していると伝えた。お母さんは膝をついた。「あんたたち！　爆弾でやられてしまえばよかった。生きたまま焼き殺されるよ！」

最初に来たのが、その女の子でした

ニーナ・ヤロシェヴィチ、九歳。
（体育の教師、ミンスク在住）

夕方、姉のところへ恋人が結婚の申し込みに来ていました。家中の者が、結婚式はいつにするか、届けはどこでするのか相談していました。父はその日の朝早く徴兵司令部に呼び出されました。村中で「戦争だ！」と騒いでいました。お母さんはどうしていいかわからずうろたえていました。私は一つのことだけ考えていました。この一日をどう耐え抜こうかと。戦争が一日や二日ではなく、とても長い間のことだとはだれも説明してくれませんでした。

夏のことで、暑い日でした。川に行きたかったけれど、お母さんは私たちに旅支度をさせました。うちには弟もいて、足の手術をうけて退院したばかりで、まだ松葉杖をついていました。でもお母さんは「皆いかなくちゃだめよ」と言いました。どこへ？　誰も何も分かりません。私たちは五キロぐらい進みました。弟はびっこをひきながら、泣いていました。この状態でどこへ行けましょう？　家に戻りました。父が待っていました。朝、徴兵司令部に呼び出された男の人たちは皆戻っていました。スルツクはもうフアシストに占領されたのです。

初めて爆弾を見ましたが、それが地面に触れるまでは何も分かりませんでした。耳がおかしくならないように口を開かなければだめだと教えられました。それで、口をあけて、耳をふさいで、それでも爆弾が空《くう》を切る音が聞こえます……。これはとても恐ろしくて、顔だけでなく身体の皮膚までつっぽってしまうんです。私は九歳でしたが、こんなことを見たり聞いたりしないですむように、いっそ殺してしまって、と頼みました。庭にバケツがさがっていました。爆音が止んでから、バケツをみると五十八か所も弾《たま》の跡がありました。バケツは白くて、上空から見るとだれかがネッカチーフをかぶって立っているように見え、それで、ドイツ軍は撃ったのです。

ドイツ軍は、白樺の枝をたくさん積んだ大きな車に乗っていました。結婚式の時は白ロシアではそうするのです。白樺の枝をどっさり折りとるのです。私たちは編み垣ごしに見ていました。柵ではなくて編み垣だったのです。ドイツ軍だって人間に似てます……。どんな顔をしているのか見てみたかった。なぜか、ドイツ人は人間の顔がついていないような気がしていました。ドイツ軍が人を殺すのだとすでに知っていました。車に乗って、笑いあい、ふざけあっています。みんな若くて……ハーモニカをふいている人もいます……。

二、三日の間に、村はずれの牛乳工場のそばに大きな穴が掘られました。そして、毎朝、五時か六時ごろそこから銃声がきこえてきます。そこで射撃が始まるとニワトリさえ時をつくるのをやめて隠れてしまいます。夕方、父といっしょに荷車に乗って行った時、父はその穴のそばに馬をとめて「行って、見てくる」と言いました。そこで父の従妹《いとこ》が銃殺されたのです。父のあとから私もついていきました。

突然、父がふり返ると、その穴の方をさえぎって立ちふさがりました。「眼をつぶるんだ。あっちを見ちゃいかん」私には小川を渡る時、川の水が赤く染まっているのが見えただけです。そしてカラスたちが飛びたちました。それはあまりに多くて、私は大声をあげてしまいました。父はそのあとしばらく何も喉《のど》を通りませんでした。私はカラスを見ると家に逃げこんでしまいました。悪寒《おかん》がしていたのです。

スルツクの公園では、パルチザンの家族が二家族、絞首刑になりました。ひどい寒さの時で、絞首刑になった人たちはすっかりコチコチになって音がしたほどです。森の中の葉が凍った時のようでした……。

父はパルチザンに協力して、私たちが解放されてからは前線に出ていきました。戦争中で初めてワンピースを縫ってもらったのは、もう父がいない時でした。お母さんが、ゲートルに使う白いきれをインクで染めて縫ってくれたのです。片方の袖の分だけインクが足りませんでした。私は新しいドレスを友達に見せたくて、木戸のところに横を向いて立っていました。いい方の袖だけ見せて、おかしい方は内側に隠しました。私はとてもおしゃれできれいだという気分でいました。

学校で、前の席にアーニャという女の子が座っていました。その子はお父さんもお母さんも亡くしていて、おばあさんと暮らしていました。それはスモレンスク近くから避難してきた人たちでした。学校で、オーバーとフェルト長靴、それにピカピカのオーバーシューズを買ってやりました。女の先生が、それを全部アーニャの机におきました。私たちはみんなしーんと静まりかえりました。だれも、そんなフェルト靴も、オーバーシューズも、オーバーも持っていなかったからです。うらやましかったのです。だれか男の子がアーニャをつついて言いました。「ついてんなぁ！」アーニャはじっと座っていましたが、やがて泣きだしました。そのあとずっと四つの科目の間中、大声で泣きつづけました。

父が復員してきた時、皆が父を見に来ました。そして、私たちを見に来たのです。なぜってお父さんが帰ってきたのですから。最初に来たのは、その女の子でした……。

息子一人でも助かった方が

サーシャ・カヴルス、十歳。
（言語学修士、ミンスク在住）

僕は学校に通っていた。休み時間に外に出ていつものとおり遊びはじめた。その時、ファシストの飛行編隊が僕たちの村に爆弾を落とした。スペイン戦争のことはきいていたし、スペインの子供たちの運命もきかされていたけれど、こんどは僕たちの上に爆弾が落ちてきたのだ。

ミャデリスク地区の僕らのブルースィ村にまっ先にナチの親衛隊がのり込んできた。銃を放って、犬や猫を皆殺しにして、それから、活動家たちがどこに住んでいるか聞き出しにかかった。戦前、うちには農村評議会があったが、だれも父を告げ口する者はいなかった。

奴らが鶏狩りをしたことを憶えている。鶏をつかまえると、上にふりあげてぐるぐる廻し、首をねじ切ってしまって、胴体はどさっと地面におとす。鶏が人間の言葉で叫んでいたような気がする。猫や犬も撃たれるときはそうだった。とても恐ろしかった。人間の死はまだ見たことがなかった頃だ。

僕たちの村が焼かれたのは一九四三年だった。その日僕たちはジャガイモを掘っていた。隣のワシーリイは第一次世界大戦に行っていたのでドイツ語を知っていた。「俺がいって、ドイツ人に村を焼かないように頼んでこよう」こう言って出かけていったが、ワシーリイ本人が焼き殺されてしまった。

どこへ行こう？　父はコジンスクの森のパルチザンのところへ僕たちを連れていった。

歩いていくと、向こうから別の村の人たちが歩いてくる、その人たちも焼け出されてきたのだ。僕たちの行く手にはドイツ軍がいて、こちらに向かってくるという。どこかの穴の中に皆ではい込んだ。僕と、ヴォロージャ、お母さんと小さなリューバと父。父は手榴弾《しゅりゅうだん》をもらった。ドイツ軍にみつかったら、信管をはずすと申しあわせた。お互いに別れの言葉をかわしあった。僕と兄はベルトをはずして、首をつれるように輪にして首にかけた。お母さんは皆にキスをした。父に言っているのがきこえた。「息子一人でも助かった方が……」そこで父がこう言った。「逃がしてやろう。若いんだ、助かるかもしれんじゃないか……」お母さんがとてもかわいそうで、僕は行かなかった。

犬の吠え声がして、外国語の命令がとんでいる。銃声もしている……ここの森は倒木だらけでモミの木がひっくり返っていたり、十メートル先も見えない。何もかもすぐそばだったのが、声はだんだん遠ざかっていく。すっかり静まりかえった時、お母さんは立ち上がることもできなかった。

夕方、パルチザンの人たちに会った。父のことは皆が知っていた。僕たちはやっとのことで歩いていて、みんなお腹をすかせていた。歩きながら、パルチザンの一人がきいてくれた。「マツの木の下に何があったらいいかな？　チョコレートか、クッキーか、パンひと切れか？」「手のひら一杯の弾丸」と僕は答えた。パルチザンの人たちは長いことこれを憶えていた。

戦後、村には初等読本が一冊しかなかった。僕が見つけて初めて読んだ本は、たしか算数の問題集だった。

赤ん坊みたいに縄の先にぶら下がっていた……

リューバ・アレクサンドロヴィチ、十一歳。
（労働者、ヴィテブスク州センノ在住）

戦争は私たちの所まですぐ及んできました。七月九日だったのを憶えてます、州都のセンノをめぐる戦いがもう始まっていました。避難民がたくさんやってきました、どこにも居場所がないほどたくさん。小屋が足りなかったんです。うちにも子連れの家族が六世帯いました。どこのうちもそうです。

はじめ人々が逃げてきましたが、それから家畜の群れが着き始めました。これははっきり憶えています、恐ろしい光景だったからです。一番近い鉄道駅はボグダン駅で、オルシャとレペルとのあいだに今もあります。その方角に避難した家畜は私たちの村のだけでなくてヴィテブスク州全体から来ました。暑い夏で、家畜たちの群れはとても大きな群れが次々に着くのです。乳牛や羊、豚、子牛の群れです。馬の群れは別に追われてきました。家畜を連れてくる人たちはへとへとに疲れ果てていて、動物たちが何匹になっていようが、どこへ行こうが構っていられないようでした。乳牛は乳がたまっていてそのへんの庭に入り込んでは乳を搾《しぼ》りきってもらうまで追い立てられても動きません。乳は道にでも地面にでも搾るんです……ことに苦しんだのが豚たちです。暑さに弱いし、長い道のりを歩けないんです。進んでいって、倒れていきました。暑さで死体が膨れあがっていました。こういうこと何もかもが恐ろしくて夕方など外にでるのは怖かったです。

お百姓さんたちは乳牛一頭を育て上げるのがどれだけ大変かよく知っていました。みんな手塩にかけた牛たちが死んでいくのを、生きながら生殺しになっていくのを見て泣いていました。だってこれは倒れて黙っている木とは違うんです、みなベエベエ、モーモー声を、苦しみの声を上げているんです。夜毎《よごと》、恐ろしい夢を見ました。

姉は戦前、共産党の地区委員会で仕事をしていて、彼女は地下に潜りました。地区委員会の図書室から、ものすごくたくさんの本や表彰旗などをうちに持って来ました。それを庭のリンゴの木々の下に埋めました。夜、埋めたんです。赤い色、赤い物は地面を透けて見えてしまうような気がしていました。それほど子供心に恐ろしかったです。

ドイツ軍がやってきた様子はなぜか憶えていません。憶えている限りでは、すでにもういたんです、前からいて、私たちみんな、女、子供、年寄りたちを追い出したんです。機関銃を後ろから突きつけられて、「パルチザンはどこにいるのか、誰の所に来ていたのか言え」と命じられました。みな黙っていました。すると奴らは三人に一人ずつ連れだしては銃殺したんです。そうして六人が殺されました。男が二人、女が二人、十代の子供が二人。そして、行ってしまいました。

夜のうちに雪が降りました、きれいでした。新年のことです。この新雪の下に殺された者たちが転がっているんです。埋葬する人もいません、お棺を作る人もいないんです。男の人は誰も残っていなかったんです。おばあさんたちが丸太を燃やして地面を暖め墓を掘れるようにしました。なかなか掘れなくて長いこと冬の地面をスコップで叩いていました……

ドイツ軍がやってきて地雷で飛ばされ、そのうち何人かが死ぬというようなこともありました。そうすると奴らは子供たち全員を集めたものです。私たちは十三人いて、隊列の前を歩かされました。私たちは歩いていくのですが奴らは車に乗っています。立ち止まったり井戸で水を汲まなければならないとなると、まず私たちを井戸に降ろすんです。そんなふうにして十五キロメートル歩きました。男の子たちはそんなに怖がっていませんでしたが、女の子たちは歩きながら泣いていました。奴らは車で私たちのあとからついてくるんです。私たちは裸足《はだし》で、たしかまだ春が始まったばかりでした。

考えないようにしてるんです、忘れようとしてます。忘れなければ、いつも涙を浮かべていることになります……

パルチザンの家族の人が連れてこられました。みんなの目の前で首を落とされました。ある家は誰もいなくて、そこの家の猫が捕まって絞め殺されました。猫は赤ん坊みたいに縄の先にぶら下がってました……

きちんとなるように、スコップでペタペタたたく

レオニード・シャキンコ、十二歳。
(画家、ミンスク在住)

……僕たちは班長の家に追い込まれました、村中が。暖かな日で、草も暖かだった。立っている者も座っている者もいた。女の人たちは白いプラトークをかぶっていて、子供たちははだしだった。僕たちが追い込まれたその場所に、祝日とか、収穫の始まりや終わりを祝う日にはいつも皆が集まった。やはり、座っている者も立っている者もいて、集会をやったり唄ったりしたものだった。

皆、まるで石のようで、だれも泣かなかった。その時ですらこれにはびっくりした。普通は、死を予感したら、人は泣いたりわめいたりするというのに、一粒の涙も記憶にない。すでに懲罰隊が銃殺することも、村を丸ごと焼き払うことも知っていたのに。今でもこの時のことを思いだすと、あれは自分がつんぼになっていて何も聞こえなかった

だけなのかと考えはじめる。どうして涙がなかったのだろう？

子供たちはひとかたまりになっていた。だれも大人たちとひき離したわけではないのに。母親たちは、なぜか僕らを手元においておこうとしなかった。なぜだろう？　今でも分からない。いつも僕たち男の子はほとんど女の子たちと仲良くしていなかった。女の子といえば、ぶんなぐったり、おさげ髪をひっぱる相手ときまっていた。それがここではお互いに身を寄せ合っていた。飼犬だって吠えなかったくらいだ。

僕たちから数歩離れて機関銃がすえられ、そのそばに親衛隊の隊員が二人腰掛けて、何かのんきにおしゃべりをはじめ、一度など笑い声をあげたりしていた。

若い将校が近寄って来た。なぜか、細かいことばかり憶えている。

通訳が訳した。

「将校殿はパルチザンと連絡がある者の名前をあげろと命じています。黙っていれば、全員射殺する」

人々は、立っていた者は立ち、座っていた者は座り続けた。

「三分待つ。そして銃殺だ」通訳はそう言うと、三本指を突き立てた。

それからは、その人の手ばかりを見ていた。

「あと二分、で銃殺だ！」

皆、互いにもっとひしと身を寄せ合った。誰かが何か言うにしても言葉ではなく、手や眼の動きで伝えた。身体でしゃべっていた。僕なんかは、自分たちが銃殺されて、すっかりいなくなってしまうことをはっきり思い描いていた。

「最後の一分、それでおだぶつだ!」

兵士が遊底を下げて、弾を入れ、機関銃をかまえるのが見えた。二メートル離れている人も十メートルの人もいた。

前の方にいた人たちから十四人数え出された。スコップを渡され、穴を掘らされた。僕たちはその人たちが掘っているのを見るためにもっと近くへ寄らされた。すごい速さで掘っていた。穴はとても大きく、深かった。人の背丈ほどもあった。家の土台を掘る時のような穴だ。

三人ずつ銃殺された。穴のふちに立たされて、至近距離で撃たれる。他の者たちは見ていた……。子供たちに親が別れを告げたり、親が子供たちに別れを告げたり、ということは憶えがない。十四人が銃殺され、穴に埋められた。僕たちはまた突っ立って見ていた、土をかぶせ、長靴《ちょうか》で踏み均《なら》すのを。その上からきちんとなるようにスコップでペタペタたたく。角を切り取ったりして、形を整えすらした。中年のドイツ人が咳払いをして、まるで野良仕事でもしたように、顔の汗をハンカチでぬぐっていた。分かりますか? 生きているかぎり、忘れられない。

殺された者を掘り出して埋葬することは二十日間たってやっと許された。その時はじめて、女たちが泣きわめきはじめた。村中が泣き叫んだ……。

まるで自分の娘を救ってもらったかのように

ゲーニャ・ザヴォイネル、七歳。

（無線修理工、ミンスク在住）


記憶に残って、一生忘れられないのは、父が連れていかれた時のこと。父は綿入れを着ていた。顔は憶えていない。その顔がまったく記憶に残っていないんですよ。

父は連れて行かれて、私たちはユダヤ人ゲットーに移されました。私たちは道路際に住んでいて、ゲットーの庭には毎日竹の棒がとびこんできた。ファシストが木戸口に立っているのが見えました。人々が銃殺に連れて行かれる時、この棒を人々の背にうちおろすんです。その男を見たいと思っていると、ある時次のような光景を見ました。それは背の低い男で、はげで、袖《そで》をまくりあげていて、咳払いをすると荒い息をついて、こちらに棒を放り投げたんです。おばあちゃんは家の中で殺されていました。うちの者で埋葬しました。私が感じたことを恐怖と名づけることはできません。恐怖よりもっと恐ろしいこと。人間があまりにあっけなく消えてしまうという不気味さでした。

お母さんは物を食料に換えに行きました。その頃、ゲットーの打ち壊しが始まっていたんです。いつもは地下倉に隠れたのですが、その時は天井裏に隠れました。そこは一方がすっかり壊れていて、それで助かったんです。ドイツ軍は家に入ってくると天井を銃剣でたたきました。でも天井裏にはあがってきませんでした。壊れていたからです。地下倉には手榴弾を放り込みました。

私たちは三日間天井裏でじっとしていました。三日間皆殺《ポグロム》しがつづきました。お母さんは留守でした。お母さんがなぜ帰ってこなかったのか知りませんでした。皆殺しが終わって、門のところに立ち、お母さんを待ちました。帰って来るか来ないだろうかと。しばらくして、以前近所に住んでいた人がやってきて、立ち止まらずに通り過ぎていきましたが、「あんたとこのお母さんは生きているよ」と言うのが聞こえました。お母さんが来た時、私たちは三人で立っていて、お母さんを見ました。だれも泣きません。涙は何もでなかった。何かすっかりなごんだ気持ちで、戦争が終わり、悪いことは何ももう起こらないような感じだった。

こんなことを憶えています。お母さんと一緒に鉄条網の中に立っていると、きれいな女の人が通りかかって、鉄条網の向こう側で私たちのそばに立ち止まってお母さんにこう言うのです。「あなた方がとても気の毒だわ」お母さんは答えました。「かわいそうだと思うなら、うちの娘をひきとってください」「そうしましょう」その人は考えこみました。あとは内緒話になりました。

次の日、お母さんは私をゲットーの門のところへ連れていきました。「ゲーニャちゃん、お人形を乳母車《うばぐるま》に載せて、マルーシャおばさんとこ(これは隣のおばさんでした)へ行くのよ」

着ていた物を憶えています。空色のブラウスと、毛糸の白い球飾りがついたセーターでした。お母さんがいつもよりきれいに、よそ行きの服を着せてくれたのです。お母さんが私をゲットーの門の外へ押し出すのですが、私はお母さんにぴったりしがみついています。お母さんは私を押し出しながら涙をポロポロこぼしています。それから、私は門番のいる門の方へ行ったのです。

言われたとおりのところへ乳母車を押していくと、そこで毛皮外套を着せられて荷車に載せられました。乗っていく間ずっと泣きつづけていました。

ある農家に連れていかれて、ベンチに座らされました。私が連れていかれた家には子供が四人いました。それに加えて私をひきとったのです。私を救ってくれた人の苗字《みょうじ》を皆に知ってもらいたいと思います。ヴォロジノ地区ゲネヴィチ村のオリンピア・ポジャリツカヤさんです。この家には、私がいる以上いつも恐怖が支配していました。ユダヤ人の女の子がかくまわれていることが知れたら、だれかが、ちょっとでもほのめかしたら、即座にその家の人も子供たちも銃殺されてしまったでしょう。ドイツ人たちが現れるたびに、私はどこかへやられました。森がすぐそばにあったので助かりました。

ゲットーのあとの生活はもっとよく憶えています。ゲットーでは孤独の恐怖感があったのです。その女の人は私をとても哀れんでくれました。自分の子供も私も同じようにいつくしんでくれて、何かをくれる時は皆にくれました。キスする時も皆にキスするのです。私はその人を「おかあちゃん」と呼んでいました。

その家に戦車がやってきた時、私は牛に草を食べさせているところで、戦車を見つけた私はすぐに隠れました。味方の戦車が来るなど信じられなかったのです。でもそれに赤い星がついているのを見て、外に出ました。先頭の戦車から軍人さんがとびおりてきて、私を抱き上げると、高々と持ち上げました。そこのおかみさんがかけ出してきました。なんてうれしそうで、なんてきれいだったんでしょう。何でもいいから何か良いことを知らせたかったのです。自分たちもこの勝利のために何かをしたんだということを。このユダヤ人の私をどうやって救ったかを話してきかせました。その軍人さんは私をひしと抱きしめました。私はとっても小さくてやせていてその手の中にかくれてしまいました。その人はおばさんを抱きしめて、まるで自分の娘を救ってもらったかのように感謝しています。その人の身内は皆死んでしまったので、戦争が終わったら、帰ってきて、私をモスクワにひきとると言いました。でも私は、お母さんが生きているのかどうかは分からなかったけれど、どんなことがあっても同意しませんでした。

村の人たちもかけ寄ってきて私を抱きしめました。どの人も、ここの農家がユダヤ人を匿《かくま》っているのは想像がついていたと言いました。

それから、お母さんが迎えに来ましたが、私はお母さんのところへ行きたがりませんでした。家につれて帰られて、弟のリョーワが庭で遊んでいるのを見た時は、私の方がかけよりました。

人間の匂いにひかれて来るんです

ナージャ・サヴィツカヤ、十二歳。

（労働者、ミンスク在住）


……ちょうど兄が軍隊から帰ってくるはずでした。帰ってきたら、兄の家を建てることになっていました。父は丸太を馬にのせて運びこんでいましたし、夕方は皆でその丸太の上に腰かけていました。お母さんは、孫がたくさん生まれるから大きな家を建てましょうね、と話してましたっけ。

戦争が始まりました。兄はもちろん軍隊から戻りませんでした。母は果てしなく泣きつづけました。一人息子だったのです。うちは女の子が五人で男は一人、兄が一番年上だったのです。戦争中、母はずーっと泣いていました。戦争中私たちはずーっと兄を待っていました。毎日、毎日待っていました。

捕虜になった味方の人たちをどこかへ追い立てて行くのが聞こえます。きっとあちらへ行くのです。母はパンケーキを十個焼いて、包みにすると出かけていきます。ある時は何もなくて、畑にはライ麦が実っていました。私たちはその穂をどっさり折りとって、手で穀粒《こくつぶ》のモミをとりました。そこでドイツ人にでっくわしました。奴らは私たちの穀粒をすっかり空けてしまい、合図をするのです。「並びなさい、銃殺する」と。私たちはおいおい泣き出すし、母は奴らの長靴にキスしています。奴らは馬上高く乗っていて、その足を母はつかまえて、口付けして頼みこんでいるのです。「旦那《だんな》様！　お慈悲を！　旦那様、うちの息子がどこにいるか分からないのにどうして死ねましょう？　旦那様、もしあの子が生きていたら？　旦那様、そうしたらどうして死ねましょう？」奴らは私たちを撃たずに行ってしまいました。

奴らが行ってしまったとたんに私は笑いだしました。笑いに笑って十分たってもまだ笑っていた。笑いころげた！　お母さんは叱りつけたんですが効果がない。頼んでも、やはり効果がない。歩いてる間ずっと笑っていました。家についても笑っている。枕に顔をうずめても、おさまらないで笑っている。その日一日、私はそうして笑っていました。皆は私が気が狂ってしまったのだと思いました。

今も、そのくせが残っています。びっくりすると、大声で笑い出すんです。

わが国が解放されてから、兄が戦死したことを知りました。お母さんはあんまり泣いたので盲《めくら》になってしまいました。私たちは村はずれのドイツ軍の待避壕《たいひごう》に住んでいました。村はすっかり焼けてしまって、古い小屋も、新しい家のための丸太も燃えてしまいました。なに一つ焼け残ったものはなく、森の中で兵士のヘルメットを見つけて、それで煮炊きをしました。森の中に木イチゴやキノコをとりにいくのがこわかった。ドイツ軍の軍用犬がたくさん残っていて、人々に襲いかかり、小さな子供たちを喰いちぎったんです。犬は人間の肉を、人間の血を覚えさせられていました。私たちが森に行く時は、大きなグループになって行くんです。母親たちは、森の中を行く時は大きな声をあげていくように教えました。そうすれば犬はびっくりするから。木イチゴや野イチゴを集め終わる頃には、あまりにたくさん叫んで、声がかすれて出なくなるほどだった。犬は、狼のように大きかった。人間の匂いにひかれて来るんです。

どうして顔に向けて撃ったの？

ヴォロージャ・コルシュク、六歳。
（教授、歴史学博士、ミンスク在住）

僕たちはブレストに住んでいた。その夜、僕と母と父の三人で映画に行っていた。父はいつも忙しかったから、三人がそろってどこかへ行くことはめったになかった。父は責任者だった。朝、母が揺すぶり起こした時、まわり中何もかもがガタガタ音をたて、ぶつかりあったりうなったりしていた。それはとても早い時間で、窓の外が薄暗かった。
両親はうろたえていて、トランクをつめようとしているのになぜか何も見つからなかった。

うちは一戸建てに住んでいて大きな庭があった。父はどこかへ行ってしまい、母と窓の外を見ていると、庭に軍人が一杯いて、へたくそなロシア語で話している。服装はソ連軍の制服だ。母は、これはドイツ軍だと言った。うちの庭に、まだテーブルの上にきのうの夜からサモワールがおきっぱなしなのに、突然ドイツ人がいるなんて、どうしても理解できなかった。

街からは徒歩で出た。眼の前で石の家がくずれ、窓からは電話がすっとび、通りの真ん中にベッドがあって、その上には、殺された女の子が毛布をかけて横たわっていた。まるで、ベッドをどこかから持ち出してきて、そこに置いたかのように、すべてちゃんとしていて、毛布が少しこげているだけだった。街を出はずれるとすぐライ麦畑で、飛行機からの機銃掃射があるので僕たちは道を通らずにライ麦畑の中を進んだ。

森に入ったら、それほど恐くなくなった。森の中から大きな自動車が見えた。それはドイツ人で、とても陽気だった。僕はロシア語以外の音を初めてきいた。この言葉は、意地の悪い犬の吠え声に似ているような気がした。恐ろしいながらも、ファシストってどんなふうか見てみたかった。戦争が始まる数週間前に僕はドイツ人を一人だけ見たことがあった。その人はドイツに送り出される穀物の受け入れをやっていた。背の高い、シャンとした落ち着いた感じの男だった。今、来ているのはぜんぜん違う。

　僕たちは長いこと歩いた。夜になって、農家に立ち寄った時、食事をくれて、暖まらせてくれた。たくさんの人たちが父を知っていて、父も多くの人を知っていた。ある農家に寄った時のこと。ここに住んでいた先生の名前は今でも憶えている。パウークという人だ。その人は家が二つあって新しい家と、そのそばに古い家があった。僕たちに残るように勧めて、片方の家を明け渡してくれようとした。でも、父は断わった。先生は、僕たちを街道まで運んでくれて、母がお金を払おうとしたけれど、首をふってこう言った。お金はいらない、辛い時には人間らしい同情や尊敬の念はどんなお金よりも得がたいものだと。このことは忘れられない。

　こうして僕たちは父の生まれ故郷のウズダの街まで行きついた。ムローチカ村のおじいちゃんのところに落ちついた。

　僕のうちで初めてパルチザンを見たのは、冬のことで、それ以来、パルチザンといえば白い迷彩マントを着た人というイメージが残っている。まもなく、父はその人たちと森へ行ってしまい、僕たちはお母さんとおじいちゃんのところに残った。

　母のことは憶えていない……いや憶えている。何か縫い物をしていた。いや、大きな机に向かって、刺繡《ししゅう》をしていて、僕はペチカで横になっていた。ドイツ人たちが村長さんと小屋に入ってきて、村長さんはお母さんを指し示した。「これがそうだ」お母さんは出かける支度をするよう命じられた。僕はすっかりおびえてしまった。お母さんは庭に連れ出された。別れを告げようとして僕を呼んだのに、僕はベンチの下にもぐり込んでしまって、そこから引っぱり出すことはできなかった。僕は、ドイツ人に殺されるということをもう知っていた。

お母さんは、やはり夫がパルチザンにいる他の女の人二人と一緒に、連れていかれた。翌日、その三人とも、村はずれで、雪の中に倒れているのが見つかった。お母さんが運ばれてきた時、なぜか顔をめがけて撃たれていて、首にはいくつも黒く弾の穴があいていたのを憶えている。僕はおじいちゃんにしつこくきいた。「どうして奴らは顔に向けて撃ったの？　うちのお母さんはあんなにきれいな人だったのに……」おじいちゃんが棺を作って、おばあちゃんは泣いていた——それを僕はみんな見ていた。お母さんは埋葬されたのに、僕はやはりお母さんを待っていた。長いこと、お母さんはもういないのだという考えをうけ入れられなかった。お母さんは何も悪いことをしていなくて、ただじっと、刺繡をしていただけなのに、それを殺してしまうなんて、どうしても理解できなかった。

ある時、父がやってきて、僕をひきとると言った。僕の身に何か起こるのではないかと心配したのだ。パルチザンに入ってからの生活は、初めのうち、おじいちゃんのところの生活とあまり変わらなかった。父は任務を負って出かけて行く時、僕を村のだれかのところに預けていった。僕を預かった女の人のところに、その夫が殺されてソリで運ばれてきた時のことを憶えている。女の人は、棺を置いたテーブルに頭をうちつけて「人でなし」という言葉を何度も何度もくり返していた。

父が長いこと、いつまで待っても帰ってこないことがあり、僕は考えた。「お母さんはいないし、おじいちゃんとおばあちゃんはずっと遠くにいるんだし、小さい僕は一人でどうすればいいんだろう？　もし父が殺されて、ソリで運ばれてきたら」父が戻って来るまでに永遠の時が流れたような気がした。待っている間、僕は誓った。父には絶対、ていねいな敬語を使おうと。そのことで、父をどんなに大事に思っているか、父がいなくてどんなに淋しいか、父はかけがえのない人なのだということを強調したかった。初めのうち、父はこれに気づかなかったようだが、あとになって、僕にたずねた。「お前はどうしてそんな敬語で話すんだい？」僕は「たった一人のとても大事な人だから」とうちあけた。父は僕に説明した。「お前だって私のたった一人の子供だ。だからなおさらお互いにうちとけた話し方をしなくちゃいけないよ。私たちはこの世で一番近い間柄なんだ」僕は、これからは二度と別れないでいいように頼んだ。初め、父は僕がもう大人だとか、男の子なんだから、何も恐がることはないとか言ってきかせた。

「ご主人を殺されたおばさんにはまだ誰かいるけど、僕にはおじいちゃんもおばあちゃんも、お母さんも友達もいないんだ。おとうさんの他に誰もいないんだ」と僕は言った。

父のやさしさをよく憶えている。僕たちが一斉射撃をうけた時、四月のまだ草の出ていない冷たい地面に伏せていた。父は少し深くなっているくぼみを見つけて言った。「俺の下になりな、お父さんが殺されてもお前は生き残るんだ」部隊では皆がかわいがってくれた。中年のパルチザンの人が近寄ってきて、僕の帽子をとると頭を長いことなでてくれて父に言ってた。「私にも同じぐらいのがいて、どこかでかけまわってるだろう」と。沼を通っていく時、その沼は腰までつかってしまうので、父は僕を背負っていこうとしたが、すぐ疲れてしまった。そこでパルチザンの人たちは順番に僕を運んでくれた。このことは決して忘れられない。スカンポを少し見つけた時にもその人たちは全部僕にくれたことも忘れられない。自分たちは腹をすかせたまま寝入ったのに。

……パルチザンの他の子供たちといっしょに飛行機で送り込まれたゴメリの児童院にいってから、街が解放されるとすぐに父からのお金だといって赤い大きな紙袋が届けられた。僕は男の子たちと市場へ行って、お金を全部使ってチョコレート菓子を買った。保母さんが「お父さんから託されたお金は何に使ったの?」ときいたので、「チョコレート菓子を買った」と言ったら「それだけ?」とびっくりしていた。

ミンスクが解放された。男の人が僕を迎えに来て、父のところへ連れていくという。汽車に乗るのは大変だったが、その人が先に乗って、僕は窓から乗せてもらった。

僕は父と会うことができ、僕はまた頼んだ。「決して離ればなれにしないで、一人でいるのはとても辛いから」と。父は一人ではなく、新しいお母さんといっしょだった。車に乗ると、その人は僕の頭を抱きしめた。僕は母親のやさしさが恋しくてたまらなかったし、その人に身をおしつけているのが心地良くて、肩に頭をのせてすぐ寝入ってしまった。

十歳で、僕は一年生になった。でも、僕は大きかったし、読むこともできたので、半年後には二年生に編入された。読むことはできたけれど書けなかった。黒板のところによばれて「ウ」のつく言葉を書かなければならなかった。僕はつっ立って、「ウ」という字をどう書いたらいいのか知らないことに気づいてぞっとしていた。

戦争から戻ってくる人たちはひどいけがの人ばかり。隣人の一人は手をなくしていた。僕は父にたずねた。「あの人たちはこれからどうするの？」僕の中では「仕事というのは戦争をすること」という観念ができあがっていた。他に何ができるのだろう。長いこと理解できなかった。「これから皆何をするんだろう？」パルチザンだった時、父は何かノートを持っていて何でもそれに書きつけていた。でも、父がライフル銃を持っていることを僕は知っていた。戦争はもう終わったのだ。ライフル銃や自動小銃はどこにやるんだろう？　父は、これは皆ひき渡すのだと説明した。ある日、戸棚の中に父のピストルが見つからなくて、僕は戸棚の中を全部ひっかきまわしたけれど、ピストルは無かった。

「どうしてそんな、これからどうするのさ？」父が仕事から戻るのを待ちかまえて聞いた。「これからはピストルはいらないんだ、いるのはペンだよ。もう撃たなくていいんだ。お前たちを教育しなくちゃね」と父は答えた。

どうして死んだのさ、今日は銃殺がなかったのに？

エドゥアルド・ヴォロシーロフ、十一歳。
（テレビ局勤務、ミンスク在住）

僕の部隊が泊まっていた村で老人が死んだ。僕が泊まっていた家の人だった。その人を埋葬している時に五歳ぐらいの男の子が入ってきて、聞いた。

「どうして、おじいちゃんはテーブルの上にのってるの？」

「おじいちゃんは死んだんだよ」と答えた。

男の子はひどくびっくりした。

「どうして死んだのさ、今日は銃殺がなかったのに」

男の子は五歳だったが、この二年間というもの、銃殺がある時だけ人は死ぬのだと耳で覚えていた。

何だかとても不思議なことを憶えている。自分の死はこわいのだが、身近におきる死にはおびえなかった。死に対するそういう感覚はだんだんにできあがっていった。話をパルチザン部隊から始めたけれど、その前に、お母さんと戦争の一週間前にミンスクに着いて、僕はミンスク郊外のピオネール・キャンプに連れていかれたんだ。

ピオネール・キャンプでは歌を唄った。「あした戦争になったら……」と「三人の戦車兵」と「谷を越え、山を越え」。三つめの歌は父が好きだった。そのころ『グラント船長の子供たち』という映画が封切られたばかりで、その映画の「さあ、唄ってくれ、朗らかな風よ」という歌が気に入っていた。いつもこの歌を口ずさんで、体操に飛び出したものだ。

その日は体操が無くて、飛行機が頭上で轟音をあげていた。眼をあげると、飛行機から何か黒い点がいくつも落ちていた。僕たちはこれが爆弾だということをまだ知らなかった。ピオネール・キャンプのそばを鉄道が走っていて、それに沿って僕はミンスクに向かった。ねらいは単純。お母さんが働いている医科大学のそばに鉄道の駅があるから、線路づたいに歩いていけば、お母さんのところに行きつく、鉄道の駅からは簡単に見当をつけられるだろうと。

いっしょに行く男の子を見つけた。その子はほんとにちっちゃくて、とてもよく泣いて、ゆっくりしか進まない。僕は歩くのが好きだった。父と一緒にレニングラードの近郊なんか全部歩きまわった。とにかくミンスク駅まで行きついた。ザーパドヌイ・モスト(西橋)に着いて、また空襲があり、僕はその子とはぐれてしまった。

医科大学にお母さんはいなかった。一緒に働いていたゴールブ教授の家が近かったので、そこを捜しあてたが、からっぽだった。何年もたって、何が起こったのかを知った。町の空襲が始まるとすぐにお母さんは通りかかった車に乗って僕を迎えにラトムカへ向かったのだ。キャンプに行き着いた時、そこは破壊されてしまっていた。

皆が街からどこかへ出ていった。僕はレニングラードはモスクワより遠いと判断した。レニングラードにはお父さんがいるけど、お父さんは前線に行っている。モスクワにはおばさんたちがいる。あの人たちはどこへも行ってしまわない。道中、女の子を連れた女の人と一緒になった。その人は僕がひとりぼっちで、何も持っていなくてお腹がすいているのだなと思ったみたいで、「うちに行きましょう。一緒に食べましょう」と言ってくれた。

その時初めて豚の脂身《あぶらみ》とタマネギを食べたのを憶えている。初めは顔をしかめたけど、結局食べてしまった。空襲や敵機来襲となるといつも僕は見まわした。女の子を連れたあの人はどこだろう？　夕方になって溝を選んで、休む支度をした。僕たちはひっきりなしに爆撃された。女の人は振り返って叫び声をあげ、僕も身を起こして、たった今その人が見た方を見やった。超低空で飛行機が飛んでいて、エンジンのそばで何段にも火の列がぽっぽっと燃え上がっていた。その火の方向に、溝のすぐそばに、砂埃《すなぼこり》がまい上がった。本能的に溝の底につっぷした。射撃されるのは初めてでなかったし、土の中にできるだけ深く隠れなければならないことを知っていたからだ。

一斉射撃が頭の上で炸裂《さくれつ》し、遠ざかっていった。立ち上がって見たのは、その女の人が溝の斜面に倒れていて、顔があったところが赤い肉の塊になっていたことだ。僕はびっくりして溝から転げ出てかけ出した。その時から今にいたるまでずっと一つの問いが僕を悩ませている。あの女の子はどうしたろう？　それ以来、その子には会わなかった。

空襲も機銃掃射も終わって、村に向かった。通りの木の下にドイツ人の負傷兵が見えた。村の人々は家の中から追い出されて、水を運ばされた。ドイツの衛生兵がたき火に大きなバケツをかけて湯を沸かしていた。

朝になるとドイツ人たちは負傷兵を車につみ込み、一台に一人か二人ずつ男の子を乗せた。僕たちは水の入った水筒を渡されて、ハンカチを濡らし、頭に載せてやったり、唇をしめらせてやったりすることを教えこまれた。負傷者は「水《ワッセル》……水《ワッセル》……」とねだる。水筒を口もとにあてがってやると、身体がブルブルふるえた。今でも、あの時感じたものが何なのか明確に説明できない。

憐《あわ》れみ？　ちがう。嫌悪感？　ちがう。憎しみ？　そうでもない。あれはそれが全部まじったものだった。憎しみだって人の中で形づくられていくので、初めからあるものではない。「すべての人たちに対して親切に人間的に」と僕たちは教えられていた。初めてドイツ人になぐられた時、僕が感じたのは痛みではなく別のものだった。「どうして、どんな権利があって彼はなぐったんだ」という気持ちだった。これは衝撃だった。何の理由もなく誰かをなぐってもいいなんて理解できなかった。

その頃にはもうキムと知合いだった。僕たちは偶然知り合った。僕が「だれと暮らしているの？」と聞いたら「だれとも」という答えだった。

その子も身内とはぐれてしまったことがわかって、「一緒に暮らそう」と言うと、「いいよ」と大喜び。どこにも住むところがなかったからだ。

僕はゴールブ教授がおいていった家に住んでいた。

ある時、キムと歩いていて、通りを僕たちより年上の青年が靴みがきの台をかかえて歩いているのを見つけた。彼の指導をうけた。どんな箱を見つけなければならないか、靴墨はどうやって作るか。靴墨には煤《すす》が必要だった。それは街にありあまるほどあって、それを何かの油と混ぜる。一言で言えば、何だか臭い匂いの混ぜ物をつくりあげ、黒ければいい。それをていねいに塗りつければ、ピカピカ光るほどだった。

ある時、ドイツ人が僕に近寄ってきて、脚を箱の上に置いた。長靴は泥だらけで、その泥も時間がたっていて乾いていた。僕らはそんなのに前にもあっていたので、専用のヘラを持っていた。まず、泥を落とし、それからクリームを塗るために。僕はヘラを使った。ヘラは二回だけ使った。これがそいつには気に入らなかった。脚で箱をけとばし、僕の顔をけっとばした……

僕は普段ぶたれたことがなかった。子供同士のけんかは別だし、そんなことはレニングラードの学校ではいくらでもあった。しかし、それまで大人の人には一度もなぐられたことがなかった。

キムは僕の顔を見て、叫んだ。

「そんな顔で見ちゃいけない！　何もやっちゃだめだ！　殺されちゃうよ……」

ちょうどその頃、外套《がいとう》や背広に黄色い印を縫いつけた人々をあちこちの通りで見かけるようになった。キムはユダヤ人だった。けれども彼は丸坊主に頭を刈って、僕たちは彼をタタール人だということにした。髪がのびてきて、黒い巻き毛になってくると、だれがタタール人と信じてくれようか？　僕は友達のことが心配でならなかった。夜中に目ざめてその巻き毛の頭を見ると寝つけなかった。キムをゲットーに連れていかせないためにはどうしたらいいのだろうと、それればかり考えていた。

僕たちはバリカンを見つけて、僕がキムの頭を刈った。もう霜がおりていて、靴みがきは無意味だった。僕たちはこういうことを考えついた。ドイツ軍指令部は街によそからやってきた将校たちを泊めるホテルを作っていた。ドイツ人は大きなリュックサックやトランクを持ってきており、ホテルまでは近くなかった。僕らは大きなソリを手に入れて駅で待ちかまえる。汽車がついたら、二、三人の荷物をこのソリに積み込んで、街を端から端までつっきって引いて行く。この仕事で、パンやタバコがもらえた。タバコは市場にもっていけばどんな食べ物にも換えてもらえる。

キムがつかまった時は、汽車が夜中遅くにとても遅れてついた。僕らはすっかり凍《こご》えていたが、駅を離れることもできなかった。すでに外出禁止時間だった。駅の建物からは追い出されて僕らは外で待っていた。とうとう汽車がついて、僕らはソリに荷物を積み込み、歩き始めた。ひっぱるのだが、ベルトがくいこむ。やつらは追い立てる。「急げ《シュネール》！　急げ《シュネール》！」僕らは早く歩けなくて、やつらはなぐりはじめた。ホテルに荷物を運び込んで、勘定を払ってくれるのを待った。一人が命じた。「失せやがれ！」そしてキムを突き飛ばした。キムの頭から帽子が脱げた。その時、やつらはわめいた。「ユダヤだ！」僕の帽子もはぎとったが、似ていないと見てとると外にけとばして放り出した。

数日後、キムがゲットーにいることを知った。ユダヤ人のグループは街の清掃に連れ出されることがあり、僕はその中の一人の女の人と知り合いになって、僕がキムを待っている場所を伝えてくれるように頼んだ。何回か鉄条網の向こうにいるキムを見かけたし、パンやジャガイモ、ニンジンを持っていってやった。歩哨《ほしょう》が背を向けて向こうの角まで行く時を見計らって、ジャガイモを放り込むとキムがやってきて、拾うのだ。

僕はゲットーから数キロ離れたところに住んでいたが、夜な夜なすさまじい叫び声が聞こえて、目が覚めてしまうほどだった。キムは生きているだろうか？　お定まりのポグロムのあと、申し合わせの場所へ行ってみたら「キムはもういない」と合図してくれた。

僕は不幸せだったが、彼の死を見ないですんでよかったのかもしれないと思った。死は毎日いろいろな形で目にしていた。ある朝、下の階の男の子が僕を起こしにきた。「通りに出よう、殺された人たちがころがっている。父を捜したいんだ」僕たちは外に出た。外出禁止時間は終わっていたが、通行人はほとんど無かった。通りは雪にうっすらとおおわれていて、十五か二十メートルおきに雪をまぶした友軍捕虜の射殺死体がころがっていた。これは、夜中に街の中を連行されていって、立ち遅れた者が後頭部をうち抜かれたのだ。どの死体もうつぶせになっている。

少年は死体に触れることもできない。父親がいるような気がして不安なのだ。その時、僕は自分が死を前にして恐怖を抱いていないことに気づいた。僕は一人一人仰向《あおむ》けにし、その子は顔をのぞきこんだ。こうして僕らはその通りを端から端まで見て歩いた。

人々が絞首刑になるのも見た。これは一番恐ろしいことだった。集められて見物させられた。車が近寄ってくる。それは無蓋《むがい》トラックで何人かが乗っている。ある男の胸には板切れがつけてあって、「私たちはドイツの兵隊を撃ちました」と書いてある。その人たちに縄がかけられ——それはとても太くて一方は白く、あとの半分は黒かった——その男の人が何か叫んだ。でも僕は遠くにいた。縄を投げ上げたので初めて何が起ころうとしているのか分かった。突然、僕の隣にいた女の人が叫んだ。「大変！　吊るされる！」すさまじい叫び声があがった。僕らの頭上をかすめて機関銃が火をふいた。ただちに静まり返った。自動車は去っていった。女の人たちは静かに泣いていて、僕の中で何かがちぎれた。涙はなかった。一つだけ憶えているのは何日間も食事をする気になれなかったことだ。

その時から僕は涙をなくしてしまった。必要な時も出てこない。僕は泣けない。戦争を通じて泣いたのは一度きりだ。それは、僕らパルチザンの看護兵ナターシャが殺された時だ。ナターシャはバラの花が好きで僕もバラが好きだった。夏にはナターシャに野バラの花束をもっていったものだ。

ある時、僕にこう聞いたことがある。

「戦争前に何年生だったの？」「四年生」「戦争が終わったらスヴォーロフ軍学校に行くの？」

戦前は父の軍服が好きで、僕も銃を持ち歩きたいと思っていた。でもなぜか、「軍人にはならない」と答えた。

ナターシャの死体は、テントのそばの松の枝をしきつめたところにころがっていた。そのそばにかがみこんで僕は泣いていた。殺された人を見て初めて泣いたのだ。お母さんに会った時、お母さんは僕を見るばかりで、なでてさえくれず、ただ「あんたなの？　本当に、あんたなの？」とくりかえすばかりだった。

だってあたしたちは女で、あの子は男だから

リンマ・ポズニャコワ（カミンスカヤ）、六歳。
（労働者、ミンスク在住）

「戦争」という言葉さえ知りませんでした。幼稚園でこう言われました。「お父さんが迎えに来てるわ。戦争よ！」と。戦争って何？　私を殺すことなんかできるの？　どうしてお父さんを殺せるの？　もう一つ「避難民」というのも耳新しい言葉でした。お母さんは私たちの出生証明書の入った袋と住所を書いたものを子供たちの首にかけました。もしお母さんが殺されてしまっても、子供たちが誰だか分かるようにです。

避難中にお父さんは亡くなりましたが、私たちは戻ってきました。お母さんの話では、お父さんは強制収容所に連行されたので、会いに行くのだ、と言います。強制収容所っ

て何？　食料を集めました。どんな食料かって？　焼きリンゴです。私たちの家はすっかり焼けてしまい、焼けたリンゴの木に焼きリンゴが下がっていました。それを集めて食べました。

収容所はドゥローズディにあって、コムソモール湖のそばでした。今はミンスク市内ですが、前は村だったのです。黒い鉄条網を憶えています。それにそこの人も黒くて、皆、同じ顔つきをしていました。私たちには父が分かりませんでしたが、父は私たちに気づきました。父は私の頭をなでようとしたのですが、私はなぜか鉄条網に近づくのが怖くて、家に帰ろうとお母さんにせがみました。

いつ、どんなふうに父が帰宅したのか憶えていません。ただ知っているのは、父は水車小屋で働いていて、お母さんが妹のトーマと一緒にお弁当をとどけに行かせたことです。トーマはまるでちびすけで、私はすこし大きくてもう小さな胴着をつけていました。戦前にはそんな子供用の胴着もあったのです。お母さんがお弁当の包みを渡して、胴着の中に紙をはさみこみました。その紙は小さなもので、学校のノートを破った紙に手書きしたものでした。お母さんは私たちを門まで送りとどけて、泣いていましたが、こう教えました。「だれにも近づいちゃだめよ、お父さんだけよ」それからずっと立って、私たちが生きて帰ってくるまで待っていました。

恐怖はありませんでした。お母さんが行かなくちゃいけないと言うのですから、行くんです。お母さんが言った、これが大事なのです。恐いのは、お母さんの言うことをきかなかったり、言われたことをやらないことです。大好きなお母さんだったのです。お母さんの言うことを守らないなんて考えることもできませんでした。

寒くて、ペチカの上によじ登ります。そこには毛皮の長外套がおいてあって皆その中にもぐりこみます。ペチカの火をたくのに、駅に石炭を盗みに行きました。四つんばいでいかないと、突然番人に見つかるかもしれません。はっていく時は両肘《ひじ》も使います。バケツ一杯の石炭を持ってくるともう煙突掃除人のようです。膝《ひざ》も肘も鼻も額《ひたい》も真っ黒けです。

夜は皆で一つのベッドで寝ました。誰も一人で寝たがらないのです。空襲が始まるとお母さんは私たちを集めることができません。一人に服を着せていると、もう一人は枕の下にもぐりこんでしまうし、その子を引っぱり出しているうちに、こっちはベッドの下に入り込んでしまうんです。子供は四人でした。私と二人の妹と四歳のボリースです。ボリースは、お母さんがひきとった子です。あとから知ったのですが、ボリースは地下活動家のリーリャ・レヴィンスカヤさんの息子なのです。でも、その頃は、「小さい男の子が一人いて、その子は家に一人でいることが多く、一人では恐ろしいし、食べるものは何もないから」とお母さんが言ったのです。お母さんは三人自分の子で四人目が他人の子だけれど子供同士が親しくならないといけないと分かっていたので、賢いやり方をしました。自分でボリースを連れて来ないで、「行って、その子を連れていらっしゃい、仲良くしてあげるのよ」と私たちに連れに行かせたのです。私たちは行って、連れてきました。

ボリースのところにはきれいな絵本がたくさんあって、それを全部持ってきました。私たちも運ぶのを手伝いました。ペチカに皆で腰かけて、ボリースはお話をしてくれるのです。私たちは皆ボリースがとても好きになって、身内以上に親しくなりました。もしかしたら、お話をたくさん知っていたからかもしれません。私たちは皆に言ったものです。「ぜったいこの子をいじめないでね」

私たちはみな金髪で、ボリースは黒い髪でした。そのお母さんはたっぷりした黒髪で、うちに来た時、私に小さな鏡をくれました。私は鏡をしまって、毎朝これを見ていれば、ああいうりっぱなおさげになるんだわと思いました。

外で遊んでいる時、子供たちがさけびました。

「ボリースはだれの子？」

「ボリースはうちの子よ」

「どうしてあんたたちが金髪なのにあの子は黒いの？」

「だって、あたしたちは女だけど、あの子は男だから」——これはお母さんがこう答えるように教えこんだのです。

ボリースは本当にうちの子でした。だってお母さんもお父さんも殺されてしまったのです。どうしてか、私たちはそのことを知っていました。うちのお母さんはボリースが見破られて、連れて行かれやしないかと恐れていました。どこかへ行く時、私たちはお母さんを「お母さん」と呼ぶけれど、ボリースは「おばさん」と言うので、お母さんはボリースに頼みました。「お母さんと言いなさい」そしてパンを一切れあげるのです。ボリースはパンを受け取って、離れると「おばさん、ありがとう」と言うのです。

自分のお母さんを長いこと忘れなかったのです。

太陽の昇る方へ……

ワーリャ・コジャノフスカヤ、十一歳。
(労働者、ミンスク地区ミハノヴィチ村在住)

うちは軍病院の近くにありました。病院は爆撃されて、負傷者たちが杖《つえ》をかかえたまま窓から落ちるのが見えました。うちも燃え始めて、母は火の中に飛び込みました。「女の子たちがいるんだから、子供たちの服を取ってくるわ」と。

ミンスクは燃えていました……私たちのうちが燃えていました……母が燃えていました……私たちもあとを追おうとしましたが、みんなが追いついて、止めました。「おかあちゃんは助けられないよ」皆が走っていく方へ、私たちも走りました。死んだ人たちが転がっています。けがをした人たちが、うめき声をあげ、助けを求めています。誰が助けてくれるでしょう？　私は十一歳だし、妹は九歳だったのです。私たちは、はぐれてしまいました……。

妹に会えたのはミンスク郊外のオストロジツクの孤児院でした。ミンスクにはもうドイツ軍が入っていました。戦争の一年前に、ここのピオネール・キャンプに父が連れて来たことがあります。両親を亡くし、家が燃えてしまって、どれほど泣き叫び、どれほど涙を流したことでしょう！　孤児院にいたのは一年か、もう少し短かったかもしれません。もう思いだせません。それからドイツに子供たちを連れていく選別が始まりました。年齢でなく、身長で選ぶのです。そして私は、運の悪いことに背が高かったんです。父親ゆずりでした。妹は母に似て小さかったのです。トラックが来て、自動小銃をもったドイツ人にとり囲まれ、ワラを積んだ車に追い込まれました。妹は泣き叫んでいて、つきとばされ、足もとを撃たれました。こうして私たちは、はなればなれにされました。

みんな身体をくっつけあって、車の中に座って、震えていました。汽車は子供たちで一杯で、十三歳以上の子はいません。最初に車が止まったのはワルシャワでした。水も飲ませてくれないし、食べ物もくれません。ただ、一人のおじいさんが、丸めた紙切れをポケット一杯持って入ってきました。それにはロシア語で「主の祈り」が書いてあって、それを一人一人に配りました。

ワルシャワからまた二日間かかって、保健所のようなところへ連れていかれました。男の子も女の子もいっしょくたに、素っ裸にされて、私は恥ずかしくて泣いていました。女の子たちはこちらに、男の子たちはあちらにしてほしかったのに、みんないっしょくたにされて、何か特別な匂いのするホースを向けられました。あの匂いは二度とかいだことはありませんが、どんな消毒薬だったのか分かりません。何か見るどころではありません。眼といわず口といわず、耳といわず、おかまいなしの消毒でした。それから縞《しま》模様のズボンとパジャマのような上着をきせられ、足には木の足枷《あしかせ》をはめられ胸には「Ｏｓｔ〔東〕」と書いた鉄の札をピンでとめられました。

外に追い出され、集会の時のように整列させられました。どこかへ連れていかれるんだろう、収容所だと思いました。後ろの方で「売られるんだ」とささやいているのがきこえました。年老いたドイツ人が近寄ってきて、私と他に三人の女の子を選び出し、お金をくれて、ワラの積んである荷車を示して言いました。「乗れ！」

その領地は、ロシア語に訳せば「緑の屋敷」という名でした。私たちは納屋に住まわされました。納屋の半分には犬が十二匹いて、こちら側が私たちでした。すぐに野良《のら》へ出されました。鋤《すき》や種まき機の刃をいためないために石ころを拾う仕事です。石は一つ所にきちんと並べなければなりません。並べかたが悪いと、ドイツ人がかけつけてきて

「ぶかっこうだ」というのです。私たちは、木の足枷をつけられて、足はまめだらけでした。まずいパンと脱脂乳を与えられていました。

ある女の子は、身体がついていかず、死にました。その子は馬にのせて森につれていかれ、素っ裸で埋められました。木の足枷と縞のパジャマは領地に戻ってきました。たしか、オーリャという女の子でした。

とても年とったドイツ人がいて、犬の係でした。ロシア語はとてもへたなのに、私たちにいっしょうけんめい説明しようとするのです。「子供《キンダー》、ヒトラー、やっつける、ロシア、コミュニスト」鶏《とり》小屋にいって、卵をいくつも帽子の中につっこむと、道具箱の中に隠してしまいます。その人は、その領地のちょっとした直し仕事もやっていたのです。斧《おの》をもち出して仕事に行くような顔しているのに、私たちのそばに道具箱を置いて、あたりを見廻すと、早く食べなさいと両手で合図するのです。私たちは生卵を飲んで、カラは埋めました。

ある日、同じ領地で働いていた二人のセルビア人が私たちを呼んで、言いました。「逃げなきゃ。でないとオーリャみたいに死んでしまう。森に埋められて、足枷とパジャマはもどってくるんだ」領地の裏は沼地でした。私たちはそちらにまわって行ってそれからかけ出しました。太陽が昇る方へ、東の方へ走りました。

夕方には灌木の茂みに倒れこんで、ぐったりして眠りました。朝、眼を開けると、静かで、カエルの声だけがきこえます。朝露で顔を洗って、また先に進みました。ほんの少ししか進まないうちに、大きな街道が見えてきました。そこを渡らなければなりません。向こう側には深い、美しい森があります。そこに入れば救われたも同じです。セルビア人の一人がはい出て行って、街道を見渡すと、私たちを呼びました。「走れ！」道路に出ると、森から機関銃兵ののったドイツ軍の車が出て来ました。私たちをとりかこんで、セルビア人を袋だたきにし、踏みつけました。

セルビア人の死体は車に放り込まれ、私たちは隣に座らされました。「セルビア人はこれでいいんだ。お前ら、ロシアのブタどもには、もっといいことがあるぞ」と言われました。胸の札で、私たちが東欧のものだと分かったのです。あまりの恐ろしさに泣くこともできませんでした。

強制収容所に連れて行かれました。ワラの上に子供たちが座っていて、その上をシラミがはいまわっていました。ワラは電気の通った有刺鉄線のむこうに広がる野良から持って来るのです。

毎朝、鉄の門がガチャガチャ鳴って、笑いながら将校ときれいな女の人が入って来ました。女の人はロシア語で言いました。

「おカユを食べたい子、急いで二列に。食べられる所に連れてってあげる……」

二人はふざけて、笑っていました。子供たちは、われ先に並ぼうとして、こづき合い、押しのけ合います。皆、おカユを食べたいのです。

「二十五人だけよ」女の人は人数を数え直します。

「けんかしないで、他の人たちは明日まで待って」

私は、初めのうち信じて、みんなと一緒に駆けより、押しのけ合ったりしましたが、そのうち、怖くなってきました。

「おカユを食べにいった子たちはどうして戻ってこないんだろう?」

私は、入口の鉄の扉のすぐ近くに座っていましたが、私たちの人数が少なくなってしまっても、女の人は私に気がつきませんでした。その人はいつも私に背を向けて立っていたのです。どれだけくり返されたかわかりません。子供の記憶は不正確で憶えていることは恐怖か楽しいことだけなのです。

ある時、騒ぐ声、叫び声、銃声がきこえました。鉄の門ががちゃがちゃ鳴って、私たちのバラックにわが軍の兵士たちがなだれこんできました。「助けにきたぞ!」と兵士たちは私たちを何人もひとまとめに肩車したり、抱いてくれました。キスをして、抱き合って、泣いていました。私たちは皆、骨ばかりで、すっかり軽くなっていました。外に運び出されると、焼却炉の黒い煙突が見えました。

何週間も私たちは治療を受け、食事をもらいました。元気になってから、太陽の昇る方へ運ばれていきました。家に帰ったのです。

いっしょに横になって、死んだおばあちゃんを抱いていました

マーシャ・イワノワ、八歳。
（教師、スモレンスク州シュミャチスク区プルドーク村在住）

父は松葉杖をついて国内戦から戻ってきました。でも、コルホーズの長で、模範的な運営をしていました。私が字が読めるようになると、うちのコルホーズのことが書いてある新聞の切りぬきを見せてくれました。父は戦前優秀な議長として、先進的コルホーズの州大会と、モスクワの農業博覧会に派遣されました。
みんなが野良仕事を終えて帰ってくる時に唄っていた歌を憶えています。太陽が地平線に近くなるころ、山の下から、ゆったりした、やさしい歌声があがってくるのです。

カシの森かげへ
　ころげていった
　　明るいお天道さん、
さあ、みんな　お家《うち》に
　帰りましょ

歌声の方へかけ出していきます。そこにはお母さんがいるのです。お母さんの声もきこえます。お母さんは私を抱き上げてくれて、私は首っ玉に抱きついてから、とびおりると先にたって走って帰ったものです。歌声がおっかけてきて、その歌は世界中を満たしてしまう、とっても楽しくて、すばらしい時でした。

そんな幸せな子供時代のあとで、死の中に踏みこんだのです……。

戦争が始まって、父は党の任務で占領地域に残りました。父は家にはいませんでした。父はみんなに知られていましたから。ファシストを見たのは、奴らが夜中にドアを破って、家の中に押し入ってきた時です。すさまじい叫び声で目が覚めましたが、目をあけられません。明るい、まぶしい光が顔に当たりました。半裸の私たちは銃をつきつけられ、ライトに目がくらんだまま一列に立たされて、家宅捜査が始まりました。銃剣で壁紙ははがす、床板は上げる、天井は破る、ペチカの中をのぞきこみ、衣服を投げちらかしました。

父がうちに来たのは夜だけです。ある時、こんな話を耳にしました。

「ドイツ軍の自動車を爆破した……」

私がペチカの中で咳込《せき》みはじめたので両親はすべて私にきこえていると理解しました。

「このことは誰にも言っちゃいけないよ、マーシャ」と父は言いました。

その他にも、一度となく「誰にも言っちゃいけない」ことを耳にしました。これはやさしいことではありません。私は人々を恐れるようになりました。「誰にも言っちゃいけない」ことを私が知っていると悟られてしまうかもしれないでしょ。夜中に扉をたたく音がして、それが父ととり決めた用心深いたたき方でなかったら、心臓が震え始めたものです。「ファシストか、その手先となった警察で、また父について訊問が始まるんだ」私はうちの大きなペチカの一番暗い隅へ入り込んで、おばあちゃんに抱きついています。眠ったら怖いので、しょっちゅう目を覚まします。煙突の中で、雪嵐が吠え声をあげ、煙突の蓋《ふた》が震えて時々かたかたと鳴るのです。吹雪の音を聞きながら小声で、長いこと唄っていなかった歌を口ずさんでみます。

　嵐は闇で空を覆《おお》い
　うずまく　雪煙

吹雪がうなり声をあげているのではなくてお母さんが泣いているような気がしてきます。私は高熱にうなされました。チフスでした。
夜遅くに父が来ました。最初にそれに気づいたのは私で、おばあちゃんを呼びました。お母さんと兄は近所の家に隠れて、夜は私とおばあちゃんと二人で残っていたのです。

父は凍えていて、私は燃えるような熱でした。父は私のそばに座ったなり出ていかれないのです。疲れきっていて、年とって。でも、本当に身近な人にまちがいないのです。父が来てから数時間してドアをたたく音がしました。父が毛皮外套を着る間もなく、懲罰隊が押し入ってきました。父を通りに追い立てます。父は私の方に手をさし延ばすのですが、殴りつけられ、突きとばされます。私ははだしで雪の中を川までかけていって「おとうちゃん、おとうちゃん」と呼びつづけました。おばあちゃんは、家の中で、嘆いていました。「神はどこにいるの、どこに隠れちまったのさ?」

おばあちゃんはこんな悲しみに耐えられませんでした。だんだん泣き方が静かになって、二週間後の夜中にペチカの上で死にました。私はいっしょに寝ていて、死んだおばあちゃんを抱いていました。家には他に誰もいなかったのです。

お父さんが亡くなってから、お母さんもすっかり変わってしまいました。家からどこへも出ていかなくなりました。死ぬチャンスを探し求めていたようでした。お父さんのことばかり話して、仕事でも疲れやすくなりました。戦前は増産キャンペーンの優等生で、何でも一番だったのに。お母さんは、私がいることにぜんぜん気づかないみたいでした。私は一所懸命にふれるようにしたのですが。お母さんの眼が生き返るのは、お父さんの思い出話をする時だけでした。

……女たちがうれしそうにかけつけてきたのを憶えてます。

「隣の村から男の子が馬でかけつけてきて、戦争は終わったって言うんだよ。地区のセンターで言ってたけど、もうじき男たちは帰って来るようになるって」
お母さんは、私が洗ったばかりのきれいな床に倒れました……

俺は見た……

ユーラ・カルポヴィチ、八歳。
（運転手、トゥルガイスク州エシリスク区ザレチノイ村在住）

……俺は見た、俺たちの村を捕虜になった人たちの隊列が追い立てられていくのを。その人たちが立ち止まったところは、木の皮がかじられていた。緑の草をむしろうとかがんで、銃殺されていた。春のことだった……

俺は見た、夜中にドイツの軍用列車が転覆したのを。朝には鉄道で働いていた人たちが、全員レールの上に寝かされてその上を機関車が走った……俺は見た、首輪のかわりに黄色い輪を首にかけた人々が軽四輪馬車につけられて、馬のようにそれをひいていたのを。「ユダ！」とどなられてこの黄色い輪を首にかけた人々が撃ち殺されたのを。

俺は見た、子供たちが母親の腕の中から銃剣でひったくられ、火の中に放りこまれたのを……

俺は見た、猫が泣いているのを。焼きつくされた家のてっぺんにいて、しっぽだけが白いままで、身体中が黒かった。きれいになめたくてもできなかった。その毛皮が枯葉のように、カサカサいったような気がした。

こういうわけで、俺たちは自分の子供たちを理解できない時があるし、子供らは俺たちを分かってくれないのだ。我々は別々の人間なんだ。忘れて、生きていく、皆と同じに。だが、時折、夜中に眼覚めて、思いだせば、叫び声をあげたくなるんだ……

おかあさん、みんなが宙に浮いているよ

ピョートル・カリノーフスキイ、十二歳。
（建設技術者、ミンスク在住）

子供の頃のことで一番憶えているのは、父をとても自慢にしていたことだ。父は革命の参加者で、赤軍兵士だった。戦前に五年生を終えていて、国内戦についての本や冒険物語が大好きだった。好きな主人公がチャパーエフとパーフカ・コルチャーギン〔チャパーエフは国内戦の英雄、コルチャーギンは『鋼鉄はいかにきたえられたか』の不屈の主人公。〕だったのは、戦前の他の男の子たちと同じだ。戦前の男の子たちって、どこか一塊《ひとかたまり》で憶えている。これは皮膚で感じる。僕らは戦争によって世界の他の男の子たちと断ち切ら

れてしまった気がする。

父がパルチザンになって出ていく時、僕を連れていくと言った。お母さんは泣いた。僕は勉強がよくできたし、「頭のいい子なのに殺されてしまうよ」と。子供の頃、僕は自分でお話をつくったし、五歳で読めるようになっていた。お母さんは僕が芸術家になったらいいと思っていたけど、僕の夢は空を飛ぶことを覚えて飛行士の制服を着ることだった。それにも僕らの時代があらわれている。たとえば、戦前、飛行士や水兵になることを夢みていない男の子なんて会ったことがない。今だったら子供たちは「美容師になりたい」とか「車掌さんになりたい」とか言うけど、僕らは空か海でなければだめだった。こんなエピソードがある。首吊りにされた人々を初めて見た時、僕は家に走って帰った。「おかあさん、みんなが宙に浮いているよ」初めて空をこわいと思い、それからは空に対する態度が変わってしまった。もっと警戒心を持つようになった。人々はとても空高く浮かんでいた憶えがあるが、恐怖のせいでそう感じただけかもしれない。でも、地上で殺されている人々を見たけれど、あんなに恐ろしいと思わなかった。

……倒木の間を抜けて哨所《しょうしょ》を一つ、二つ通っていった。突然、森中に味方がロシアの歌を唄っているのが聞こえた。次に人気歌手のルスラーノワの声が聞こえる。部隊には拡声器があって、すっかりすりきれたレコードが三、四枚あった。僕は呆然《ぼうぜん》として立ちつくしていた。自分がパルチザンの中にいて、そこでは歌を唄っているなんて信じられなかった。僕は二年間、ドイツ軍がやってきた街に住んでいたし、人々が唄うことなど忘れていた。僕は人々が死んで行くのを眼にしていたし、人々が殺すのも見た。それ以外のことは見たことがなかった。

一九四四年にミンスクのパルチザンのパレードに参加した。生き残った……。僕は右側の隊列の端を行進した。演壇がよく見えるようにそこに入れてくれたのだ。「お前はまだ大きくなっていないから」とパルチザンの人たちは言った。「俺たちの中じゃまぎれてしまって何も見えないだろ。でもこの日は憶えておかなければならないからね……」

子供はゴムまりのようで、沈んでいかないのです

ワーリャ・ユルケヴィチ、七歳。
（教師、ミンスク在住）

子供の頃、私はどちらかというと男の子のようでした。おそらく家ではとても男の子を欲しがっていたのに生まれたのが女の子だったんです。両親は私に男の服装をさせて、男の子のような断髪にさせていました。遊びも男の子の遊びの方が好きでした。「強盗、コサック」ごっことか、「戦争」ごっことか。私は自分が勇敢なんだと思っていました。

私たち疎開者を満載した汽車がスモレンスク郊外で空襲されて全滅したのだったと思います。私たちは生き残って、瓦礫《がれき》の下からひっぱり出されました。村まで行き着いたけれど、そこで戦闘が始まりました。その家のおかみさんの地下室にいたのですが、家はくずれて、私たちは生き埋めになりました。戦闘が静まって、地下室からどうやらはい出しました。まず第一に思い出すのは、自動車です。乗用車が走っていて、それには黒いピカピカのコートを着た、笑顔の人たちが乗っていました。その気持ちを伝えることはできません。恐怖心もあり、何か病的な好奇心もありました。その人たちは村中を廻って、姿を消しました。私たち子供は村はずれで何が起きているのか見に行きました。私たちが畑に出て見たのは、恐ろしいものでした。ライ麦畑一面に殺された人々が散らばっていました。私は女っぽい性格でなかったのかもしれません。こういうことを見たのは初めてだったのに、見るのを怖がったりしませんでした。その人たちは黒こげになって転がっていました。あまりにたくさんあって、とてもこれが人だと信じられないほどでした。これが私の戦争の第一印象です、この殺された人々が。

お母さんとヴィテブスクに戻りました。うちは破壊されてしまって、私たちを泊まらせてくれたのはユダヤ人の家族でした。二人のとても身体の弱った、とても親切な老人たちでした。私たちはその人たちのことをとても心配していました。というのも街のいたるところに布告がはられていて、「ユダヤ人はゲットーに出頭しなければならない」

と書かれていたからです。私たちは二人に家の外に出ないように頼みました。ある時私たちは家にいなくて、私は妹とどこかで遊んでいました。お母さんもどこかへ行っていました。帰って来て、メモを見つけました。そのユダヤ人たちは「あなたたちのことが心配なのでゲットーへ行く」と書いてありました。命令には、「ユダヤ人がどこにいるか知っているならロシア人はそのユダヤ人をゲットーに突き出さなければいけない。そうしなければそのロシア人も銃殺になる」とありました。

このメモを読んで私と妹はドビナ川へ駆けだして行きました。そこには橋がなくて、ゲットーへは舟で運ばれるのです。岸はドイツ人が包囲していました。私たちの眼の前で舟に老人や子供たちが積み込まれ、その舟は川の中央までいって、転覆させられました。あの老人たちを捜しましたが、見つかりませんでした。夫、妻、二人の子供たちという家族が舟に乗るところが見えました。舟が転覆させられると大人たちはすぐに河底に沈んでいくのですが、子供たちはいつも浮かび上がってきました。ファシストたちは、笑いながらその子供たちをオールでなぐっていました。子供たちを一か所でなぐり、別のところでその子たちが浮かび上がると、追いかけていってまたなぐりました。でも子供たちは、ゴムまりのようで、沈んでいかないのです。

静まりかえっていました。もしかして私の耳がつんぼになっていたので、静まりかえって、すべてが死に絶えたようになっていたのかもしれません。この静寂の中に突然、若々しい、うつろな笑いがはじけました。若いドイツ人が立って、これをすべて見守りながら、笑っていたのです。私と妹がどうやって家に帰ってきたのか、どうやって妹を連れてきたのか憶えがありません。その頃、子供たちは早く大人びたようです。妹はその時三歳でしたが、すべて理解していました。

通りを歩くのが怖かった。廃墟をさまよう方が安心でした。夜中に家にドイツ人が押し入ってきて、私たちを揺り起こします。私は妹と寝ていて、お母さんはおばあちゃんと寝ていました。全員外に追い出され、何も持たせてくれませんでした。これは冬の初めの頃で、私たちは自動車に積み込まれて、汽車まで連れていかれました。

アリトゥス――数週間後私たちが着いたリトアニアの街はそういう名前でした。駅で、私たちは隊列を組まされ、連れて行かれました。途中で私たちはリトアニア人たちに会いました。その人たちは、私たちがどこへ連れていかれるのか知っていたのでしょう。ある女の人がお母さんに近寄って来てこう言いました。「あなた方は死のラーゲリ〔強制収容所〕に連れて行かれるのよ。あなたの娘さんをおいてらっしゃい。助けてあげるわ。生き残れば、見つけられるし」妹はかわいい子で、皆が妹を欲しがりました。でも、自分の子供を手放すお母さんなんているでしょうか？

ラーゲリではまずおばあちゃんが連れて行かれました。老人たちは別のバラックに連れて行くのだと言われました。おばあちゃんが私たちのところへ来てくれると思っていたのですが、おばあちゃんは帰ってきませんでした。そのあとで、老人たちは皆ガス室におくられたのだと人づてに聞きました。おばあちゃんのあとで、ある朝、妹が連れて行かれました。その前に、数人のドイツ人がバラックをまわって、子供たちの調査をし、かわいらしくて金髪の子供たちだけを選び出しました。妹は金髪の巻き毛で青い目でした。全員を登録したのではなく、まさに、そういう子供だけだったのです。私は連れて行かれませんでした。私の髪は黒かったのです。ドイツ人たちは妹の頭をなでました。妹はとても気に入られていました。

妹は朝連れて行かれて、夕方帰ってくるのですが、日に日にやつれていくんです。お母さんがいろいろ問いただしても妹は何も話しません。何かでおどしてあったのか、あるいは薬を与えられていたのか、妹は何も憶えていませんでした。あとになって、子供たちは血を取られていたのだと分かりました。きっとたくさん取られたのでしょう。数か月たって妹は死にました。妹が死んだのは朝で、また迎えが来た時、妹はもう死んでいました。

おばあちゃんを私はとても好きでした。お父さんとお母さんが仕事に行っている間、いつもおばあちゃんと留守番だったからです。でも私たちはおばあちゃんの死を見ませんでしたから、まだ生きていると希望を持っていました。妹の死は身近で起こったんです。妹はまるで生きているみたいに横たわっていました。

隣のバラックにはオリョール州の女の人たちがいて、その人たちは毛皮を着ていました。毛皮外套はすそが広がっていて、どの女の人にも子供がたくさんいました。その人たちはバラックから追い出されて、六人ずつの列を作らされ、子供たちと一緒に行進させられました。子供たちは、女の人たちにしがみつきました。女の人たちの足並みがそろわないと、短い編み鞭《むち》でたたかれました。私はこの女の人たちを見ていました。女の人はたたかれても、やはり歩いて行きました。なぜなら、ころべば撃ち殺されて、子供も撃たれることを知っていたからです。その人たちが起き上がっては歩いて行くのを見ていて、私の胸の中でむっくり起きあがったものがありました。

大人は仕事にかり出されました。ネマン川から丸太を運んできて、それを岸までひきずっていくのです。川の中でもたくさんの人たちが死んでいきました。ある時責任者が私をつかまえて、仕事に行くことになっているグループに放り込みました。その時、群がっている人の中からおじいさんがとび出してきて、私をつきとばし、私の代わりになりました。夕方、私たちはお礼を言おうと思ってその人を捜しましたが見つかりませんでした。川で死んだと言われました。

お母さんは学校の先生でした。「人間らしさを失っちゃいけないわ」と言うのが口癖でした。地獄のような暮らしでも家の習慣をどうにか保とうとしていました。どこで、いつ洗濯していたのか知りませんが、私はいつも洗濯のしてある清潔な服を着ていました。冬には雪で洗っていました。私の服を全部脱がせて、私が寝板の上で毛布をかぶっているあいだに、お母さんは洗濯するのです。私たちは身につけている物しか持っていませんでしたから。

祝日を祝おうとさえしました。その日のために何かしら食べる物をとっておきました。お母さんはそういう日だけは微笑《ほほえ》もうとしていました。味方がきっと来ると信じていたのです。信じていたので私たちは生き残れたのです。

……こういうこと全てを体験し、見聞きして、子供のままでいられるでしょうか？　私はなにもかも大人の眼差しで見てきました。同い年の子供たちよりませていました。戦後、一年生にはいかないですぐ五年生になりました。私はもう大きくなっていたのです。とても内向的でとても長いこと人を避けていました。以後ずっと、孤独が好きでした。他人がうっとうしくて一緒にいるのは辛かった。何か自分だけのものが私にはあって、それは誰とも共有できないんです。このことは誰にも、身近な人にも話したことはありません。話せないんです。あなたに話すのが初めてです。話していると私たちのところから連れて行かれた時のおばあちゃんの顔が眼に浮かびます。あなたには見えないでしょう？　これをどう伝えたらいいのでしょう。伝える言葉が見つけられません。伝えられる言葉はないんです。

お母さんはもちろん私の変化に気づきました。私の気を晴らそうとして色々な祝日を思いつき、私の名の日など一度も忘れたことがありません。戦後、お母さんは人恋しくて、とてもお客好きで、いつもお母さんの友達たちがお客に来ました。これが私には理解しがたかったのです。お母さんが私のことをあわれに思ってくれているとは知らなかったのです。

長持はちょうどその子の背丈でした

ドゥーニャ・ゴルーベワ、十一歳。

（搾乳婦、モギリョフ州チャウスク地区プルドン村在住）


お母さん、お姉さん、弟が畑に行きました。亜麻の種を蒔《ま》きにいったんです……みんなが行ってしまって一時間ほどして女の人たちが走ってきます。

「ドゥーニャ、あんたんとこの人たちが撃ち殺されて、畑に放り出されてる」

お母さんの握り拳《こぶし》から種がこぼれ落ちていたんですが指が全部しっかり握られていてどうしても開くことができません。お母さんは種を握ったまま埋められました。私は小さい赤ん坊と二人っきりになりました。お姉さんの夫はパルチザンで、お姉さんはこの子を産んだばかりでした。まだ六か月の赤ん坊でした。

一人になって、牛の乳を搾《しぼ》ることもまだできません。雌牛《めうし》は牛小屋の中でベエベエ声を上げて、赤ん坊を見てベエベエ鳴き声を立てるんです。ここの主人がいないのを感じてたんです。

夜には赤ん坊が私のとこに這《は》い寄ってきて、胸にすがりつきます、おっぱいを。胸をひっぱって与えてやるとぴちゃぴちゃ吸って眠ってしまいました。

どこで風邪《かぜ》を引いたのか？　どうして病気になってしまったのか？　私だって小さかったので分かりませんでした。その子はこんこん、こんこん咳《せき》をして何も食べません。雌牛はドイツ軍が連れて行ってしまいました。

その子は死んでしまいました。うんうんうなってうなって、死にました。耳を澄ましたら静かになっていたんです。ぼろ切れを上げてみたら黒くなった赤ん坊が転がっていて顔だけが白いんです。きれいな顔でした。かわいいちっちゃな顔でした。全身くろずんでいました。

夜。どこに行こう？　朝を待とう、朝になったら人を呼ぼう。そうしてそのまま泣いていました。小屋の中には誰もいない、この小さな男の子ももういないんです。夜が明けてきてその子を長持の中に入れました。猫やネズミがでてきてこの子をかじったらいけないと思ったんです。生きている時よりもっと小さくなっていました。長持はちょうどその子の背丈《せたけ》でした。

熟れたカボチャのように

ヤコフ・コロジンスキイ、六歳。
（教師、ブレスト州ベリョーザ地区レヴャチチ村在住）

庭のサクランボの木の下へ枕と衣服と大きなクッションをひっぱり出すとき、僕たちはその陰になるので動いている脚だけが見えた。飛行機が飛んで行ってしまうとぜんぶ小屋の中にかつぎこむ。そんなことを一日に何回も繰り返した。これが戦争の初めの頃で、あとになってもう何も惜しくなくなると母は僕たち子供だけを集めて、他の物は放っておくようになった。

その日……これは僕が知っているような気がするのだけど、もしかしたら、父から聞いた話で知っているのかもしれない。僕は自分で憶えているのだと思っているんだけど。

朝、太陽。やさしい太陽。もう牛は放牧に出したあとのこと。母が僕を起こして、暖かな牛乳をカップ一杯出してくれた。すぐに野良仕事に行かなけりゃならない。父が鎌《かま》をたたいてつぶれを直している。

「ヴォロージャ！」お隣さんが窓をたたいて父を呼んでいる。

父は通りに出ていく。

「ずらかるんだ……ドイツ人が一覧表を持って村をまわっている。誰かが活動家のリストを作ったんだ。学校の女の先生もひっぱられた」父たち二人は畑づたいに森へ這っていった。少し時間がたって、二人のドイツ人と、村の警察官がやってきた。

「父ちゃんはどこだい？」

「草刈りに行ったよ」と母が答えた。

そいつらは小屋の中を歩きまわって見たが、僕らに手を触れようとはせずに、出ていった。

朝の青みがかった空気がまだ煙のようにたなびいている。肌寒い。母と木戸の陰から眺めている。近所の人が通りに追い出されて、手を縛られている。学校の先生が連れていかれる。皆、両手を縛られて、二人ずつ並べられている。僕は、縛られた人を見たことがなかった。身体中をこまかい震えが走った。母は「小屋に入んな。上着を着るんだよ」と僕を追いやった。僕は肌着一つで、ぶるぶる震えていたけれど家には入らなかった。

家は、村のちょうど真ん中にあった。そこに追いたてられた人たちが集まってきた。縛られた人たちは頭をたれて立っていた。その人たちは一覧表で点呼されて、村はずれに追いたてられて行った。村の男が大勢と女の先生が一人いた。

女の人や子供たちがそのあとを走って行った。その人たちはせかされて行ったので、僕らは遅れた。家並の最後の納屋まで走りついた時、銃声がきこえた。人々が倒れた。倒れる者、立ち上がる者、それを素早く射殺して、自動車は去って行く。オートバイを押して男が戻って来て、殺された人たちのまわりをひとまわり乗りまわす。その手には何か重たいものを持っている……警棒か、オートバイのハンドルか……オートバイに乗ったままで、ゆっくり走りながら、皆の頭をたたき割ってまわる。もう一人のドイツ人はピストルでとどめをさそうとしたが、前の奴が頭をふって必要ないと言った。皆は行ってしまったのに、そいつだけは全員の頭を割るまで走り去らない。頭は熟れたカボチャのようにバシャンという音をたてた。僕は人間の骨がどんな音をたてて割れるか聞いたことはなかった。父が熟れたカボチャを斧《おの》でたたき割って、僕はその種を集めたんだけど、その時の音を憶えていたんだ。

僕はあんまり恐ろしくなって、母も他の人たちもおいて、どこかへ走って行ってしまった。一人っきりで。隠れたのは家の中ではなく、なぜか納屋の中で母は僕を見つけた。僕は二日間どもっていて、話すことができなかった。

外に出るのも怖かった。窓を見ていると、一人が板を、次の人が斧を三人目がバケツをもって走って行く。どこの家でも板を削って、削りたての木の香がたちこめた。なぜならどこの家でも新しい棺を作ったからだ。僕はそのあと長いことこの匂いを嗅《か》ぐと吐き気がしたものだ。

棺に横たわっているのは僕の知っている人たちだったが……首がついている死体は一つもなかった。頭の代わりに白い布につつんだものがあって……その中味は手でかき集めたものなのだ。

……父が帰ってきた時、二人のパルチザンと一緒だった。静かな夜で、牛たちは家に追い込まれた。もう寝る時間なのに、母は僕たちに旅支度をさせた。上着とズボンを着せられた。僕にはまだ二人の弟がいた。一人は四歳、もう一人は十か月だった。一番大きいのが僕だった。鍛冶場《かじば》まで自分で行って、そこで皆とまり、父は振り返った。僕も振り向いた。村はもう村というより、黒いよそよそしい森のようだった。

母は下の弟を抱いて、父はふろしき包みと真ん中の弟を抱いていた。僕はそのあとに追いついていけない。若いパルチザンが声をかけた。「おいらが運んでやるよ」パルチザンの若者は片手に機関銃を持ち、もう一方には僕を抱いて歩いた。

泣く奴は撃ち殺す

ヴェーラ・ジュダン、十四歳。
（搾乳婦、ミンスク地区ドゥヴォブリャン村在住）

私たちは機関銃をつきつけられて連行され、森の空き地に連れて行かれました。「いや」ドイツ人は頭を振ります。「ここじゃない……」さらに奥に連れて行かれました。ドイツ軍の手下になった警官はこう言います。「パルチザンの悪党どもをこんなきれいなところでやっつけるのはもったいない。どろんこの中でやっつけるんだ」

一番低くなっている所が選び出されました。そこにはいつも水が溜《たま》っているのです。父と兄は穴を掘るためにスコップを渡されました。私たちはお母さんと一緒にそれを見ているようにと木の下に立たされました。兄たちが掘っている様子を見ていました。兄は、最後にスコップを投げだして、「見ろ、ヴェーラ！……」と叫びました。十六歳でした。

兄たちが射殺されるのを母と一緒に見ました。兄は穴に落ちないで、弾丸があたって前かがみになって、脚を踏み出して、穴のそばにすわりこみました。兄は穴の中に蹴落とされました。泥の中に。何よりも恐ろしかったのは兄たちが撃ち殺されたことではなく、グチャグチャのぬかるみの中に倒されたことでした。泣くことは許されず、村に追い戻されました。殺された人々には砂もかけられませんでした。

私たちはお母さんと二日間、家でそっと泣いていました。三日目に同じドイツ人と村の警官二人がやってきました。「てめえらの悪党どもを葬《ほうむ》ってやんな」と言いました。あの場所に行くと、死んだ人たちは穴の中に漂っていて、そこはもう墓というより井戸なのです。シャベルを持って行って穴を掘りながら、泣きました。警官たちが言います。

「泣く奴は撃ち殺す。笑うんだ……」微笑《わら》うよう強制されました。私がかがみ込むと、警官は近寄ってきて、私が笑っているのか泣いているのかのぞき込むんです。

平気でつっ立っていて……皆、若くて、ハンサムな男の人たち……その人たちがこんなことを命ずるんです。私の心は、すさまじい恐怖の念にとらえられました。死人よりも、生きた人間の方が怖くなったのです。この若い人たちが……その時から、若い男の人が怖くなりました。ずーっと独身です……お嫁には行きませんでした。

犬たちはガーリャをずたずたにしてくわえてきた

ワーリャ・ズミトローヴィチ、十一歳。

（労働者、ミンスク在住）


思い出したくありません。思い出したくありません。絶対いやです。

うちは七人兄弟でした。戦争前は母もほがらかでした。「お日様が照って、子供たちが育っていくわ」戦争が始まって、泣いてました。「こんな時に、子供ばっかりたくさんいて……」兄のユージクは十七歳、私は十一歳、イワンは十歳、ニーナが四歳、ガーリャは三歳、アーリクは二歳、サーシャは五か月だったわ。乳飲み児はまだおっぱいを吸っていて、泣いていました。

その頃は知らなかったことで、戦後になって人から聞いたのですが、うちの両親はパルチザンの人たちや牛乳工場で働いていた捕虜になった味方の人たちと連絡があったそうです。そこでは、お母さんの妹も働いていました。一つ憶えていることがあります。ある晩、うちに男の人たちが座っていたのです。窓のカーテンは閉まっていましたが、明かりが透けて見えて、銃声が鳴りました。窓を直接ねらって。お母さんは明かりをひっつかんでテーブルの下に隠しました。

……お母さんがジャガイモを焼いた料理をつくってくれました。お母さんはジャガイモで、それこそ百種類の料理をつくれました。何かの祭日のしたくをしていたのです。家の中においしい匂いがしていましたっけ。父は、森のそばのクローバーを刈っていました。ドイツ軍が家をとり囲んで、喚《わめ》きました。「出てこい！」お母さんと、私たち三人の子供が外に出ました。お母さんはなぐられて、叫びました。

「子供たち、家に入んなさい！」

お母さんは窓の下に壁の方を向いて立たされて、窓の中には私たちがいたんです。

「お前の息子はどこだ？」

お母さんは答えました。「泥炭を掘ってるよ」

「そこへ行こう」

奴らはお母さんを車に押し込むと自分たちも乗り込みました。ガーリャは小屋から走り出て、泣いています。お母さんを恋しがって。ガーリャもお母さんと一緒に車に放りこまれました。お母さんは叫んでいます。

「あんたたち、小屋に入ってなさい」

野良から父がかけ戻ってきました。皆が知らせたんでしょう。何か書類を持ってお母さんのあとを追っかけました。同じように、私たちに叫んでいます。「お前たち、小屋に入ってな！」まるで小屋が私たちを救ってくれるか、そこにお母さんがいるみたいに。私たちは庭で待っていました。夕方には、門の上やリンゴの木に登ったりしました。お父さんとお母さん、妹と兄が帰ってくるんじゃないかと思って。ところが、村の反対の方から人々が走ってくるじゃありませんか。「お前たち、小屋を出て、逃げな。お母さんたちはもう生きていない。お前たちをつかまえに来るよ」

ジャガイモ畑づたいに沼の方へ這って行きました。夜中、そこにじっとしていて、太陽が昇ってきました。どうしたらいいのでしょう？　一番下の妹をゆりかごの中に忘れてきたのに気づきました。村に行って、下の子を連れ出しました。その子は生きていました。ただ、泣きすぎて青ざめていました。イワンが言います。「おっぱいやれよ」私に何がやれるでしょう？　おっぱいなんか無いんですから。イワンは妹が死んでしまうと慌《あわ》てました。「ためしてみろよ」と頼むんです。

隣のおばさんがやってきて、「あんたたちを捜しに来るよ、おばちゃんのところに行きなさい」と言います。

うちのおばは他の村に住んでいました。私たちは言いました。「おばちゃんを捜しにいく。でも教えて、うちのお母さんとお父さん、兄ちゃんと妹はどこ？」

そのおばさんは、皆、銃殺されたと言いました。皆、森のそばにころがっているって。

「でも、そこに行っちゃいけないよ」

「あたしたち村を出るんだもの、お別れに行くわよ」

「だめだよ、あんなふうになったお母さんを見ちゃ」

おばさんは私たちを村はずれまで見送ってくれましたが、お母さんたちの死体がある方へは行かせませんでした。

何年もたってから、お母さんは眼をくり抜かれて、髪をひきむしられ、胸を切り落とされたのだと聞いたんです。小さなガーリャはモミの木の下に隠れて、言うことをきかないので、シェパードを何匹もけしかけられました。犬たちはガーリャをズタズタにしてくわえてきたそうです。お母さんがまだ生きているうちに。

戦後生き残ったのは私と妹のニーナの二人でした。ニーナをよその人の中で見つけてひきとったのです。地区の執行委員会に行って頼みました。「私たちに部屋を下さい、二人で住むんです」労働者の共同住宅の廊下をもらいました。私は工場で働きました。ニーナは学校に通いました。私はニーナと名前で呼んだことがありません。いつも

「妹」って言ってました。一人っきりの妹ですもの、そうでしょう？

ジャガイモだけでもポケットに入れてやろ

カーチャ・ザーヤツ、十二歳。
（クリチェフスキイ国営農場員、モギリョフ州クリチェフスク地区ウサキノ村在住）

おばあちゃんは私たちを窓辺から追い払いました。そして、お母さんに話しているんです。

「ライ麦畑で友軍の負傷兵たちと一緒にトドル爺《じい》さんがみつかったんだよ。負傷兵を着替えさせてやろうってんで息子たちの服を持って行ってやったんだね。負傷兵たちはライ麦畑で撃ち殺されてトドルは自分とこの小屋の入り口のそばに穴を掘るように命じられた。穴を掘ってた……」

トドル爺さんとはお隣さん。お爺さんが穴を掘り終わるのが窓から見えた。そしたらスコップを取り上げてなにやらドイツ語で言われているんだけどお爺さんは分からない。そしたら穴のなかに突き落とされてひざまずかされ、撃ち殺されたんです。お爺さんはぐらっとなって、そのまま埋められた。ひざまずいたまま。穴は深い穴だった。

みんな怖くなってしまった。なんという奴らだろう？　家の入り口で殺してそのまま埋めてしまうなんて。戦争の最初の日でした。

私たちの村は丸焼けに焼かれて地面しか残っていません。畑の草も。物乞いをしてやっと生き延びたんです。小さな妹と一緒に見知らぬ村を歩いて、「お恵みをください……」と頼んで歩いたんです。

お母さんは病気で歩くのが不自由でした。お母さんは恥ずかしがっていました。

小屋に着きます。

「どこから来たんだい？」

「ヤドリョナヤ部落よ。あたしたちの村は焼き払われたの」

茶碗一杯のカラスムギや一切れのパン、卵一個、ありあわせのものを恵んでくれたんです。ほんとうにその人たちがありがたかった。みな何かしら恵んでくれた。

ある時、入り口を入るなり、そのうちの女の人たちが大声で泣くんです。

「まあ、あとからあとからどれだけいるんだい！　朝も二組来たんだよ……」

「たった今来た人たちにあげてしまったよ。パンはもうないから、ジャガイモだけでもポケットに入れてやろ」

手ぶらでは帰らせようとしません。なんかしら、せめて亜麻を一つかみでもくれたものでした。一日でひとかたまりほど集まると、それをお母さんが紡《つむ》いで布に織るんです。沼の泥炭で黒い色に染めたものです。

父が前線から帰ってきました。家を建てるようになっても、村中で雌牛《めうし》が二頭残っているだけ。木材を運ぶのは雌牛でした……それから自分でも背負いました。背丈より高いのは無理だったけど、同じ高さだったら引きずってきたものです。

空に向けて撃つのでした

アーニャ・パヴロワ、九歳。
（調理師、ミンスク区ジダーノヴィチ村在住）

……奴らは私を納屋にひきずっていきました。お母さんはその人たちをおっかけて来て髪をかきむしって泣きました。「私はどうなってもいいから子供たちに手を出さないで！」私には弟が二人いて、弟たちも泣きわめきました……。

私たちが住んでいたのはオルロフ州のメホヴァヤ村でした。そこから白ロシアまで徒歩で追いたてられて行ったのです。収容所から収容所へと。私がドイツに連れて行かれそうになった時、お母さんは自分は妊娠しているようにお腹をふくらませ、私には下の弟を抱かせました。それで私は助かりました。

ああ！　今日は一日中、夜になっても落ちつけないわ。思い出したくないことに触られて……。

犬が子供たちを喰《く》いちぎって……ドイツ人たちは大声をあげて笑ってる。喰いちぎられた子供たちの、その心臓が止まるまでそばに座っていて、雪をかけてやりました、春までのお墓です。

一九四五年にはジダーノヴィチへサナトリウム作りに母が送られて、私はそのまま戦後もそこに残りました。そのサナトリウムで四十年間働いていました。私はライフルを与えられて、十人のドイツ人捕虜を仕事にひき立てていきました。初めて連れていった時には、女たちが取り囲みました。手に手に石やシャベル、箒《ほうき》を持っています。私はライフル銃片手に捕虜の廻りを走りまわって叫びます。「だめよ！　手をださないで……この人たちは私が責任を持たされているのよ……発砲するよ！」そして、空に向けて撃つのでした。女たちは泣いていて、私も泣いています。ドイツ人はただつっ立っていました……

一年生になった時、お母さんに抱かれて行きました

インナ・スタロヴォイトワ、七歳。
（農学者、モギリョフ在住）

……お母さんはキスして行ってしまいました。私たちは四人で掘立て小屋に残されま

した。小さい弟、従弟《いとこ》、妹と、一番年上が七歳の私でした。私たちだけになるのは初めてではありませんでしたから、泣かないで、おとなしくしていることはできました。うちのお母さんは斥候《せっこう》で、何かの任務で送られたこと、私たちは待っていなくてはならないということを私たちは知っていました。その頃、お母さんは私たちを村からひきとってくれて、皆でパルチザンの家族キャンプに住んでいたのです。

じっとして、耳を澄ましていると、木々がざわめいていて、女の人たちが洗濯したり、子供たちを叱っているのが聞こえます。突然、「ドイツ軍だ！　ドイツ軍！」と叫び声がしました。皆、それぞれの掘立て小屋からとび出してきて、子供たちを呼び集め、森の奥へ逃げ出します。お母さんなしで子供だけでどこへ逃げればいいのでしょう。お母さんは、ドイツ軍がキャンプに向かったのを知って、私たちを迎えにかけつけるかもしれないでしょう？　私が一番年上ですから、こう言いました。「みんな、黙っているのよ。ここは暗いし、ドイツ軍には見つからないわ」

息をひそめて、隠れていました。誰かが掘立て小屋の中をのぞきこんで、ロシア語で言いました。

「誰かいるなら出て来なさい！」

その声はおだやかで、私たちは小屋から出ました。緑色の軍服を着た背の高い人でした。

「お父さんはいるか？」私にききました。

「います」

「どこにいる？」

「遠くの方。前線よ」ぶちまけました。

ドイツ人は笑いだしたほどでしたっけ。

「お母さんはどこだ？」次の質問でした。

「お母さんはパルチザンの人たちと偵察に行ったわ」

他のドイツ人が近寄ってきました。黒い服を着ています。その人たちは何か話し合って、この黒い服のが、あちらへ行けと指さしました。そこには、逃げ遅れた女の人たちと子供が立っていました。黒い服の人が私たちに機関銃を向けました。私は恐怖に襲われました。その人が何をするのか分かったのです。私は叫び声をあげる間も、弟たちをだきしめる間もありませんでした……。

お母さんが泣いている声で眼が覚めました。そう、自分は眠っていたような気がしていたのです。立ち上がると、お母さんは穴を掘りながら泣いています。私に背を向けて立っているのですが、私は声をかける力がありません。お母さんを見ているのがやっとでした。お母さんはひと息入れようと背すじを伸ばして、私の方に顔を向けるや大声をあげました。「インナ！」走りよってひしと抱きしめました。一方の手で私をつかまえながら、もう一方の手で年下の子供たちをまさぐっているのです。ひょっとしてまだ他にも生き残っているかもしれない……いいえ、弟たちは冷たくなっていました。

少し体力を回復した時、お母さんと二人で数えてみたら、私の身体には撃たれた傷は九か所もありました。私は数を勘定できました。一方の肩に二つ、もう一方に二つ。それで四つです。脚の片方に二つ、もう片方で二つ。それで、もう八つです。それと首にも小さな傷がありました。それで、もう九つです……。

戦後、一年生になった時、お母さんに抱かれて行きました。

お母さんは叫んだんです。「これはあたしの娘じゃないよ!」――

ファイナ・リュツコ、十五歳。

(映画関係勤務、ミンスク在住)


お話しするつもりはありません……できません……あんなことがあったあとも生きていけるなんて思わなかった……気が狂ってしまうと思ってました……毎日思い出されます、話すんですか? お話ししたら病気になってしまうわ……

みんな黒かった、真っ黒だった……奴らは犬まで黒かった……

私たちはお母さんたちにぎゅっと身を寄せていた。奴らは全員を殺したわけじゃないの、村のみんなを殺したんじゃないんです。右に立っていた人たちを捕まえたんです。それから子供と親は別々に並ばせた。あたしたちは、親は銃殺になって、あたしたちは残されるんだと思った。大人の中にお母さんがいました。私はお母さんなしで生きていきたくなかったので、大人たちのほうに行かせてくれとせがんで泣きました。

お母さんはそれを見て叫んだんです。「これはあたしの娘じゃないよ！」って……

「おかあちゃん！」

「あたしの娘じゃないよ！　あたしの娘じゃないよ……」

忘れられません。お母さんの眼は涙じゃなくて、血ばしっていた。目一杯血ばしっていて「これはあたしの娘じゃないよ」って。

私はどこかに遠のけられた。それからまず子供たちが撃ち殺されるのを見たんです。撃ち殺して、親たちがそれを見て苦しむのを観察しているんです。私の二人の姉と二人の兄が殺されました。子供たちを殺してしまってから、親たちに移りました。女の人が乳のみ児を抱いて立っていました。赤ん坊は瓶《びん》で水をすすっていました。奴らはまず瓶を撃ち抜いて、次に赤ん坊、そのあとでお母さんを殺したんです。

私は気が狂ってしまうと思いました……私はもう生きていけない、と……どうしてお母さんは私を救ってしまったのでしょう？

疎開の日々

あんなにかわいいおもちゃが……

タイーサ・ナスヴェトニコワ、七歳。
（物理の教師、ミンスク在住）

あの戦争の前で憶えている限りは、何もかもうまくいっていました。幼稚園、子供会、近所の人たち、女の子や男の子たち。本が好きで虫がいやだったけど犬は好きでした。ヴィテブスクに住んでいて、父は建設局で働いていました。子供の頃で一番よく憶えているのは、お父さんがドビナ川で泳ぎを教えてくれたことです。

それから学校時代。学校で憶えているのは、大きな階段、透明なガラスの壁、太陽がさんさんと降り注いでいて、とっても楽しかったこと。生きていることって、毎日がお祭りだって気分でした。

戦争が始まってすぐ、お父さんは出征して行きました。駅で別れた時のことを憶えています。お父さんは「ドイツは絶対追っぱらうが、子供たちは疎開させるように」とお母さんにしつこく言っていました。私は私で、「お父さん、早く帰って来てね。お父さん！　きっと早く帰ってきて！」とばかり言っていました。お父さんは出発し、数日たって私たちも出発しました。移動の間じゅう爆撃が続いていました。私たちをねらうのは簡単です。後方に向かう輸送列車は五百メートルおきに続いていたからです。私たちは着の身着のままでした。お母さんは白い水玉模様の繻子《しゅす》のワンピースで、私は花模様の赤い更紗《さらさ》のジャンパースカートでした。大人のみんなが、赤い色は上空からよく見えるといって、空襲でそれっと茂みに隠れるたびに、私の赤いスカートが見えないように、手あたり次第の物で私を隠してくれました。

沼の水も溝の水も飲みました。腸炎になる人が出始めました。私も腸炎になって、三日間意識を失ったままでした。どうやって私を救ったか、あとで母が話してくれました。ブリャンスクに近づいた頃、隣のプラットホームに軍用列車が止まった時のこと。あんなに死が身近な時でも、若さにかわりはありません。お母さんはその頃、二十六歳、とてもきれいでした。列車から出ると軍用列車の指揮官が声をかけてきました。「どいてちょうだい。あなたの笑顔なんか見てられないわ。娘が死にそうなんです」と母は言いました。この人は軍医助手で、こちらの列車にとび移ると私を診察し、仲間を呼びました。「大急ぎで、紅茶と乾パンと鎮痛剤《ベラドンナ》をとって来い」乾パンと濃い紅茶一リットルとベラドンナをいくつか飲んだことが私の命を救ったのです。

アクチュビンスクに着くまでは列車中が病気でした。私たち子供は死んだ人や殺された人たちの遺骸《いがい》があるところへ行かせてくれませんでした。そういう所から遠ざけられていました。「あそこで何人埋めた、ここで何人……」といった話がきこえただけです。それなのに私はお母さんは、真青な顔で戻ってきて、手はがたがた震えていました。

「その人たちをどこへやってしまったの?」とたずねたものです。

あんなに長いこと汽車に乗っていたのに、風景はちっとも憶えていません。これは驚きです。自然が大好きだったのに、憶えているのは、もぐりこんで隠れたあの茂みだけです。なぜか、どこにも森はなくて、畑と荒れ野の中だけを通っているような気がしました。ある時、とても怖い思いをしました。爆撃より恐ろしかった。停車時間が短いことを知らされていなくて、汽車は出て、私はとり残されてしまいました。だれが私をつかまえて、汽車の中に文字通り放り込んだのかわかりません。でも、私たちの車両ではなく、最後から二番目くらいの車両でした。自分一人になってしまい、お母さんだけ行ってしまうところだったと、そこで初めてぞっとしました。お母さんと一緒のうちは何も怖くありませんでしたが、この時は、恐ろしさで口がきけなくなってしまいました。お母さんが駆けつけて来るまで、私は一言も口がきけず、だれも私に口を開かせることはできませんでした。お母さんは救いでした。どこか痛くなっても、お母さんの手につかまれば痛みはとれていくのです。夜はいつもお母さんと眠っていました。くっついていればいるほど安全なんです。お母さんのそばにいれば、前に家にいた時のように、大丈夫と思えました。

アクチュビンスクからマグニトゴルスクへ行きました。そこにはお父さんの兄弟が住んでいました。戦争前は大家族だったのですが、私たちが行った時は、女の人しかいませんでした。男たちは皆、出征していました。一九四一年の末には戦死公報を二つ受け取りました。おじさんの息子たちが亡くなったのです。

その冬のことで他に憶えているのは風疹《ふうしん》で、これには学校中がかかりました。それに、赤いズボン……お母さんが赤いネルを配給でもらってきて、私にズボンを縫ってくれたのです。それを子供たちが「赤いズボンの坊さん」とからかったのです。とてもくやしかった。またしばらくして、オーバーシューズの配給があって、それを私は縛りつけて、かけまわりました。くるぶしのところがあたって、擦りむけてしまい、かかとに何か当てなければなりません。それでも冬はとても寒くて、私の手や足はいつもこごえていました。学校の暖房はしじゅうこわれて、教室の中で床に氷がはり、私たちは机の間をフエルト靴で滑り、オーバーを着て、手袋をしていました。ただ、ペンを持つために手袋は指なしでした。遊んだり、笑ったり、かけずりまわったりという憶えはありませんが、とにかくたくさん読んだことだけは憶えています。とてもたくさん読んで、児童物も、もうすこし年上の人たちの本もすっかり読んでしまったので、大人用の本を与えられるようになりました。

いつもラジオをきいていました。ラジオなしでは暮らせませんでした。ラジオのニュースの一つ一つに一喜一憂していました。後方のこと、地下活動のこと、パルチザンの活動のこと。スターリングラードの戦いやモスクワの戦いの映画が出来、私たちは十五回も二十回もその映画を見ました。三回続けて上映するなら、三回とも見たのです。映画は学校で見せてもらいました。映画用の講堂なんてありませんから、廊下で上映して、私たちは床に座って見ました。二時間も三時間もそうしていました。

四四年の末に初めてドイツ人の捕虜を見ました。大きな隊列を組んで歩いて行ったのです。驚いたことに、人々がその隊列に近寄ってはパンをあげたりしていました。私はあんまりびっくりしたので、お母さんが仕事をしているところへ行って、きいたほどです。「どうして、ドイツ人にパンをあげるの？」お母さんは何も言わないで、泣き出しました。

五月九日の朝は、家の入口で誰かがとても大声を出したので、目が覚めました。まだとても早い時間でした。どういうことなのか聞きに行ったお母さんはぼーっとして戻ってきました。「勝ったのよ！」それはまったく不思議でした。戦争が終わったのです。あんなに長かった戦争が。泣いている人、笑っている人、叫んでいる人もいました。身近な人が死んでしまって泣いていた人も、やはり笑いました。なんといっても「勝った」のです。ひとにぎりの穀物、ジャガイモ、ビート。それぞれが、ありあわせの物を持ち寄りました。その日のことは決して忘れません。ことに朝のことは……夜になったらもう違うのです。

戦争中は皆が小さい声で話していました。ひそひそ声だったぐらいです。それが、突然、皆、大声で話すようになりました。いつも大人と一緒でしたが、ごちそうをしてくれて、かわいがってくれて、そして「外で遊んでおいで、今日はお祝いだから」と追い出されました。そしてまた呼び戻すんです。あの日ほど抱き合ったり、キスし合ったりしたことはありません。

でも、私は幸運です。お父さんが戦争から帰ってきたんですから。お父さんはかわいいおもちゃを持ってきました。ドイツのおもちゃです。あのドイツのおもちゃなのに、どうしてあんなにかわいかったのか、どうしても分かりませんでした。

お母さんの叫び声だけがきこえました

リーダ・ポゴジェリスカヤ、七歳。
（農業博士候補、ミンスク在住）

戦争が始まった日、私たちは朝早くお母さんにおこされました。「戦争だよ！」私たちは旅の支度を始めました。恐怖はまだありませんでした。お父さんを見ると、お父さんは落ち着いています。お父さんは共産党の役員でした。皆、何かしら持っていかなければなりません。私は何を持っていったらいいか分かりません。妹は人形をつかみました。お母さんは小さな弟を抱き上げました。お父さんが追いついたのは、途中でです。

お父さんが追いついてやっと少し安心しました。お父さんが家の一番中心だったのです。お母さんはとても若かったから。だって十六歳でお嫁に来たのです。お料理もできませんでした。お父さんはみなし児で、何でもできました。お父さんが暇で何かおいしいものを作ってくれるのをどんなに皆が喜んだか憶えています。それはお祭りでした。今でも、お父さんが炊《た》いてくれたひきわりのおかゆほどおいしいものは無いと思います。お父さんなしで進む間中、お父さんを待ちました。私たちが住んでいたコブリンから少し離れました。荷車は大きくて、ゆっくりゆっくり進みました。

軍人さんたちの隊列にあいました。その人たちはブレストから来ていて、馬に乗って、おろしたての赤軍の服を着ていました。誰も、その人たちが変装した破壊分子だと気づく者はありませんでした。お父さんが出ていって、お母さんの悲鳴がきこえました。銃声はききませんでした。ただ、お母さんの悲鳴だけがきこえました。その軍人たちは馬から降りようとすらしません。お母さんが悲鳴をあげた時、私はかけ出しました。皆、どこかへ走っていて、積み荷はすっかり放り出されました。足がもつれて、丈《たけ》の高いライ麦の上に倒れこむまで走りつづけました。

夕方まで、馬たちは立ち止まって、待っていました。暗くなり始めた頃、みんなもとのところに戻ってきました。大人の人たちが穴を掘って、それから私と妹を穴の方に押しやりました。「行って、お父さんとお別れしておいで」私は二歩進みましたが、それより先へは行かれませんでした。地べたに座り込んで妹も私と並んで座りました。弟は眠っていました。まだまるで小さかったので、弟には何も分からなかったんです。お母さんは気を失ったまま荷車に横たわっていて、そばには行かせてもらえませんでした。

そんなわけで、私たちの誰一人、死んでしまったお父さんの姿を見ていません。死んだ姿では憶えていないのです。いつも、思い出すのは、白い詰襟を着て、とても若く、ハンサムなお父さんです。そのころの父より年をとってしまった今ですらそうなのです。

私たちが連れていかれたスターリングラード州で、お母さんはコルホーズに働きに行きました。何一つできず、畝《うね》の草とりもどうしていいか知らなかったお母さんは、突撃作業員になりました。その手はお父さんの手より強かったです。それより、言っておきたいのは、私たちが父なし子だと感じなかったことです。お父さんはいなかったし、他にもそういう子はいました。お母さんのいない子もあったし、でなければ兄弟や姉妹の誰か、おじいさんを亡くした人もありました。誰もが哀しみをかかえていました。戦争中も自分たちが親なしだとは感じていませんでした。私たちを哀れんで、皆で育ててくれたのです。ターニャ・モロゾワおばさんを憶えています。おばさんの子供は二人とも死んでしまい、一人っきりでした。まったく赤の他人だったのに。自分のものは何でも実の母親のように私たちに分けてくれました。まったく赤の他人だったのに。でも、戦中には身内のようになりました。弟が大きくなった時、うちにはお父さんがいないけど、お母さんは二人いると言いました。うちのお母さんとターニャおばさんです。

スターリングラード州への逃げ道で、空襲が始まり、私たちは隠れ場を探して走っていました。お母さんの方へではなく兵隊さんたちの方へ。子供を抱きとめてくれなかったり、自分の身体でかばってくれないということは一度もなかったからです。ヘルメットをかぶせて、そのうえ身をもってかくまってくれる人もありました。爆撃が終わると、お母さんは子供たちがお母さんから逃げだしたとしかりました。それでもやっぱり爆撃が始まると兵隊さんの方へ逃げるのです。兵隊さんは身体でかばってくれて、私たちはヒナ鳥のようにその陰に隠れました。

ミンスクが解放されてすぐ、私たちは戻ることにしました。お母さんは生粋《きっすい》のミンスクっ子でしたが、駅についた時どちらにいったらいいのかまったく分かりませんでした。まるで別の街になっていたのです。すっかり廃墟になっていました。

これはもうゴレツクの農大で勉強するようになってからのことですが、寮に住んでいて一部屋八人でした。みな、親なし子ばかりです。特別そういう組み合せにしたわけではありませんが、そういう部屋は一つだけではありませんでした。それで、皆、夜になると泣き叫んだのを憶えています。その上、私はベッドからとび出して、どこかへかけ出したりもしました。女の子たちが私をつかまえて抑えるんです。そうすると私は泣きだして、皆もいっしょに……部屋中で泣き声をあげました。朝は、また授業に行きます。

でも、私と妹と弟、三人とも成長して、高等教育をうけました。私たちは意地の悪い人になりませんでした。もっともっと人々を信じ、もっと愛するようになりました。それぞれに子供があります。お母さん一人の力ではこんなふうに私たちを育てることはできなかったでしょう。私たち、戦中の子供は、皆が大切に、育ててあげてくれたのです。

エンマ・レーヴィナ、十三歳。

（印刷所勤務、ミンスク在住）

お砂糖をスプーンに半分多く……

戦争が始まったその日から、ちょうど一か月で十四歳になるはずでした。

「いや！　どこにも行かない、どこにも！　戦争だなんて思いつきさ！　街から離れないうちにもう戦争は終わってしまうさ。行かないぞ、どこにも！」と父は言っていました。父は一九〇三年からの党員で、帝制時代の牢獄に何度もつながれており、十月革命にも参加したのです。

それでもやはり、出発しなければならなくなりました。窓際の花にたっぷり水をやりました。花はたくさんありました。窓とドアを閉め、通風窓だけは開けておきました。猫が必要なときには出られるように。一番必要なものだけを持ちました。お父さんは、数日で帰ってくるんだからと皆に言いきかせました。ミンスクは、燃えていたのに……

中の姉だけは一緒に行きませんでした。姉は私より三歳年上でした。その後、姉のことは長いこと分かりませんでした……もう疎開してからのことですが、ある時、前線から姉の手紙がとどきました。それから何回も手紙を受けとりました。そのうち、姉が従軍していた部隊の指令部から感謝状がきました。お母さんはそれをだれかれかまわず見せて歩きました。自分の娘の自慢をしたのです。この名誉を祝ってコルホーズの議長は飼料用の粉を一キログラムお母さんにくれました。おいしい焼き菓子をつくってお母さんはみんなにごちそうしました。

私たちは農作業を知りませんでした。とにかく生粋《きっすい》の都会っ子だったのです。でも、よく働きました。戦前、裁判官だった姉はトラクターの運転手になりました。でもやがてハリコフの爆撃が始まり、私たちは他へ移らなければなりませんでした。

途中で、私たちが送られるのはカザフスタンだとわかりました。一つの車両に十家族が乗っていました。ある家の娘は妊娠していました。また列車の爆撃が始まって飛行機が襲ってきた時、だれも列車からとび出すのが間にあいませんでした。爆弾の音がして、叫び声がきこえます。妊婦さんの片足がもぎとられたのです。今でもその時の恐怖がはっきりと記憶に残っています。その人のお産が始まったんです。実のお父さんが、お産婆さんの役をしました。それも、みんなが見ているところでです。私たちのような子供たちも見ているところで。今でも眼を閉じさえすれば、眼にうかびます。叫び声、轟音、血液、汚れ物……そして赤ん坊が生まれる……

私たちがハリコフを出発したのは夏でしたが、終着駅に着いたのは冬も始まろうという頃でした。爆撃もなく機銃掃射も受けないという状態に長いあいだ慣れることができませんでした。それに他にも敵がいたのです――シラミです。大きいのや中ぐらいの、それと小さいの。黒や灰色、いろいろいました。どれも共通して容赦《ようしゃ》なく血を吸い、昼も夜も苦しめました。すごかったんです。ああ、言い間違いました。汽車が動いていた時は、こんなに刺しませんでした。少なくとも、もっとおとなしかった。それが家に入ったとたんに、なんてことを始めてくれたんやら。まるで、あまりに長い間移動してきたことに復讐しているかのようでした。私は背中も手も一面にくわれて、腫《は》れ物だらけになりました。ブラウスを脱ぐと楽になるのですが、他に着るものがありません。それでもすっかりシラミだらけだったので、焼いてしまわなければなりませんでした。私は新聞で身をおおい、新聞の服を着て歩きました。新聞がブラウス代わりでした。泊まっていた家のおばさんは、熱いお湯で私たちをすっかり洗ってくれましたが、今、あんなお湯をあびたら、皮膚がむけてしまうでしょう。

母はすばらしい主婦で、料理も上手でした。地リスの肉は食べられないものとされていたのに、その肉をあんなに上手に料理できるのは母だけでした。地リスがテーブルに載ってでもいれば、ずいぶん離れたところにいてもいやな匂いがツーンとするものです。とても説明しようのない匂いです。肉はそれしかありませんし、他に食べ物が無いのです。それで、私たちは地リスを食べました。

近所にとても親切で、やさしい女の人がいました。その人は私たちが困っているのを眼の当たりにして、お母さんにこう言いました。「お宅の子に手伝ってもらおうかしら」私がとてもやせこけていたからです。その人は、畑仕事に出かけていく時、私に孫をあずけて、食事をさせて私もいっしょに食べるようにと、どこに何があるか言いおいていくのです。私はテーブルのそばに行って、食べ物を見るのですが、手にとるのはこわいのです。何か手にとったとたんに、食べ物が全部消えてしまうような、それが何もかもすてきな夢を見ているだけのような気がしたのです。食べるどころか、ほんの切れ端に指一本触れるのもこわかったのです。どうか消えてしまいませんように。見ていた方がいいわ、ずーっと見ているわ。横から見たり後ろから見たり……眼をつぶるのもいやでした。眼をあけたら何も無くなってるかもしれない。こうして一日中何も口に入れませんでした……この女の人のところには、牛と羊と鶏がいました。バターと卵も私のために置いてありました。

おばさんは夕方帰ってきて、聞くんです。

「食べた?」

「食べた」

「なら、家にお帰り。これはお母さんに持っていきなさい」そう言って私にパンをくれました。「あしたまたおいで」

私が家に帰ると、おばさんがおいかけてきました。びっくりしました。何かなくなったのかしら? おばさんは、私にキスをして泣いているのです。

「ばかだね、どうしてなんにも食べなかったんだい? どうして手つかずで残ってるんだい?」そう言いながら私の頭をいつまでもなでていました。

カザフスタンの冬は厳しいものです。ペチカで燃やすものもありません。牛のフンが救いでした。朝早く起きて、牛が外に出てくるのを待ちかまえています。シッポのそばにバケツを出すんです。ありがたいことに、牛は用を足してくれます。いそいで次の牛のところへ行きます。こうして牛から牛へとかけまわるのです。私一人がここにいるわけではなく、疎開している人が皆ここにいるのです。バケツ一杯集めると自分の家の前に空けてまた駆け戻ります。集めたものを全部ワラとあわせてまぜて、それをよく干すと、黒いおせんべいのようなものができます。これを燃やして暖をとったのです。

……お父さんは亡くなりましたが私は職業学校に入れてもらえました。そこでは制服、オーバー、靴、パンの配給券が支給されました。私は長いこと断髪にしていましたが、その頃は髪が伸びていて、おさげに編むことができました。コムソモールの会員証をもらった時には、髪はりっぱに伸びてました。その証明書はポケットに入れないで、持って歩いていました。ポケットに入れたりして、ひょっとして、なくしたりしたらどうしよう、と思ったからです。心臓がどきどきしていました。

家では、お母さんが本物の紅茶を入れてくれました。こんなおめでたい日なんですもの、それに、お祝いの主役として私にはお砂糖をスプーンに半分多くくれました。

袖《そで》で涙をぬぐっている……

オレーグ・ボルディレフ、八歳。
（職長、ロストフ・ナ・ドヌー在住）

タシケントまでは一か月もかかった。一か月も！　そこで兄がスターリングラードで戦死したことを知った。戦場に行きたいとあせったが、工場ですら雇ってはくれなかった。おさなすぎるといって。「あんたは十歳まであと半年もあるのよ」とお母さんはあきれたように手をうち鳴らした。父も顔をしかめた。「工場は幼稚園じゃないんだ、皆と同じように、十二時間労働をしなけりゃならんのだぞ。それだって、ただ働くんじゃないぞ!」

工場は地雷、砲弾、投下用の爆弾を作っていた。金属の鋳物《いもの》は手で研磨していた。ホースから高圧の砂が吹き出して、それが、灼熱《しゃくねつ》していて一五〇度ぐらいあった。金物にはねかえりながら、熱い砂が肺を焼き、顔や眼を打った。一週間以上我慢できる者はほとんどいなかった。

でも、一九四三年に僕が十歳になった時、父は僕を職場の第三工場に連れていった。これは爆弾の起爆装置を溶接する現場だった。

僕たちは三人で働いた。他にオレーグとワニューシカで、二人とも二歳だけ年上だった。起爆装置を組み立てると、この道の名人のヤコフ・M・サポージュニコフがこれを溶接する。万力には手がとどかないので、箱の上にのぼらなくてはならなかった。起爆装置のカップリングを締めて、カップリングの内面のネジをタップのついたウィンチでローラーにかける。そのあとは簡単なものだった。プラスチックの栓をつけて、箱にしまうだけだ。箱が一杯になりしだい、それを決まった場所に移す。なるほど少し重くて、五十キログラムぐらいはあったが、二人がかりでかたづけた。ヤコフさんを頼んだりはしなかった。ヤコフさんは一番細かい仕事をしていた。一番責任ある仕事、溶接を。一番いやなのは、溶接の炎だ。青い閃光《せんこう》を見まいとするのだけれど、十二時間そこにいれば、眼はたっぷりチカチカになって、砂をふりこまれたようになってしまう。こすってみたって何の役にもたたない。このせいなのか、溶接電源のダイナモの単調なうなりのせいか、それとも単に疲れのせいか、ものすごく眠気がさしてくる。ことに夜はひどかった。ヤコフさんはちょっとでも休めそうかなと気づくと、「電極棒の保管所に行ってこい」と命ずる。何度も言われるまでもない。工場中で、電極棒を熱気で乾燥しているこの場所ほど心地よい、暖かいところはないからだ。暖かな木の棚によじのぼれば、たちどころに寝入ってしまうのだ。十五分後にヤコフさんがやってきて起こしてくれる。ある時、彼が来るより前に眼が覚めたことがあった。ヤコフさんは、僕たちを眺めて、袖で涙をぬぐっている。

あたしはスカーフもかぶっていない

ナージャ・ゴルバチョワ、七歳。
(テレビ局勤務、ミンスク在住)

父が出征していったのは憶えていません。子供たちをかわいそうに思って、教えなかったのでしょう。父は、あたしと姉を幼稚園に連れていきました。いつもとまったく同じでした。夕方には父がいないことに気づきましたが、お母さんは、「すぐに帰ってくるわ」となぐさめてくれました。

道中のことを憶えています。車が走っていて、荷台で牛たちがモーモー、豚がキューキュー叫んでいました。ある車には男の子がサボテンを持って乗っていて、ガタンガタンゆれるたびにサボテンを持ったままあっちからこっちへと走りまわっていました。あたしと姉はその子が走る様子がおかしくてたまりませんでした。あたしたち子供は野原を眺め、蝶々を見て、車で行くのが気に入っていました。お母さんがあたしたちを守ってくれて、あたしたちはその「翼」の下に入っていました。頭のどこかでは、不幸が起きて、皆はそれから逃げていくのだと思ったのですが、あたしたちにはお母さんがついているし、むこうにいけば、すべてうまくいくと思っていました。お母さんが、爆弾や、大人たちのおびえた会話やすべてのいやなことから守る防波堤でした。お母さんの顔つきを読むことができたら、そこには何もかもが読みとれたことでしょう。でもその顔を憶えていません。それより、姉の肩にとまった大きなトンボを憶えています。その時あたしは「飛行機だ!」と叫んだのです。大人たちはなぜか荷車から一斉に飛び降りて、一所懸命に頭上をふりあおいでいました。

あたしたちが行きついたのはセンネンスク地区のゴロジェツ村のおじいちゃんのとこ

ろでした。そのうちは大家族で、あたしたちは夏の台所におちつきました。あたしたちは「別荘族」と呼ばれて、終戦の時までこの呼び名が残りました。あたしたちが遊んでいる時というのは憶えがありません。少なくとも夏の遊びが無かったのだけは確かです。弟はまだ小さくてあたしたちが面倒を見てやりました。なぜってお母さんは畑を耕したり、穴を掘ったり、何か植えたり、縫物をしていたからです。子供たちだけで留守番をしていました。スプーンや、お皿や床を洗ったり、ペチカをたいて、翌日の分の枝を集めたり、水を準備しておくのです。バケツ一杯ではくみ上げられないので半分ずつにして運びました。夕方にはお母さんがそれぞれに役割を言いつけました。あんたは料理番、あんたは子守りの責任者。そして、それぞれが自分の仕事に責任を持ちました。

どんなに飢えていても、まもなく猫を飼うようになり、それから犬も。皆、家族の一員でした。何でも犬や猫と平等に分けあいました。時には、犬や猫の分が足りないことがありました。そうすると一人一人が、一切れずつ犬や猫のためにとっておいたりするのです。猫が爆弾の破片で死んでしまった時は、本当に悲しくて、あまりに悲しみが大きくてとても耐えきれないと思ったほどでした。二日間泣き続けました。野辺の送りまでして涙ながらに埋葬しました。十字架を建て、花を植えて水をやりました。

今でもあの涙を憶えています。もう猫を飼えないと大泣きしたことを。その後あたしの娘が犬を買ってとねだった時も、買ってやりませんでした。

その後で、あたしたちには何かが起こって、もう死をこわがらなくなりました。

自動車がたくさん乗りつけてきて、全員が家の外に追い出されました。整列させて、数えるのです。いち《アイン》、にぃ《ツヴァイ》、さん《ドゥライ》、……お母さんは九人目でした。十人目は銃殺です。お母さんは弟を抱いていたのですが、弟が手から落っこちたんです。

あたしは匂いをよく憶えています。匂いを通して思い出すこと、匂いとともに思い出すことがたくさんあります。映画でファシストを見ると、兵士の匂いを感じます。恐怖の匂いがしたのです。

自分が死ぬ恐怖もありました。その日は姉が子守り当番で、あたしは畑で草むしりをしていました。ジャガイモの上にかがみ込んでいたのであたしの姿は見えなくなりました。子供の頃って何でも大きく、背が高い気がするものです。飛行機に気づいた時、それはもうあたしの上で旋回していて飛行士がはっきり見えました。短い銃声が続けざまに聞こえました。パンパンパン。飛行機はもう一度向きを変えてきました。その飛行機はあたしを殺そうとしていたのではなくて、楽しんでいたんです。子供ながらにそのことがわかりました。あたしは、大人の人のようなスカーフもかぶっていなくて、身を隠すものもなかったんです。

不思議なことなんですが、恐怖で死んでしまうと思う瞬間の次には何か中立地帯みたいな時期があるんです。一つの災いが過ぎて、次のことはまだ知らないでいる——そしてたくさん笑うんです。ふざけたり、お互いをからかったりし始めるんです。誰がどこに隠れてたとか、どんなふうに走ってたとか、弾《たま》がどんなふうに飛んだとか当たらなかったとかいうことまで。あたしたち子供同士も集まってお互いの様子を笑ったりするんです、誰が怖がったか怖がらなかったかなんて。死んだ人が隣の庭に転がっているというのに……

うちには二羽の雌鳥《めんどり》がいました。「ドイツ軍だ！　静かに！」と言うと黙るんです。あたしたちと一緒に本当に静かにベッドの下でじっとしています、一声も上げません。その後、サーカスで芸をする鶏を何度となく見ましたがちっとも驚きませんでした。うちの雌鳥はベッドの下の箱に毎日二個ずつ卵を生みました。とても豊かに暮らしている気分でした。

お正月にはどうにかしてやっぱりモミの木を飾りました。もちろん、お母さんがあたしたちはまだ子供なのだということを忘れなかったからです。本のきれいな絵を切り抜いたり、紙で飾りの玉をつくったり、古毛糸で白や黒のモールを作りました。でも子供っぽいことも大人のお母さんのことと別々ということはありません。たぶん大人たちがあたしたち子供だけ置き去りにしないように工夫していたからでしょう。

箱の上にのれば……

リューバ・フィリモーノワ、十一歳。
（農学者、ベルジャンスク在住）

コルホーズというのは私たち子供と母親たちのことでした。コルホーズに男手はなかったのです。男の人たちは前線にいたのです。自動車はなくて、運搬はすべて馬でした。女の人たちが、荷馬車に荷を積み込んで、たづなをとるのは子供たちです。ただ荷馬車を走らせるだけでなく、ビリになったら笑われると、追い抜こうとするのです。でも子供しだいというわけではありません。馬にもよるのです。それで、一人一人ができるだけ早く馬小屋に行こうとするのです。まだ暗くて、死にそうに眠くても、一番いい馬をとろうとして、馬小屋にかけつけるのです。たとえばルスランカとかフォルスンとかを自分のものにしようと。ルスランカのせいで男の子たちはとっくみ合ったりしたものです。

馬具をつけるのは、最初はお母さんが手伝ってくれましたが、そのうち覚えました。大事なのは、はみをつけることです。箱か、樽《たる》の上によじ登れば、それでもう大丈夫。母親たちは耕して、私たちは土均《なら》しをしました。種蒔《ま》きの前も、あとも。乾草も、穀物も運びました。大人たちと一緒の時も、自分たちだけの時もありました。子供たち専用の袋まで作られました。三十キロか、穀物なら四十キロ用のを。荷車からそれを肩にかついで、運べるようにと。運んでいても、身体がぐらぐらよろめきます。何度となく袋の重さに負けて、そのままひっくりかえったり。それでも、やっぱり収穫は全部、運ぶんです……

この子たちはスズメみたいに軽くなってしまった

ラーヤ・イリインコフスカヤ、十四歳。
（白ロシア国立大学論理学教師、ミンスク在住）

なつかしいエリスクで菩提樹《ぼだいじゅ》の花がどんなに香っていたか、今も憶えている気がします。戦争中は、戦前のことのすべてがこの世でもっともすばらしいことだった気がしていました。今でもそんな気がします。

戦争が始まってすぐ、お母さんと私と弟は、疎開しました。ヴォローネジの近くのグリバーノフカ村に落ち着きました。そこで終戦を待とうと思ったのです。ところが、私たちが着いて数日後にドイツ軍がヴォローネジに迫って来ました。

貨物列車に乗りました。皆を遠くの東の方に連れていくのだと言われました。お母さんは私たちをなだめて言いました。「向こうに行くと果物がたくさんあるのよ」ずいぶん長く乗りました。しょっちゅう引き込み線で止まっていたからです。どこでどのぐらい止まるのか分かりませんでしたから、水を取りに駅で飛び降りてくるのは大きな危険でした。貨車の中でダルマストーブがたいてあって、その車両みんなの分としてバケツ一杯のキビ粥《がゆ》を炊きました。

アンジジャンの近くのクルガン・チューブ駅に汽車が止まりました。そこの未知の自然が私をひどく驚かせて、あまりの衝撃にしばらく戦争のこと、恐ろしいことを忘れてしまったほどです。すべてが花咲き、きらめき、太陽で一杯でした。私は再び微笑むようになりました。

私たちは「キジル・ユル」というコルホーズに連れて行かれました。どんなに時が経っても、こういう名前は憶えています。自分でも、「よく憶えているな」って驚いてしまいます。その頃いろいろな不慣れなことを覚えこみ、いつも復習していたのを思い出します。私たちは学校の体育館に住むようになりました。八家族一緒です。地元の人が家から毛布や枕を持って来てくれました。ウズベク人の布団は色とりどりの生地をはぎあわせてあって、枕の中は綿でした。綿の木の枯れ枝を集めて束をつくることをいちはやく覚えました。それは薪《まき》にするのです。

ここも戦争中なのだとはすぐに理解できませんでした。私たちは粉を少しもらいましたがすぐに足りなくなって、飢えが始まりました。ウズベク人たちも飢えていました。ウズベクの男の子たちと一緒になって荷車を追っかけて歩き、何か落ちてくれば、大喜び。一番うれしいのは油糟《あぶらかす》で、麻の油糟です。綿花の種のは黄色くて、豆の油糟に似てとても固いのです。

弟のワジクは六歳で、私たちはワジク一人を家に残してコルホーズの仕事に行きました。稲に土寄せをしたり綿花をつんだり。慣れないので、手が痛くて、夜も眠れませんでした。夕方、お母さんと家に帰ってくると、ワジクがすっとんできます。肩からかけたヒモにスズメが三羽ぶらぶらしていて、手にはパチンコを持っているのです。すでにその「狩りの」獲物は川で洗ってあってお母さんを待っています。もうあとはスープを煮るだけ。とても誇らしい気です。お母さんといっしょにスープを食べます。ほめちぎります。でもスズメはとてもやせっぽちで、おナベの中には脂《あぶら》の影も見えません。ナベの上で光っているのは幸せそうな弟の眼だけ。

弟はウズベクの男の子と仲良しになって、ある時、その子はおばあちゃんを連れてうちに来ました。おばあちゃんは男の子たちを見て、頭をふって何かお母さんに言っています。お母さんには分かりません。ちょうどその時班長さんがやって来ました。その人はロシア語を知っているのです。その人が訳してくれます。「おばあちゃんは神様、アラーの神とお話ししているんだ。恨みごとを言ってるんだ。戦争は軍人の、男のやること。なのにどうして子供たちが苦しまなけりゃならないんだ？　この子たちが、自分がパチンコでとったスズメみたいに軽くなることをどうして許してしまったんだ？」おばあちゃんは金色の干しアンズをひとにぎりテーブルの上にあけました。うっとりするような、しっかりした、お砂糖のように甘い実でした。それは長いことしゃぶって、それから少しずつ喰いちぎって、そのあとで種を割って、中のカリカリする胚《はい》を食べるのです。

おばあちゃんの孫はこのアンズを見ています。その子の眼も飢えています。お母さんはおろおろしてしまいましたが、おばあちゃんはお母さんの手をなでて、なだめると、孫をひしと抱きしめました。「この子にはいつも茶わん一杯のカテークがあるよ。だっておばあちゃんと自分の家に住んでるんだから」と班長さんが訳しました。カテークは発酵した山羊の乳です。私と弟にとって、疎開していたなかで、これ以上おいしいものはないというものでした。

おばあちゃんと男の子は去っていきます。私たちはテーブルを囲んでいて、誰も、まっさきにこの黄金色の干しアンズに手をのばそうとしません。

その人の心臓が止まるのを聴いたんです

レーナ・アローノワ、十二歳。
（法律家、ミンスク在住）

私たちが住んでいるゴメリの爆撃が始まって、両親は私をモスクワに送ることに決めました。兄がそこで陸軍大学に通っていたのです。私は出かけたくなかったのですが、両親は行きなさいと言いはりました。なぜなら、爆撃が始まった時、私は何日も食欲がなくて、むりやりに食べさせられていたからです。お母さんは、モスクワなら安全で大丈夫で、私が元気になれるだろうと判断したのです。お母さんたちは戦争が終わりしだいお父さんといっしょに来るのです。それはすぐのはずでした……

汽車はモスクワまで行きつかず、マロヤロスラヴェツで降ろされました。駅には市外電話があって、私はかけずりまわりました。この先どうしたらいいか、兄に電話して教えてもらおうとしたのです。電話がやっと通じて、兄はこう言いました。「そこを動かないで、迎えに行くよ」不安のうちに一夜を明かし、大勢の人がいました。突然、「三十分後に列車はモスクワへ出発します、乗車してください」と知らされました。私は持ち物を集めて、汽車にかけつけ、上の段によじ登ると眠ってしまいました。眼が覚めると、汽車はあまり大きくない川のそばに止まっていて、女の人たちが洗濯しています。「モスクワはどこ?」驚きました。私たちは東の方へ、つまり、まったく反対方向に向かっているのだと分かったのです。

私は列車を降りました。くやしさと、モスクワとの連絡ができなくなってしまった絶望でワッと泣きくずれました。どうしたらいいのだろう、こんな駅に一人きりになってしまって。ジーナが私を見つけてくれました。私の友達でゴメリから一緒に出発した子です。二人のお母さんが一緒に送って来てくれて、マロヤロスラヴェツ駅ではぐれてしまったのです。二人になって、それほど恐ろしくなくなりました。駅に着くと列車に食べ物を持ってきてくれる人たちがいます。オープンサンドや深ナベに入れた牛乳を荷馬車で運んでくるのです。一度なんか、スープが運ばれて来たこともありました。

クスタナイ州のジャルクーリ駅で私たちは降ろされました。私とジーナは初めて荷車に乗りました。お互いに慰めあいました。向こうに着いて、郵便局があったらすぐ家へ手紙を書こうねって。私は言いました。「もし家が爆撃されなければ、両親は手紙を受け取ってくれるけど、爆撃にあっていたら、どこに書くことになるのかしら?」うちのお母さんは小児病院の医長で、お父さんは職業学校の校長でした。お父さんはおだやかな人で、顔つきも先生風で、はじめてピストルを持って仕事から帰ってきた時——先生方はピストルを持たされたのです——それをサックごと私服の背広の上にぶら下げていたのでびっくりしました。お父さんもおっかながっているようで夕方にはそうっとはずしてテーブルの上に置いたものです。私たちが住んでいたのは大きな建物でしたが軍人さんはいなくて、武器というものを前に見たことがなかったのです。ピストルが自然に発射するような気がして、自分の家の中にも戦争が住んでいる気がしました。お父さんがピストルをはずすと、戦争は終わるのです。

ジーナと私は都会っ子で、何もできませんでした。私たちは到着して翌日には野良仕事に行かされて、一日中腰をかがめていました。めまいがして、私は倒れてしまいました。ジーナは私の傍《かたわ》らで泣いています。助けることなんかできないのです。地元の女の子たちはノルマを達成しているので恥ずかしかったです。私たちが畑の半分まで行くと、女の子たちはもう、ずーっと先に行ってしまっています。一番おそろしかったのは、牛の乳しぼりをやらされたことです。そんなことしたことがないんです。そばによることさえ怖かったです。

ある時、駅から人がやってきて、新聞を持ってきました。そこで、ゴメリが占領されたというニュースを読み、私とジーナは泣きました。ゴメリが占領されたということは両親は死んでしまったということ、私たちは孤児院へ行かなければならないんです。孤児院のことはききたくなかったので、兄を捜そうと思いました。でも、私たちを迎えに来たのは、ジーナの両親でした。奇跡的に私たちを見つけ出したのです。ジーナの父親は、チカロフ州のサラクタシェ市で主任医師をしていました。病院の敷地内に小さな小屋があって、私たちはそこに住みました。板で作った木製の寝床で眠り、マットはワラが入っていました。膝の下まである私の長いおさげがとてもじゃまでした。お母さんの許しなしにおさげを切ることはできません。やはり生きていて、見つけてくれるだろうと期待していたのです。お母さんは私のおさげ髪が好きで、もし切ってしまったら叱るだろうと思ったのです。

そして、ある明け方、窓をたたく音で私が起きるとお母さんが立っています。信じられなくて、夢のような気がします。まず、第一にお母さんがやったことはシラミ退治の液体を頭にこすりつけて、私のおさげ髪を切ったことです。

お母さんはお父さんの学校がノヴォシビルスクに疎開したことを調べて、お父さんのところへ出発しました。そこで学校に通い始めました。朝のうちは勉強して、午後は野戦病院の手伝いに行きます。街には前線から後方へ送られた負傷者があふれていました。私たちは衛生係として雇われました。私は外科で、そこはとても大変な科でした。古いシーツを渡されて、それを裂いて包帯にし、巻いて、消毒に持っていくのです。古い包帯の洗濯もありましたが、時には前線から来る包帯があまりに汚くて、カゴに入れて外に持ち出して埋めなければならないほどでした。

私は医者の家で育ったので、戦前は必ず医者になろうと憧《あこが》れていました。外科医に。

そして外科にまわされたのです。他の女の子たちは怖がりましたが、私はなんでもなくて、助けにさえなればと思いました。授業が終わると、遅刻しないように、時間どおり間に合うようにと大急ぎで病院にかけつけました。私は何回か気を失ったことも憶えています。傷はみんなひっついてしまっていて、それを開く時、負傷者は叫ぶんです。私たちはその人たちを手術室に連れて行きます。担架にのせて。包帯の匂いで何回も吐き気がしました。包帯は、薬の匂いではなくて、膿《うみ》の匂い、なにか死の匂いがするという感じでした。私はもう死の匂いを知っていました。たくさんの女の子たちがやめていきました。こういうことを耐えられなかったのです。女の子たちは前線のために手袋を縫い、編物ができる子は編みました。私は病院を去るわけにはいきませんでした。お母さんが医者だと皆が知っているのに、私が逃げ出すわけにはいきません。

ただ、負傷者たちが死んでいく時、私はとても泣きました。その人たちは死にながら、医者を呼ぶのです。「先生！　先生！　早く！」医者はかけつけても救うことができません。外科には重傷の患者がいるんです。ある中尉を憶えています。写真を見せてくれたのですが、制服を着た姿は大人っぽいのに、病衣を着ているとまるで少年です。湯たんぽを入れてくれというので入れてあげると、私の手をつかまえました。私はその手をふりほどくことができません。中尉は私の手を自分の身体におしつけます。私は自分の手で、その人の心臓が止まるのを聴いたんです。ドキ、ドキと打っていて、止まったのです。どうやってそこから連れ出されたか憶えがありません。長いこと手の中に心臓の鼓動を感じていました。最後の鼓動を……

僕たちが子供だって？

グリーシャ・トレチャコフ、十三歳。
（運転手、ミンスク地区ジダーノヴィチ村在住）

生まれた年は一九二八年でなく一九二六年と登録した。工場労働者の学校で土建屋の勉強をするためだ。二年、サバをよんだんだ。それを見て、「とてもその年には見えないけど書類にそう書いてあるんだから」と信用してくれた。学習期間は六か月なのに、僕たちは三か月教わっただけで、繰り上げ卒業させられた。もっとも、教わったと言ったって、カンナ、斧《おの》、ノコギリなんかの工具の持ち方を教えてくれただけで卒業させられたのだ。このあと、僕が行ったのはヴォルガ河のドックで、戦争の間ずっとそこで働いた。汽船が入ってきて、緊急に修理しなくてはならず、そんな時は一日に二時間しか眠らせてもらえなかった。
修理はほとんど冬で、夏は冬にそなえて板材の下ごしらえだった。初めのうち僕らの班にはおじいさんが来たが、そのうち、ある人たちは出かけていって、木材の浮送をして、イカダを流してくる役になった。イカダはあまり大きくなく、厚さが五十センチ、長さが六メートルだった。

十五歳の時は一人前の男だと感じていた。同い年の十五歳の女の子と結婚しようとした奴もいた。そいつらは「君たちはまだ子供だよ」と言われた。僕たちが子供だって？

耕して、耕して、ぶっ倒れた

ニコライ・レジキン、十一歳。
（機械技師、クラスノダール在住）

三人の兄たちはすぐ軍に召集された。姉のヴェーラも徴兵司令部に通っていたが、一九四二年の三月に出征して行った。僕と妹だけが残った。

僕らはオリョール州の親類のところで暮らした。僕はコルホーズへ行った。男手は無かったから、男の仕事はすべて少年たちがやっていた。初めて畑を耕しに行った。女の人たちは自分の馬について、追って行く。だれかやってきて教えてくれるだろうと僕はつったって待っている。女の人たちは一畝《うね》つくって、もう次の畝を戻って来る。どうしたらいいんだろう？　ようし。畝のそばになったり、畝の上を通ったり、そんなふうにどうやらやってのけた。一日目、明け方、もう僕らは畑にいて、夜は馬を放牧する。次の日、……三日目、ただただ耕して、耕して、ぶっ倒れた。

一九四四年、姉のヴェーラが一日だけ戻ってきた。朝、姉は荷馬車で駅に連れて行かれた。僕は歩いて姉のあとを追って家を逃げ出した。駅では兵士が僕を列車に通してくれない。「誰がいっしょだ？」僕はうろたえることなく、「ヴェーラ・レジキン曹長であります」。姉は僕を追い返さなかった、どうせ僕が前線に行こうと家を飛び出すことは分かっていたのだ。

暗い中でも白いシャツは遠くの方まで光って見える

エフィム・フリドリャンド、九歳。
（シリカ製品コンビナート議長、ミンスク在住）

子供らしい自分を僕は憶えていない。戦争が始まって、子供らしいわがままは終わってしまった。戦争について僕が憶えていることは、子供の思い出ではない。自分が大人だと感じていた。殺されることを大人の感覚で恐れたし、死に対する理解も大人の理解だったし、大人の仕事をやって、大人の考え方で考えた。あの状況の中では誰も僕らを子供扱いしなかった。

戦争の前にあったことは忘れてしまった。戦前は一人で家にいるのが怖かったけど、そういう恐怖は消えてしまった。お母さんの話でペチカの後ろにじっとしているという家の霊ももう信じなかったし、お母さんもそんなこと言いださなかった。ホチムスクから荷馬車で逃げだすことになり、お母さんはカゴ一杯のリンゴを買って、僕と姉のそばに置いた。僕たちは食べようとした時、爆撃が始まった。姉の手には赤いリンゴが二つあった。そのために僕らはけんかを始めた。姉は渡そうとしなかった。お母さんはしかりつけた。「隠れるのよ！」僕たちはリンゴをとりっこしている。僕たちは「一つでいいからおくれよ、でないと食べないで殺されちゃうよ」と僕が頼むまでもみあっていた。とうとう姉は一番きれいなのを一つくれた。そこで空襲が終わった。僕はこの幸せのリンゴを食べる気になれなかった。

死人を見た時はおびえてしまった。これはまさに本物の恐怖だった。恐ろしく、そして理解できなかった。だって、死んでいくのは年老いた人たちで、子供は老人にならないと死なないものだと思っていたからだ。誰がそう思いこませたのか、どこからそういう理解が生まれたのだろう？　戦前に近所に住んでいた僕の友達のおじいさんが死んだ。その他に死の記憶は戦前にはない。道路に死人が転がっていると、怖いのだけれど、誰なのだろうと思ってお母さんの肩ごしに覗《のぞ》きこんだ。殺されたのが子供の場合は、ぎょっとなって、恐怖心は子供っぽくもあり大人のようでもあった。「僕も殺されるかもしれないのだ」という大人のような理解と、「なんで自分が殺されるなんてことがあるんだ、それから僕はどこにいくんだ」という子供っぽいパニック状態と両方だった。

荷馬車でいく時、その前を家畜の群れが歩いていた。父からきいたのだが、父はホチムスクで「家畜調達局」の局長だったので、こういうのはただの雌牛《めうし》ではなくて、種畜《しゅちく》といって、多額のお金を出して外国から買ったものだと知っていた。父は、多額のお金ってどのぐらいかを説明できなくて、「一頭の牛が戦車と同じぐらいだ」と言ったのを憶えている。戦車だっていうのなら、つまり、とても高いってことなんだ。一頭一頭を大事にしたものだ。

僕は畜産専門家の家庭で育ったから、動物が好きだった。何度も繰り返された空襲のあと荷車もなくしてしまった時、僕は家畜の群れの前を歩いていた。この群れは雄牛のワーシカが率いていた。ワーシカの鼻には鼻輪があって、その輪に縄がしばりつけてありその端を僕は自分にしばりつけた。雌牛《めうし》たちは空襲になかなか慣れなくて、重たくって長い移動に順応することができず、ひづめがめくれてきて、ひどく疲れる。一斉射撃などあると、集めるのはひと苦労だった。でも、雄牛が通りに出て行くと雌牛たちは皆そのあとについていく。雄牛は僕の言うことだけをきいた。

お母さんは夜のうちに僕の白いシャツをどこかで洗っておいてくれて、明け方にはトゥルチン上級中尉が、「起床!」と号令をかける。この人が輸送隊を率いていた。僕はシャツを着て、雄牛をつれ、進んでいく。いつも白いシャツを着ていたのを憶えている。

暗い中でもそれが光って、遠くにいる皆にも僕が見えた。雄牛のそばで眠る。前足のところで。そこが暖かだったから。ワーシカは決して先に立ち上がったりしないで、まず僕が立ち上がるまで待ってくれた。そばに子供がいてその子を傷つけるかもしれないと感じていたのだ。ワーシカと眠る時、ちっとも不安はなかった。

徒歩でトゥーラに着いた。人々は少なくなっていて、雌牛たちの乳房は大きくなって、皆の乳をしぼるのは間に合わなかった。乳房が痛んで、雌牛がそばに立ち止まり、じっと僕を見つめる。僕の手はしびれてしまった。一日に十五頭から二十頭の乳をしぼった。今でも眼にうかぶ。後足をつぶした雌牛が道端に転がっていて、青くなった乳房から乳がこぼれている。雌牛は人間を見ている。まるで泣いているみたいだ。兵士がこれを見て自動小銃をとりにいく。撃ち殺そうというのだ。僕は「待ってください」と頼む。近寄って、道端に乳をしぼり出してやる。雌牛はありがたそうに僕の肩をなめている。「それじゃ、撃ちなよ……」僕は、見ないですむように逃げ出す。

トゥーラで、僕たちが連れてきた種畜用の雌牛たちが、どこにもやり場がないから、肉コンビナートに送られると分かった。街にはドイツ軍がせまっていた。僕は白いシャツを身につけて、ワーシカにお別れをしにいった。雄牛は重たい息を僕の顔に吐きかけた……

一九四五年の初めに家に帰っていった。オルシャ市に近づいて、僕は窓のところに立っていて、後ろにお母さんが立っているのを感じた。窓を開けると、お母さんが言う。「なつかしい沼の匂い、分かる？」僕はめったに泣かなかったけど、ここでは、ワッと泣き出した。疎開していた時、夢にまで見た。沼地で草を刈り、それを山にして、それが少し乾いて、干し草になりかかりの匂いがしてくる夢を見た。沼地の干し草の匂いは他のどこにもないなつかしい匂いなんだ。この沼の干し草の匂いは、僕らの白ロシアにしかないような気がする、その匂いはどこに行っても忘れられなかった。

勝利の日、隣のコーリャおじさんが外にとび出して空に向けて銃を放ち始めた。男の子たちはコーリャおじさんをとりかこんだ。

「コーリャおじさん、僕も！」

「コーリャおじさん、僕にも！」

コーリャおじさんは皆に撃たせてくれた。僕も初めて、撃った。

リュドミーラ・ニカノーロワ、十二歳。
（技術者、モスクワ州プーシキノ在住）

この世とは、いとおしきなり……

どこかに詩を一杯書きつけた秘密のノートがしまってあります。お母さん以外、誰もそれを読んだことはありません。子供の頃、なんだかぱっとひらめいたことがあって、学校で(戦後のオルシャ市で)本当に才能のある男の子たちに会うまではずっと詩を書き続けていました。

詩を書いていた女の子に四十年後に何が残っているかしら、あなたにきかれて、私も考えこんでしまいます。二つめの質問は「普通の女の子の生活で何がおもしろかったか」ですか？　ヴォルゴグラードに行った時まじめそうな女子学生が船からおりた私たち旅行客にこう言いました。「私は戦後ヴォルゴグラードで生まれました。ママーイの丘にはまだ一度も行ったことがありません」〔ママーイの丘はスターリングラード(現在はヴォルゴグラード)攻防戦の激戦地〕と。つまりこれは、もしかすると、私たちの世代にとってしか分からないことなのかもしれないわ。

戦前、私たちはヴォローネジに住んでいました。学校には昔ながらのインテリの先生方がたくさんいました。音楽のレベルは高かったのです。私が唄っていた学校の児童合唱団は街でとても人気がありました。皆とても劇が好きでした。

うちのアパートには軍人の家族が住んでいました。四階建てで、廊下でつながっていて、中庭では夏に香り高いアカシアが咲きました。家の前の広場では子供の頃よく遊びました。私は両親に恵まれていました。お父さんは職業軍人で、私の子供時代いつも軍服が眼の中にありました。お母さんはやさしい性格でとても器用でした。私は一人っ子でした。そういう例としてお察しのとおり、私は頑固で、わがままで、同時に引っこみ思案でした。赤軍会館で音楽と舞踊を習っていました。日曜日のたびに――これはお父さんが忙しくない唯一の日でした――お父さんは好んで私たちといっしょに街を散歩しました。私とお母さんは左手側を歩かなければなりません。お父さんはひっきりなしに出会う軍人さんたちとあいさつの握手を交わすからです。お父さんは、私といっしょに詩を読むのが好きでした。ことにプーシキンが好きでした。

学べや、息子よ、
学問はこの束の間の人生の経験を
手短に語ってくれる。

「戦争の話をしたか」ですか？　お父さんが負傷した国内戦の思い出話から戦争のことは知っていました。ラジオでは「もし明日戦争が始まったら」、「守りは固く、わが軍の戦車は速い」という歌がかかっていました。子供たちは安らかに眠れたのです。六月、お天気のよい、日曜日。私はきれいなワンピースをきて友達の女の子と一緒に赤軍会館の野外劇場に劇を見に行きました。始まりは十二時のはずでした。皆が、柱にとりつけたスピーカーに聞きいっています。呆然《ぼうぜん》とした顔をしています。そこらじゅう陽の光に満ちていて、木々の葉っぱがとてもきれい。

「戦争だって！」と友達が言っています。

家にとんで帰ります。扉をパッとひき開けました。家の中は静かで、お母さんはいません、お父さんは熱心に鏡の前でヒゲをそっていて、片側の頰は石けんのアワにつつまれています。

「お父さん、戦争だって！」

お父さんは私の方に向き直って、ヒゲをそりつづけています。その眼は、私が見たことのない表情をたたえていました。壁のスピーカーはスイッチが切ってありました。私とお母さんにこのおそろしいニュースが伝わるのをひきのばすために、お父さんにできる唯一のことだったんです。

生活はたちどころに変わりました。そのあとお父さんが家にいたことはありません。全然違った日常が始まったのです。集会が開かれて、窓には白いテープを十字に貼り、夜は窓かけを下ろしました。街に明かりが残ってはいけないのです。お店の食料品は消えて、食料の配給券が使われるようになりました。

そして、あの最後の夜が来たのです。それはいま映画で見るような、「涙、抱擁、走っている列車にとびのっていく」というようなものとはまったく違います。うちではそんなことはありませんでした。お父さんが演習に出かけるしたくをしている時に似ていました。お母さんが持ち物を詰めています。詰襟のカラーと、行軍用の襟章が縫いつけてあり、ボタン、ソックス、ハンカチもしらべてあります。お父さんは軍の外套を筒形に丸めて、私はそれをおさえていたような気がします。

　三人いっしょに廊下に出ました。もう遅い時間で、アパートのすべてのドアが閉まっていて、正面玄関だけ開いていました。外に出るためには一階からまた二階に上って、長い廊下を通ってまた下り直さねばなりませんでした。通りは暗くて、いつも思いやりのあるお父さんが言いました。「これ以上送ってくれなくていいよ」そして私たちを抱きしめました。「すべてうまくいくよ。心配しないで」そして去っていきました。

　前線から何回か手紙をくれました。「もうじき勝利する。そしたら、新しい生活を始めよう。リューダはお行儀よくしているかね？」私が九月一日まで何をしていたか思い出せません。黙って友達のところへ行きっぱなしになったりして、お母さんを悲しませました。空襲警報は、いわば、日常茶飯になりました。防空壕に逃げこんだものです。どの家でもじっとしていました。何回か街の中心街で空襲にあったこともあります。店の中に逃げこんで、それだけでした。恐怖というのは憶えがありません。疎開の人たち、避難民が街で目につくようになりました。その人たちの話を聞きました。お母さんは野戦病院で当直をしていました。負傷者をのせた汽車が着くようになっていたのです。驚いたことですか？　お店の品物が増えて、人々はそれを買っていたこと。私とお母さんは何日間も新しいピアノを買おうかどうしようかと悩みました。結局まだ買わないでおこう、お父さんを待とうということになりました。やはりとても大きな買物ですから。

　考えられないことですが、九月一日にいつものとおり新学期が始まりました。お父さんからは八月一杯なんの連絡もありません。信じて待っていました。もっとも、「包囲」とか「パルチザン」という言葉はもう知っていましたが。九月末に、いつでも疎開できる準備をしておくようにと言われました。正確な日が分かったのは数日前でした。お母さん方は大変でした。それでも数か月出かけていって、サラトフかどこかで過ごして、また帰ってくると確信していました。一つの包みは寝具、もう一包みは食器、そして服の入ったトランク。それで支度は終わりでした。

　道中で記憶に残ったのはこんなことです。汽笛を鳴らさないで汽車が出はじめると、たき火を消す間もなくナベをひっつかんでまた先へと乗っていくので、路床に沿って鎖のように火が燃えていました。輸送列車はアルマ・アタまで行き、そのあとチムケントに戻りました。荷車につけた、のろのろした雄牛たちに乗って、私たちは村に入りました。遊牧民の天幕やいろいろなものを見つけて、オリエントのお話のようでした、お母さんのひび割れた黒ずんだ手と白髪がなければ。お母さんの最初の白髪を見つけた時、私は泣きました。お母さんのすばらしい腕に賛歌をささげます。できないことってありませんでした。よくも、最後の瞬間にミシンを持ってきて(カバーはなくて、台がついていました)輸送列車に向かう車に放りこんだと思います。このミシンが私たちを食べさせてくれたのです。夜な夜なお母さんは何かしら縫っていました。お母さんは眠ることがあったのでしょうか？

地平線上には雪に覆われた天山山脈が見え、春の草原はチューリップで真っ赤、秋にはブドウのふさやメロンです(これをどうやって買うかですけど)。しかも戦争なんです！ 私たちはお父さんを捜しまわりました。三年間で三十通の照会状を出しました。軍の参謀本部と、野戦郵便局一一六番、国防軍事人民委員部、赤軍人員総局。どこからも同じ答えが返ってきました。「死亡者、負傷者のリストに記載なし」記載なしなら、と待って待って希望を持ちつづけていました。

ラジオのニュースはうれしいものになりはじめました。味方の軍が次から次へと街を解放していきます。オルシャが解放されました。これはお母さんの故郷です。そこにはおばあちゃんと母方のおばさんたちがいるのです。ヴォローネジが解放されました。でもヴォローネジはお父さんがいなくては他人の街でした。手紙で連絡がとれておばあちゃんのところへ行くことにしました。どこでも車両の入口に乗っていきました。車内に入るには、要領が良くなければなりませんでした。

おばあちゃんの家でお気にいりの場所は、ロシア・ペチカの裏側の暖かい所でした。

学校では外套を着たままでした。女の子のオーバーはたいてい軍服の外套を縫い直した物で、男の子たちはそのまま着ていました。朝早くスピーカーからきこえてきました。「勝利だ！」私は十五歳でした。お父さんが戦前にプレゼントしてくれた毛のセーターを着て、新しいハイヒールをはいて学校へ行きました。こういう物は大事にとっておいたのです。これは、大きめのが買ってあったので、私はちょうどそれが着られるまで大きくなったのです。

夕方、テーブルを囲んでいます。テーブルの上にはお父さんの写真と、ページの縁が色あせている、製本のくずれたプーシキンの本。これは婚約者だったお母さんへのプレゼントです。お父さんと詩を読んだことを、そしてことに何か気にいると「この世はいとおしきなり」と言った様子を思い出します。こんな生き生きとした大好きなお父さんを、死んだものとして想像できないんです……

孤児たち

やっぱりお母さんに会いたい

ジーナ・カシャーク、八歳。
（美容師、ミンスク在住）

一九四一年、小学校一年を終わったところでした。両親は夏の間ミンスク郊外の「ゴロージシエ」というピオネール・キャンプにあたしを行かせました。キャンプに着いて、二日後、戦争が始まりました。子供たちはキャンプから送り返されました。汽車で出発させられたんです。子供たちは何も分かっていません。ドイツ軍の飛行機がたくさん飛んでいて、自分が爆撃されるまでは「万歳！」などと叫んでいたのです。ミンスクの街が燃えているのを見てあたしたちはやっと恐怖を感じました。

ピオネール・キャンプを発《た》つ時、それぞれの枕カバーに、ひきわり麦とかお砂糖とか入れてくれました。一番小さな子供たちも例外なく、全員に何かしらくれました。みんなできるだけたくさんの食料を持って行こうとしました。食料はとても大事にしました。でも、汽車の中で負傷兵に出会い、その人たちはとても苦しんでいました。とても痛がっている、そういう兵隊さんたちにあたしたちは何もかもあげてしまいました。「お父さんに食べさせてあげた」のです。軍服の男の人なら誰でも「お父さん」と呼んでいました。

あたしたちの旅は一か月以上続きました。どこか街に着いてもそこに残ることはできません。ドイツ軍がすぐ近くに迫っているからです。そんなふうにしてモルダヴィアまで行きました。

そこはとてもきれいな所で、教会があちこちに建っていました。ふとんはありませんでしたから、ワラの上で寝ました。冬になった時、靴が四人に一足しかありませんでした。それから飢餓が始まりました。孤児院の者たちだけでなく、まわりの人たちも飢えていました。何もかも前線に供出してしまったからです。孤児院には二百五十人の子供がいました。ある時など昼食に行っても、何も食べるものがありません。食堂には先生方と院長がいて、あたしたちを見ています。眼には涙をいっぱいに溜めて。院には、マイカという馬がいました。とても気立てのやさしい馬で、水を運ぶのに使っていました。次の日、このマイカは殺され、あたしたちは水と、マイカの小さな肉切れを出されました。マイカが殺されたのは後になって知ったのです。このことは隠されていました。子供たちはマイカがとても好きでした。あたしたちの孤児院で唯一の動物だったのです。

子供たちはお腹だけポッコリ出ていて、バケツ一杯のスープだって飲めたでしょう。スープには何も実が入っていないのですから。注《つ》がれれば、いくらでも飲めたのです。救ってくれたのは自然界で、あたしたちははんすう動物でした。春には孤児院のまわりの数キロメートル四方、一本の木も葉をつけませんでした。芽という芽を子供たちが食べてしまったからです。草も、かたはしから食べました。綿入れのジャケットをもらい、それにポケットをつくって歩きました。草を持ち歩いて、噛んでいました。夏は助かりましたが、冬はとても大変になりました。あたしのように小さい子供たちは四十人いて、ばらばらに収容されていました。夜毎に長い間、泣き声がきこえました。お母さんやお父さんを恋しがっているのです。先生方も保母さんたちもあたしたちの前で「お母さん」という言葉を使わないようにしていました。おとぎ話をしてくれるのですが、本も、この言葉を使ってないのを選んでくれていました。誰かがふと、「お母さん」という言葉を口にしようものならすぐさま皆ワーッと泣き出したものです。

あたしはまた一年生に入りました。あたしは優等で一年生を終わっていたのですが、孤児院に来た時に「再試験の子は？」ときかれて「あたしです」と言ったのです。「再試験」という言葉は「優等生」という意味だと思ったのです。三年生の時、孤児院から脱走しました。お母さんを捜しに行ったのです。森の中でお腹をすかせて、ぐったりしてしまったあたしをボリシャコフというおじいさんが見つけました。あたしが孤児院の子だと知ると、自分の家にひきとってくれました。その人はお婆さんと二人暮らしでした。あたしは丈夫になって家の手伝いをするようになり、薬草を集めたり、ジャガイモ掘りをしたり、何でもやりました。パンを食べていましたが、小麦は少ししか入ってないパンでした。パン種には粉にひけるものなら何でもまぜました。アカザもジャガイモの茎や葉も、クルミの花もイモも。今でもみずみずしい草を見ると落ち着いていられません。パンもたくさん食べてしまいます。パンはいくら食べてもお腹が一杯と感じられないのです。

戦争の間中、「戦争が終わったら、おじいさんに馬車を用意してもらって、お母さんを捜しに行こうね」と心待ちにしていました。疎開して来る人がいれば必ず「あたしのお母さんに会わなかった？」とききました。疎開の人たちはたくさんいて、どこの家でも、暖かいイラクサのスープが入った鉄ナベがおかれていました。疎開の人たちが来たら何か暖かい汁ものがいつでもあるようにということでした。他には何もあげるものがありませんでしたが、イラクサ・スープの鉄ナベだけはどこの家にもありました。これはよく憶えています。

戦争が終わって、一日、二日と待ちましたが、誰も迎えに来てくれません。お母さんが迎えに来ないのです。お父さんが軍隊に行ったのは知っていましたが、二人が死んでしまったことをあたしは知らなかったのです。あたしは二週間というもの待ち暮らしましたが、それ以上は待てなくて、いきあたりばったりの汽車によじのぼり、椅子の下にもぐり込んで、出発しました。どこへ？　分かりません。子供心に汽車はどれでもミンスクへ行くと思っていました。ミンスクではお母さんが待っている！

今あたしは五十一歳で、自分の子供がいます。でも、やっぱりお母さんに会いたい……

私があんたのお母さんよ

タマーラ・パルヒモヴィチ、十一歳。
（秘書、ミンスク在住）

寝ている時、ピオネール・キャンプを爆撃してくるんです。部屋からとび出し、右往左往して、叫びます。「お母さん！　お母さん！」先生が、落ちつかせようとして私の肩をゆすっています。私は「お母さん！　あたしのお母さん、どこ？」と泣き叫びました。「私があんたのお母さんよ」と先生が抱きしめてくれるまで。

ベッドにはスカートと白いブラウスに赤いネクタイがかけてありました。私はそれを身につけて、ミンスクに出発しました。途中、たくさんの子供たちが両親に出迎えられましたが、私のお母さんはいません。突然、「ドイツ軍はもう街に入っている」と言われました。皆、あとへひきかえしました。だれかが、私のお母さんが殺されているのを見たと言いました。そこで、私の記憶はとぎれてしまいます。どうやってペンザに着いたのか分かりません。孤児院に連れてこられたことも。ただ、そういう子供がたくさんいて、私たちは二人ずつベッドに入ったことを憶えています。

食堂から戻ってくると、子供たちが言うのです、「おまえのお母さんが来てるぞ」。お母さんは毎日夢にでてきていました。それが、突然、本物だなんて、私は夢を見ているような気がしました。お母さんが見えます！　信じられない。二、三日は言いきかされましたが、私は近よろうとしませんでした。お母さんは泣いていますが、私は大声をあげるのです。「近よらないで！　あたしのお母さんは殺されたのよ……」

もう、初等読本も買ってありました

リーリヤ・メリニコワ、七歳。
（教師、ミンスク在住）

私は一年生にあがるところで、もう初等読本も学校カバンも買ってありました。妹のラーヤは五歳、トーマは三歳でした。私たちが住んでいたロソーヌィで父は森林コルホーズの所長でしたが、戦争の一年前に死にました。私たちは母と暮らしていました。

　戦争が、私たちのところまできてしまった時、私たちは、一番下の子も含めて、皆、幼稚園にいました。すぐに迎えが来て、子供たちは皆いなくなってしまい、私たちだけ残されました。誰も来てくれなかったのです。とても恐ろしかったです。お母さんは一番最後にかけつけて来たのです。お母さんは森林コルホーズで働いていて、何か書類を焼いて、埋めたのです。それで遅くなったのです。

　お母さんは「荷車も出してくれたし、疎開しよう」と言いました。どうしても必要なものだけ持っていかなければなりません。廊下にかごが置いてあって、このかごを荷馬車に載せました。妹はこのかごに人形を載せました。お母さんは、人形が大きかったので、おいていかせたかったのですが、妹は大声で泣き出しました。「おいていかない！」ロソーヌィの郊外に出たところで荷馬車が横倒しになって、かごのふたがパクンと開き、靴がころげ出ました。私たちはろくなものを持って出なかったことが分かりました。食べるものも、着替えの服も。お母さんは気が動転していて、かごをまちがえて、修理しなければならない靴をまとめていれてあった方のかごを持って来たのです。

　靴をあつめる間もなく、飛行編隊がとんできて、避難民を爆撃し、機銃掃射を始めました。持っていたお人形はハチの巣のように穴だらけにされましたが、妹はかすり傷ひとつ負いませんでした。

私たちは村に戻って、こんどはドイツ軍のいるところで暮らし始めました。お母さんはお父さんの残した物を売って歩きました。たしか、お父さんの背広の上下をエンドウ豆に換えたのが最初だったと思います。うちには大きな古いふとんがありました。お母さんはそのふとんをほどいて、頼まれれば皆に防寒長靴を縫い、それぞれに自分でできる形で支払ってもらいました。雑炊の時もあったし、家族みんなで卵が一個だけのこともありました。

お母さんはパルチザンを助けているとは言いませんでしたが、私はそうだと思っていました。よく、どこかへ出かけているのに、どこへ行ってきたのか言わなかったから。何かを交換に行った時には分かります。そうでなく、出かけていくだけということがあったのです。私はお母さんを誇りに思い、妹たちに言いました。「もうじき、味方がきてくれるわ。ワーニャおじさんが来るわ」(それはお父さんの弟です。)

その日、お母さんはミルクをビンに詰め、栓をしてどこかへ出かけていきました。私たちを家の中にとじこめて鍵をかけていきました。子供三人はテーブルの下にもぐり込みました。大きなテーブルかけが掛かっていて暖かくて、ままごとをして遊んでいました。突然オートバイの音がして、激しく扉をたたく音がして、男の声が、お母さんの苗字《みょうじ》をへたくそに発音するのがきこえます。私は何か悪い予感がしました。うちは畑の側の窓の下から階段になっていて、私たちはそこを下りました。妹の手をつかみ、もう一人の妹を肩車しました。「兵隊さんの行進」と呼んでいるゲームで、そのままで通りに出たのです。

　そこに子供がたくさん集まっていました。お母さんをつかまえに来た人たちは私たちがその子供だとは気づかないで、私たちを見つけもしませんでした。奴らは扉をこわしています。と見るとお母さんが姿をあらわしました。とても小さくてやせていました。ドイツ軍もお母さんに気がついて、山の方へかけ上っていって、お母さんをひっつかまえると腕をねじ上げてなぐりつけました。私たちは走っていって三人とも声を限りに叫びました。「お母さん！」奴らはお母さんをサイドカーに押しこみました。お母さんは隣のおばさんに「フェーニャ、お願いね、うちの子供たちをみてやって」と頼むのがやっとでした。近所の人たちが私たちをそこから離しましたが、誰もが怖がってひきとろうとはしません。また、子供たちをつかまえに来るかもしれないじゃありませんか？私たちは泣き泣き溝の方へ行きました。家には帰れません。隣村では、親はつかまえて、子供たちは焼き殺されたそうです。家の中にとじこめて焼いてしまったのだそうです。家に入るのはこわかったのです。自分の家で燃やされてしまうかもしれなかったからです。そんなふうにして三日もたったでしょうか。私たちは鶏小屋にいたり、畑に行ったりしていました。お腹はすいていましたが、畑に行っても何もとりませんでした。まだよく育っていないニンジンを早く抜いてしまうとか、エンドウ豆をとるのが早すぎるとお母さんに叱られていたんです。何もとらないで、互いにこう言っていました。お母さんの畑を荒らしたら悲しむからね。私たちが何もさわらないでいるのをお母さんは知らないのです。大人の人たちがいろいろくれました。子供たちもカブの煮たのとかジャガイモやビートを届けてくれました。

それから、アリーナおばさんが私たちをひきとってくれました。おばさんには男の子が一人残っているだけでした。避難する時にあと二人いた子供たちは行方が分からなくなってしまったのです。私たちはいつもいつもお母さんのことを思い出していました。アリーナおばさんは私たちを監獄長のところへ連れていって面会をたのみました。監獄長は、お母さんと話すことはできないと言いましたが、唯一許してくれたのはお母さんの窓の前を歩くことだけでした。

窓に近いところを歩いて、お母さんを見つけました。とても早く歩かされたので、私だけが見て妹たちは間にあいませんでした。お母さんは赤い顔をしていて、ひどくぶたれたのが分かりました。お母さんも私たちを見つけて、「ここよ！」と叫ぶのがやっとでした。それきり、もう窓をのぞきませんでした。あとできかされたのですが、私たちを見るなり、気を失ってしまったそうです。

数日後、お母さんが銃殺されたときかされました。私と妹のラーヤは、お母さんがもういないのだと理解しましたが、一番下のトーマは、お母さんが帰ってきたら、お姉ちゃんたちにいじめられたとか抱っこしてくれなかったと言いつけるんだ、と言っていました。何か食べ物をもらった時にはいつもいいところをトーマにあげていました。たしか、お母さんはそうしていたのです。

お母さんが銃殺された時、家には自動車が来ていろいろな物を持ち出しはじめました。近所の人たちが私たちを呼んで忠告してくれました。「フェルト長靴とあったかいオーバーをもらっときな、もうじき冬なのに、あんたたちは夏のかっこしてるよ」私たち三人立っていて、小さいトーマは私が肩車しています。「おじさん、この子にフェルト長靴をちょうだい」この時、警察は長靴を運んでいくところだったのです。私が言いおわる間もなく、その人は私を力まかせに蹴とばして、妹はころがり落ちて、石に頭をぶつけてしまいました。翌朝大きな腫《は》れ物になっているのをみて、アリーナおばさんは大きなスカーフで妹の頭をしばってくれました。夜、妹を抱くと、その頭はとてつもなく大きくて、私は妹が死んでしまうのではないかと、こわくなりました。

このことをパルチザンの人たちが知って、私たちをひきとりました。パルチザン部隊では、手をつくして私たちを慰めてくれて、とてもかわいがってくれました。時々、お母さんとお父さんがいないのを忘れることもあったほどです。だれかの服の袖がとれると、それを裏返して眼と鼻を画《か》きこみ、お人形をつくってくれました。読み方を教えてくれて、私のための詩まで作ってくれたのです。

リーリャがお風呂に入ってる
リーリャが哀《かな》しく泣いている
ああ大変大変大変
おおみずになった

あぶなくなった時には、私たちはアリーナおばさんのところへ戻されました。パルチザン部隊の隊長さんはピョートル・ミローノヴィチ・マシェーロフで、私たちにききました。「何が必要かな？　何があったらいいかな？」いろんなものが必要でした。兵隊のシャツが欲しいと言いました。兵隊のシャツと同じきれでワンピースを縫ってくれました。ステッチのかかったポケットのついた、緑色のワンピース。私たちみんなにフェルト長靴も、冬オーバーも、指なし手袋も作ってくれました。私たちは、いくつもの袋といっしょにアリーナおばさんのところへ届けられました。袋の中には粉やひきわりの穀物が入っていました。アリーナおばさんが私たちの靴を作るようにと、そのための革まで入っていました。

アリーナおばさんのところに家宅捜査がきた時、おばさんは私たちを自分の子供だと言いました。私たちの髪が金髪で、おばさんのところの男の子は黒髪なのはおかしいと、しつこく問い詰められました。奴らは何か知っていたのです。アリーナおばさんと私たち、それにおばさんの男の子も車に放りこまれて、イグリツキイ強制収容所に連れて行かれました。それは、たしか冬のことでしたが、床の板に直接ワラが敷いてあるだけのところで寝かされました。私は端っこで、私と並んで小さいトーマ、それからラーヤとアリーナおばさんに男の子です。私の隣はしょっちゅう人がかわりました。夜中にさわってみると手がひんやりしていて、隣の人は死んでいるのだと分かるんです。私もそんなふうに死ぬのかもしれないと思いましたが、妹たちのことが心配でした。下の妹は、パルチザン部隊にいた時、頭の腫れ物も消えたのですが、強制収容所ではまたできてしまいました。アリーナおばさんはこれをいつも隠そう隠そうとしていました。この子が病気なのが分かったら撃ち殺されてしまうからです。おばさんは妹の頭を厚地のスカーフでしばりました。夜、おばさんのお祈りがきこえました。「主よ、この子たちの母親を召されたのですから、子供らはお守りください」私はこうお願いしました。「小さいトーマちゃんだけでも助けてください。この子はまだこんなに小さくて、死んではいけないのです」と。

収容所から私たちは家畜用の貨車でどこかへ連れていかれました。ラトヴィアまで連れていかれて、そこでいろいろな家に分宿させられました。まず、トーマがあずけられました。アリーナおばさんは、抱いていたトーマをラトヴィアの老人に渡して、ひざまずいて頼みました。「どうか助けてやって、どうか助けてやってください」と。老人は答えました。「家まで抱いていけたら、助かるさ。家までは二キロもあって川を渡ったり墓地を通ったりするんでな……」私たちは皆、ばらばらにひきとられました。アリーナおばさんともひき離されました。

やがて、勝利が来たと知りました。私は妹のラーヤをあずかった人たちのところへ行きました。

「どこへ行ったらいいのだろう？」

「お母さんはいないし。トーマを連れにいって、アリーナおばさんを見つけよう」

そう言って、私たちはアリーナおばさんを捜しにいきました。見つかったのは奇跡でした。おばさんのお針の腕がとても良かったおかげです。ある家に水をのませてもらいに寄りました。どこに行くつもりだときくので、アリーナおばさんを捜しにと答えました。その家の娘が言いました。「行きましょう、その人のいる所に連れていってあげる」アリーナおばさんは、私たちを見て、あっと驚きました。私たちは板きれのようにやせこけていました。それは六月の末で、一番辛い時期でした。去年の収穫は底をついて、今年の実りはまだ無い頃なのです。私たちは、まだ青い麦の穂を食べました。穀粒をむしり取ってこいては、のみこみました。かみつぶす間もありません。それほどひもじかったのです。

私たちが住んでいたところの近くに、クラスラフという街がありました。アリーナおばさんが「街へ行って、孤児院に行くように」と言いました。おばさん自身は病気で、人に頼んで私たちを送らせました。朝早く着いて、門はまだしまっていて、私たちは窓のそばに置いてきぼりにされました。朝、太陽が出て、建物から子供たちがかけ出してきました。皆、赤い靴で上半身は裸、手に手にタオルを持っています。子供たちは川へ走って行って、笑いさんざめいています。私たちはそれを見て、こんな生活があるということが信じられませんでした。子供たちは私たちに気づきました。こちらはドロだらけで、ぼろぼろの身なりです。「新入りが来たぞ」皆が先生をよびました。何の証明書も求められず、パンと、缶詰を出されて、「ちょっと待ってなさい。今、お風呂をたいてくるから、身体を洗って、それから住むところを教えよう」。

夕方、院長が来て、私たちを見ると、こう言いました。「この子たちは、ミンスクの孤児一時収容所につれていきなさい。そこで、どこに置くか決めてくれるでしょう。ここはもう一杯だから」また、どこかへ行かなくてはならないときいて、私たちは泣き出して、どうかここに置いてください、と頼みました。院長はこう言いました。「泣かないでよ、もう、あんたたちの涙を見るのはたくさん」どこかへ電話して、その院に置いてくれました。そこは実にすばらしい院でした。すばらしい先生方で、あんな先生は今はいないでしょう。

とてもかわいがってくれて、行儀も教えてくれました。こんなことがありました。「だれかにごちそうしようという時、チョコレートの袋から一つ取り出してあげるのではなく、袋全部をすすめなさい。もらう方は、袋全部をもらわないで、そこから一つとるのです」という話がありました。この話があった日、一人の男の子が欠席していました。ある女の子のお姉さんがやってきて、チョコレートを一箱くれました。この女の子――孤児院で育った子――がそのチョコレートの箱を男の子のところに持っていくと、男の子はそれを箱ごともらってしまいました。私たちはどっと笑いました。その子は困って、きくんです。「どうすればいいのさ?」「一つだけとるのよ」と教えられて、その子は気がつきました。「どうして一つしかとっちゃいけないか分かるよ、僕が全部もらっちゃうとみんなのがないからでしょう?」そう、ひとりだけでなく、皆が楽しくなるようにと教えられたんです。

年上の女の子たちは、皆に学校カバンを縫ってくれました。古いスカートをほどいてつくったものもあります。祝日には、孤児院の院長が必ず、粉をこねてブリヌィーのたねをシーツみたいに大きくのばし、みんながそれぞれひと切れずつ切りとって好きな形に――小さいのや大きいの、丸いのや三角のワッフルのようなお菓子をつくりました。

皆が一緒で大勢の時には、お父さんやお母さんのことを思い出しませんでした。懲罰室の中では大勢ではないので、私たちは寝そべって、何もせずにいて、お父さんやお母さんのことやどうして孤児院に入ったかということばかり話していました。ある男の子の話では、その家族は全部焼き殺されてしまって、その子は隣村に馬でいくところだったそうです。お母さんも、お父さんもとてもかわいそうだけど、一番かわいそうなのは小さなナージェンカだと言います。小っちゃなナージェンカは白いおむつをつけたまま焼かれたのです。また、原っぱで皆が集まってもお父さんお母さんの話をします。

孤児院に女の子が連れてこられました。みんなが質問します。

「苗字《みょうじ》は？」

「マリヤ・イワーノヴナ」

「名前は？」

「マリヤ・イワーノヴナ」

「お母さんの名は？」

「マリヤ・イワーノヴナ」

その子は「マリヤ・イワーノヴナ」と呼ばれた時だけ返事をするのです。私たちの先生はマリヤ・イワーノヴナというのですが、その子もマリヤ・イワーノヴナでした。

新年の子供会でその子がマルシャークの詩を暗唱しました。「かわいいメンドリがうちにいました」それから、その子はメンドリというあだ名になりました。さすがに子供たちです。マリヤ・イワーノヴナと大人の人に言うように呼ぶのにうんざりしたのです。

ある男の子が孤児院に援助してくれている職業訓練校の友達のところへ行った時のこと。そこで言い争いになって、その子は相手を「メンドリ」と呼びました。相手の子はおこって、「どうしてメンドリなんだ？　僕のどこがメンドリなんだよ？」。院の男の子は「孤児院にいるある女の子がよく似ているからだ。同じような鼻、眼、そしてあだ名はメンドリなんだ」と言って、その理由も話しました。

そして、なんとその子はこの相手の男の子の実の妹だということが分かったのです。二人は会うと、旅をしたこと、おばあちゃんが缶詰の缶で何かを温めたこと、おばあちゃんが爆撃で殺された時のことを思い出したんです。そして、おばあちゃんのお友達で隣のおばあさんが、亡くなったおばあちゃんにいっしょうけんめいに呼びかけたことも。「マリヤ・イワーノヴナ、あんたの二人の孫は助かったよ！　起きあがっておくれ！どうして死んじゃったのさ、マリヤ・イワーノヴナ、どうして？　こんな時に死んでいいのかね、マリヤ・イワーノヴナ？」女の子はこれを憶えていたのでしょう。でも、これが自分の身の上にあったことなのかどうか自信はありませんでした。ただ、「マリヤ」と「イワーノヴナ」という二つの言葉だけが耳に残っていたのです。

その子がお兄さんに会えて、私たちはみんなとても喜びました。私たちはみんなだれかが一緒で、その子だけが一人ぼっちだったからです。たとえば、私には二人の妹がいましたし、他の子には弟や兄がいました。いとこがいる子もいました。だれもいない子たちも、あんたは兄さんになってねとか妹になれよとか言って兄弟になっていました。そうすると、お互いにかばいあい、世話をしたんです。私たちの孤児院には十一人タマーラがいました。その苗字はこうです。タマーラ・ニェイズヴェースナヤ〔無名の〕、タマーラ・ニェズナコーマヤ〔会ったことのない〕、タマーラ・ベズィミャンナヤ〔名なし〕、タマーラ・ボリシャーヤ〔大きい〕、タマーラ・マーレンカヤ〔小さい〕……

他に憶えていること？　孤児院では叱られるということがめったにありませんでした。ぜんぜん叱られませんでした。私たちが冬に普通の家の子たちとソリあそびをしていた時、見たことがあるんです。フェルト靴をはだしではいたといって、お母さんが自分の子供を叱って、たたいたりしているのを。私たちがはだしで外に出たって、誰も叱りませんでした。私は、叱ってもらいたくて、わざとはだしでフェルト長靴をはいたりしました。本当に、叱ってもらいたかった。

私は勉強ができたので、ある男の子のめんどうを見てやるよう言われました。その子の家に行かなくてはなりません。こわかった。家の中はどんなかしら、何が置いてあって、どこに置いてあるのかしら？　どう、ふるまったらいいのでしょう？　家族――これは手のとどかない、一番の憧れでした。その家にいって扉をたたいた時、心臓は止まってしまいそうでした。

うちの子になりなさい……

ニーナ・シュント、六歳。
（調理師、ミンスク在住）

戦前は私たちはお父さんとだけ暮らしていました。お母さんは死んでしまったんです。お父さんが前線に行ってからはおばさんと暮らしていました。おばさんはレペリスク地区のザドーラ村に住んでいました。お父さんが私たちをおばさんのところへ連れて行ってあずけてから一か月たって、おばさんは眼を木の枝にぶつけて、突き刺してしまい、血液の感染をおこして、死にました。こうして私たちは弟と二人きりになりました。弟はまだ小さく、二人はパルチザンの人たちを捜しに行きました。なぜか、お父さんはそこで見つけられると思ったのです。どこでもかまわず野宿しました。雷雨の時に乾草《ほしくさ》の山の中で一夜を明かしたのを憶えています。乾草の山に窪《くぼ》みを作ってその中で夜を過ごしたのです。私たちのような子供はたくさんいました。みんな親を捜していました。両親が殺されたことを知っている子供でさえ、他人に言う時には「お父さんとお母さんを捜しているのだ」と言ったり、「親戚《しんせき》の人を捜しているのだ」と言っていました。

村の女の人たちが私たちを泊めてくれて数週間はそこにいて、また逃げ出しました。

こういうことを憶えています。村の中を通っている時、ある家の窓が開いていたのです。そこでは、ジャガイモ入りのパイを焼いたばかりのようでした。そこに近づいた時、弟はそのパイの匂いに気がついて、気を失ってしまいました。私はその家に寄りました。弟のために一切れめぐんでもらおうと思ったのです。そうでもしなければ弟は起き上がれなかったでしょう。私一人で立ち上がらせるには力が足りませんでした。

家の中には誰もいなくて、私はパイを一ちぎりしましたが、泥棒だと思われないように家のひとが来るのを待っていました。そこのおばさんがやって来ました。一人暮らしでした。「うちの子になりなさい」と私を放そうとしませんでした。

一九四四年に村が焼かれた時、パルチザンの人たちにひきとられました。パルチザン部隊から飛行機で後方へ送られて、父の死もそこで知りました。

自分の名前に慣れることができず……

レーナ・クラフチェンコ、六歳。
（会計係、ミンスク在住）

空からの機銃掃射をうけると、全部の弾《たま》が背中にあたるような気がしました。「おかあちゃん、あたしを隠して！」と私はたのみました。おかあちゃんは上から身をふせてくれて、私は何も聞こえず、見えなくなりました。

お母さんがいなくなったり、殺されたりしたらどうしようと怖くてたまりませんでした。殺された母親のそばにいる子供たちをたくさん眼にしていました。母親の死体がころがっていて、赤ん坊がその乳を吸っていました。たった今殺されたばかりのようでした。赤ん坊は泣きもしないで、乳を吸って、ピチャピチャと口を鳴らしていました。私はそのそばに伏せていたのです。

車に乗せられて、子供たちは皆、バケツをかぶらされました。私はいやで、お母さんの言うことをききませんでした。

それから、私たちが隊列をなして追いたてられたこと、お母さんをとりあげられたことを憶えています。私はお母さんの手をつかんで、薄物のワンピースにしがみつきました。その服装は戦時向きでありませんでした。よく泣きました。ファシストはまず機関銃で私をつきとばし、私がころんだ時は、ブーツで蹴飛ばしました。どこかの女の人が私を抱き上げました。それから、なぜかその女の人と汽車に乗っています。どこに向かっているのか？　大人たちの会話から、ドイツに連れていかれるのだと分かったのでしょう。皆にきいてまわるんです。「あたしみたいに小さい子に何の用があるの？　ドイツに行って何ができるっていうの？」暗くなってきた時、女の人たちが私を扉のところによびつけて、文字通り汽車からつきとばしました。「お逃げ！　助かるかもしれないさ」

溝のようなところに転がり落ちて、そこで寝入ってしまいました。寒かったけど、夢の中でお母さんが何か暖かなもので包んで、やさしい言葉をかけてくれました。この夢はずーっと見ています。……戦後二十五年しておばさんひとりを捜し出しただけです。おばさんが私の本当の名前を教えてくれたけれど、なかなか自分の名前に慣れることができず、呼ばれても返事ができませんでした。

その人のシャツは濡れていました

ワーリャ・マチュシュコーワ、五歳。
（技術者、ミンスク在住）

産院にいるお母さんのところに行く時、「私たちはもうじき男の子を買うんだよ」とお父さんが言います。どんな弟ができるのか思いうかべてみたくてききます。「どんな子？」お父さんは答えました。「ちっちゃな子だよ」

突然、私とお父さんはどこか高いところにいて、窓に煙が入っていく。お父さんは私をかかえていて、私は手さげ袋をとりに戻ってよと頼んでいます。まもなくお父さんはいなくなり、私は、どこかの女の人と歩いています。私たちは鉄条網に沿って歩いていて、その向こう側には捕虜の人たちがいます。暑くて、水をくれと言っています。私は何ももっていなくてポケットにあるのはチョコレート菓子が二つだけ。これを鉄条網の向こうに放りこみました。警備兵が発砲して、私たちは逃げました。

そのあとは孤児一時収容所にいたのを憶えています。鉄条網に囲まれていて、警備兵がついていました。そこには、まだ歩けない、はいはいしている子たちもいました。食事は粗末で、パンのようなものをくれたけれど、それを食べると口もきけないほど舌がふくれ上がりました。食べ物のことばかり考えていました。朝食が終わって考えていることは、早く昼食にならないかなあということ。昼食が終われば、早く夕食にならないかなあ。小さい子たちは鉄条網からはい出していって街へ逃げたりしました。めざすはただ一つ。ごみ捨て場です。ニシンの皮やジャガイモの皮でもあれば大喜び。ジャガイモの皮は生で食べました。

ある時、おじさんにつかまってしまいました。

私は頼みました。「おじさん、もうやりません」

「どこの子だね？」

「どこでもないわ。一時収容所の子よ」

おじさんは私を家に連れていって、お腹一杯になるまで食べさせてくれました。おじさんのとこにはジャガイモしかありません。それをゆでてくれて、私はナベ一杯のジャガイモをたいらげました。

一時収容所から孤児院に移されました。孤児院の向かいには医科大学があって、そこにドイツ軍の病院が開かれていました。低い窓があって、重たい扉が夜毎閉じられていました。

孤児院は食事をくれて、私の身体も良くなりました。ここの掃除のおばさんがとてもかわいがってくれました。お医者さんたちが来ると私たちは隠れるのです。「医者が来た」とおばさんは私をどこかの隅におしこんでくれました。おばさんの娘さんに似ているのだといつも言っていました。

「医者たち」が出ていくと、私たちは部屋に戻るんです。小さい男の子がベッドに横たわっていて、ぶらさがった手から血がたれていました。他の子供たちは泣いています。二、三週間すると子供たちが入れかわって、前からいた子たちは連れ出され、新しい子供が入ってきて、また、たっぷり食事が与えられます。

ドイツ軍がミンスクから逃亡し始めた時、私をいつも救ってくれていたこの女の人は、私たちを門の外へ連れ出してこう言いました。

「だれか知り合いのある子は、その人をたずねていきなさい。だれもいない子は、どこの村でもいい。村へ行けば、村の人が助けてくれるわ」

それで、私は出かけました。あるおばあさんのところで暮らしたのですが、その苗字も憶えていません。憶えているのはそこの娘が逮捕されて、私とおばあさんと二人きりになったこと。年寄りと幼い私と。二人の一週間分の食料はパンがひと切れあるだけでした。

村に味方の軍がいると知ったのは、私が最後です。私は病気でしたが、そのことをきつけるなり、起き上がって、学校にかけていきました。初めて兵隊さんが見えた時、その人にへばりつきました。シャツが濡れていました……皆が抱きしめては、キスしたり、泣いたりしたからです。

その言葉すら忘れていました

アーニャ・グレヴィチ、二歳。
（ラジオ設計技師、ミンスク在住）

あれが自分に起きたことだなんて今でも信じられない。まるでこわいお話みたい。憶えていることなのか、あとでお母さんが話したことなのか。私たちは一緒に道路を歩いていました。とてもつらかった。お母さんは病気だったし、私と姉は小さかったし。姉は三歳、私は二歳でした。どうやって私たちを救ったか？
お母さんはメモを書きました。私の名前、生年、それを私のポケットに入れてこう言いました。「お行き、あんたは金髪だから助かるかもしれないよ」自分は死んでしまうだろうから、私が孤児院の子供といっしょに疎開するようにと思ったのです。私は自分で行かなければなりませんでした。お母さんが孤児院に連れて行ったのでは、私たちは逆に帰らされてしまうでしょう。両親を亡くしてしまった子だけが入れてもらえるのに、私たちにはお母さんがいたからです。私がふりむかないでいられるかどうかで運命はきまるのです。でなければ、お母さんから離れることなんかできっこないし、他の子供たちのように涙をいっぱいためて、首にかじりついてしまうし、そうしたらだれも、私に他人《よそ》の家に残れとは言わないでしょう。

お母さんは言いました。「行って、ほらあの扉を開けるのよ」私はそのとおりにしました。でも、この孤児院は疎開が間に合わなかったようです。大きなホールがあったこと、壁ぎわの自分のベッド、同じようなベッドがたくさんあったのを憶えています。皆でこれをきちんと整えました。とてもていねいに。枕はいつも同じところに置かなくてはいけないのです。そうでないところに置いたりすれば、保母さんたちにしかられました。ことに黒い背広を着たおじさんたちが来る時はそうでした。ドイツ側についた警官だったのかドイツ人だったのかわかりません。記憶には黒い上下しか残っていないのです。私たちがぶたれたかどうか憶えていませんが、何につけてもぶたれるかもしれないという恐怖感だけは憶えています。遊びというものを思い出せません。一日中おとなしく椅子に座っていたわけはあり得ませんが。とてもたくさん動いたことを憶えています。掃除をしたり、洗ったり、他のことは記憶にありません。

誰も決して私たちをかわいがってはくれませんでしたが、お母さんを思って泣いたりしませんでした。ある人たちにはお母さんがあるということを理解できませんでした。孤児院の子たちには誰にもお母さんがいなかったのです。お母さんというその言葉すら忘れていました。

食事はこんなものです。一日分として茶わん一杯のおも湯と小さなパンが一切れ。私はおも湯がきらいで自分の分を他の子にあげるとその子はパンをくれました。そういう友情だったのです。誰もこれを気にとめる者はなく、保母さんの一人が気づくまではすべてうまくいっていました。私は大きながらんとしたホールの隅に長いこと立たされました。今でも「おも湯」という言葉を聞くと泣きたくなって、吐き気がします。なぜこの言葉がこんな嫌悪感をおこさせるのか大人になってからも理解できませんでした。私は孤児院のことを忘れていたのです。

私が十六歳、いや、もう十七歳になってから、孤児院の保母さんに出会いました。バスの中で女の人が座っていて、私はその人を見ています。何か磁石のように吸いつけられて、降りなければならない停留所を乗り過ごしてしまいました。この女の人を知らないし、憶えていないのに、ひきつけられるのです。とうとう我慢できず、わっと泣きだして、自分が腹だたしくなります。いったいどうしたのよ？　その人を眺めます。まるでいつか見たのに忘れていた絵をもう一度見たくなったかのように。何かとても慕わしい、お母さんみたいな、いやお母さんより近しい……でも誰だか分からない。そしてくやしさと涙がわっと私を包んでしまったのです。私は背を向けて出口の方へ行き、そこにつっ立って泣いています。

女の人は一部始終を見ていて、私に近寄ってくると言いました。

「アーニャちゃん、泣かないのよ」

この言葉でますます涙があふれます。その人はなぐさめてくれます。

「どうしたの、私を忘れちゃったの？」

私は涙ながらに拒みます。

「いいえ、あなたなんか知りません」

「あたしをもっとよく見てごらん」

「本当です。あなたなんか知りません」そして大泣きします。

その人は私をバスから降ろしました。

「どうして泣いているの？　あたしをよく見てごらん、すっかり思い出すから。ステパニーダ・イワーノヴナよ」

それでも私は意地をはりつづけます。

「あなたなんか知りません。一度も会ったことありません」

「孤児院を憶えているでしょう？」

「孤児院ですって？　誰かと取りちがえているんでしょ」

「いいえ、孤児院を思いだしてごらん、あんたの保母さんだったのよ」

「うちのお父さんは戦死したけど、お母さんはいます。何が孤児院よ？」

私はその頃もう母と家にいたので、孤児院を忘れてしまっていたのです。その人は静かに私の頭をなでていますが、涙の川はとまりません。するとその人は言いました。

「これが私の電話番号、自分のことと か、子供の頃のことを知りたくなったら電話して。遊びに来なさい。近くだから。私はよく憶えてるわ、とってもちっさくてかわいい子だったのよ」

その人は行ってしまったけれど、私は動くことができません。もちろん、追いかけていって、話をして、いろいろ聞きたださなければいけなかったのですが、私はかけ出さなかったし、追いかけませんでした。

どうしてそうしなかったのか？　私は引っ込み思案だったのです。とても引っ込み思案で、人とは何か恐いものでした。誰かとお話をすることなんかできません。一人っきりで何時間でもいられたのです。

母が私を見つけたのは一九四六年で、八歳になっても私は恐怖以外何も知りませんでした。母と姉は一緒にドイツに追い立てられていったのですが、二人は帰ってきて、母は白ロシア中の孤児院を捜しました。もう私は見つからないかと思いながら。私はすぐそばに、ミンスクにいたのですが、母がくれたメモをなくしてしまったのでしょう。私は別の苗字を与えられていました。母は私の眼と背が高いということで娘だと判断したんです。一週間通ってきて私を眺めました。「あたしのアーニャちゃんかしら、違うかしら」って。私の名前は本物のままでした。私が母を見た時、不思議な感情にとらわれました。何か知っている人への思い出というようなものでなく、新しい世界が開けたのです。お母さん！　秘密の扉がさっと開いて「お母さん」とか「お父さん」と呼ばれる人たちがやってくるのです――その扉の向こうに、普段は入れてもらえなかったのに、突然、そこへ連れて行かれて、皆がニコニコしているんです。

お母さんは戦前おとなりに住んでいた女の人を呼びました。

「この子たちの中であたしのアーニャちゃんを見つけてちょうだい」

その人はすぐ私を示しました。

「これが、あんたのアーニャちゃんよ。何も他のことを考えないで、ひきとりなさい。あんたの眼と、あんたの顔つきじゃないの」

夕方、保母さんが私のところにきました。

「あした、あんたをひきとりに来るわ。ここから出ていくのよ」

少し怖かった。

朝になって私は身体を洗ってもらい服を着せてもらいました。皆がやさしくしてくれました。よくぶつぶつ言っている乳母さんもニコニコしていて、私はこれが最後の日で、この人たちとはお別れなんだと分かりましたが、突然、どこへも出ていきたくないと思いました。お母さんが持ってきた服を着せられ靴をはかされて、私は孤児院の友達たちとはっきり区別がついてしまい、その中にいるとまるでよそ者で、その子たちも初めてのように私をじろじろ眺めまわしました。

家で強烈に印象に残っているのはラジオです。受信機というものはまだなくて、部屋の隅に黒いお皿がかかっていて、そこから音がするのです。いつもいつもそちらを見ていました。食べている時も、寝る時も。あの中にどうやって人々は入ったのかしら？あの中に入りきれるなんて、ということばかり気になりました。私に説明してくれる人もいません。私はとっつきにくい子供でした。孤児院ではトーマと仲良くしていました。トーマはよくニコニコしていたので気にいったのです。でも、私はニコニコすることがありませんでしたから、誰にも好かれませんでした。私が微笑《ほほえ》むようになったのは十五、六歳の頃です。学校では、微笑むのを見られないように隠してました。恥ずかしかったんです。女の子たちですら、うまくつきあえませんでした。その子たちは休み時間に何でもべちゃくちゃしゃべるのですが、私は何一つ言えなくて、じっと黙っていました。

お母さんが孤児院から私をひきとって、数日後、私たちは市場へ行きました。民警を見つけた私はヒステリーを起こして、叫びました。

「お母さん、ドイツ人よ！」そしてかけ出したのです。お母さんは私を追います。人々はさっと道をあけ、私は全身を震わせていました。「ドイツ人よ！」

そのあと二日間は外へ出ませんでした。お母さんは私に説明してくれました。これは民警といって、街を守り、交通整理をしているのだと。でも私を納得させることは不可能でした。孤児院に来たドイツ人は黒い軍人外套を着ていたのです。もっとも、私たちの血液をとる時には、私たちは別の部屋に連れていかれて、その時は白い上っぱりでした。でも白い上っぱりは印象に残っていなくて黒い制服だけ憶えています。

家では、どうしても姉になじめませんでした。それは何かとても近しいもののはずなのに、私は生まれて初めてその子を見る。しかも、それはなぜか、私の姉なんです。お母さんは昼間は仕事で留守でした。朝、眼が覚めるともうお母さんは家にいなくて、ペチカには壺が二つのっていて、私たちは自分でおかゆを下ろすのです。私は一日中お母さんを待っていました。何か特別な、うれしいことが来るのを。お母さんが帰るころには、私たちはもう眠っていました。

どこかで人形の、頭だけになったのを見つけました。それがすっかり気にいって、私の宝物にして朝から晩までいつも持って歩きました。他におもちゃはありません。ゴムまりにあこがれていました。外に出ると、皆がゴムまりを持っているのです。その頃は特別のネットに入れて持ち歩いたものです。ネットに入って売っていたのです。誰かに頼むと、ちょっと持たせてくれました。

十八歳になって時計工場ではじめて給料をもらった時、私は自分でゴムまりを買いました。夢がかなったのです。ゴムまりを持ってきて、網に入れたまま棚にかけておきました。それを持って外に出るのが照れくさかったんです。もう大人でしたから。それで私は家の中にいて、ゴムまりを見ていました。

何年も何年も経ってからステパニーダ・イワーノヴナのところへ行くことにしました。一人では決心がつかなかったでしょうが、夫がどうしてもと勧めたのです。

「二人で行ってみよう。どうして、自分のことを何も知ろうとしないんだい？」

「知りたくないんじゃないわ。こわいのよ」ステパニーダ先生に電話をかけると答えが返ってきました。

「ステパニーダさんは亡くなりました」

自分を許すことができません。

女物の短靴をはいているのが恥ずかしかった

マルレン・ロベイチコフ、十一歳。
（市執行委員会課長、ミンスク在住）

大人たちは僕らを外に出してはくれなかったけど、それでも僕らは木によじのぼって空中戦を観戦した。友軍の飛行機が炎上すると泣いたものだが、怖くはなかった。映画を見ているようだった。二日めか三日めには全体の集会があって、キャンプの所長が、僕らのピオネール・キャンプは疎開すると発表した。ミンスクは爆撃で燃えていて、僕らは家に帰らずに、戦争を逃れて遠くへ行くのだということを皆もう知っていた。

旅の支度をした時のことを話そう。トランクを出して、どうしても必要なものだけを入れなさいと言われた。下着、ワイシャツ、ソックス、ハンカチ。それを荷づくりして、それぞれが一番上にピオネールのネクタイを入れた。子供の想像力で、僕たちがドイツ軍に出くわして、トランクを開けられたら、まず赤いネクタイが出て来るんだと考えた。これで、すべてにしかえしするんだ。

僕らの汽車は戦争より早く進んだ。戦争を追いこした。僕らが止まる各駅ではまだ戦争のことは何も知らず、何も眼にしていなかった。それで僕ら子供が大人たちに戦争のことを話してきかせた。ミンスクが焼けたようすやピオネール・キャンプの爆撃、友軍の飛行機の炎上のことなど。でも、家が遠くなればなるほど、両親が迎えにきてひきとってくれるのを待ちわびた。もう両親のいなくなってしまった子供も多いのに、そのことは意識にのぼらなかった。

汽車から「パリ・コミューン」という名前の汽船に乗り換えさせられて、ヴォルガを下った。半月というもの、移動してきた間、一度も服を脱がなかった。汽船に乗ってはじめてつっかけを脱いだ。許可がおりたのだ。僕の上ばきはゴムびきのヒモのついたものだった。脱いでみると、もうすごい匂いで、またはくことはできなかった。ごしごしずいぶん洗ったあげく捨ててしまった。その先ははだしで進んだ。

白ロシアから連れて行かれた子供はあまりに多くて、白ロシアの孤児院が二つできたほどだった。一方は小、中学生で、もう一つは就学前の子供たちだった。どうしてそのことを知っているかって？　兄弟、姉妹で別れさせられた子供たちがひどく泣いたからだ。ことに小さい子たちは、兄や姉がいなくなるのを怖がって泣いたのだ。ピオネール・キャンプでは両親がいないのが楽しかった。それは一つの遊びなんだから。ところが、ここでは皆おびえてしまった。僕たちは両親にいつくしまれて育っていた。やさしさに慣れていた。朝はいつもお母さんが起こしてくれたし、寝る前にキスしてくれた。その僕らのそばに「本物の」孤児の家があった。その子たちとはぜんぜん違っていた。その子たちは、両親がいないことに慣れていたけど、僕らはあらためて慣れなければならなかった。

一九四三年のメニューを憶えている。牛乳が大さじ一杯、パン一切れ、スイカの皮でつくったスープ、『三月から四月』という映画では、味方の諜報員《ちょうほういん》が白樺の皮でおかゆを煮ていた。女の子たちも白樺のおかゆを煮ることを覚えた。

秋には、冬に備えて自分たちで薪を作った。一人あたりのノルマが一立方メートルだった。木は山地にあった。まず木を倒して、枝をはらい、それを一メートルに切り分けて、薪の山に積み上げる。ノルマは大人向きの計算なのに、僕らの中には女の子だっていて同じノルマだから、男の子にしわよせがきた。家にいた時、僕らはノコギリを使ったことがなかった。都会の子だったんだから。それを、ここでは太い丸太をノコギリでひいたり、割ったりしなければならなかった。

昼も夜もお腹がすいていて、仕事中も眠っていてもいつもいつも腹ペコだった。ことに冬がひどかった。僕らは孤児院をぬけだしては軍の駐屯部隊にいった。時にはスープのおこぼれにあずかることもできた。でも僕らはたくさんいたから、皆に食べさせることはできなくて、一番にかけつければ何かもらえるけど、遅れれば、手ぶらで帰るだけだ。僕の友達にミーシカ・チェルカーソフがいた。二人でいるとき、こう言った。「一杯のおかゆがもらえるって分かっていたら二十キロメートルだって歩いていくのになあ」外はマイナス三十度でも、ミーシカは身じたくをして部隊にかけつけた。何か食べ物をちょうだいと兵隊に言うと、「スープが少しあるよ、さぁ、ナベを取ってきな」と言われた。ミーシカが外にでると他の子供たちに出会った。孤児院までナベをとりに行ってたら何も残らないだろう。

ミーシカは後戻りして兵隊たちにこう言った。「ここに入れてよ」おナベのかわりに帽子を脱いで、つき出す。その様子があまりに断固としているので、兵士はひしゃく一杯まるまる帽子の中にあけてやった。ミーシカは、何ももらえなかった子供たちの前を堂々と通って自分の寮に戻ってきた。耳をすっかり凍らせてしまっていたが、僕たちにスープを持ってきてくれた。そこにはスープは無くて、氷のはった帽子があった。その氷をお皿の上にひっくり返したけど、温まるのを待つ子はだれもいなくて、そのままかじった。女の子たちはミーシカの耳をごしごしこすってやった。皆のために持って来ることができて、あまりにうれしくて、ミーシカはすぐに食べ始めなかったほどだ。

一番、おいしかったのは油糟《マクーハ》だ。味によって僕たちは分類して、ある種類などはハルワ〔香ばしい糖蜜菓子〕と呼んだくらいだ。「マクーハ」作戦というのがあった。走っている車に数人が乗り込んで油糟の板を投げ落とし、別の者がそれをひろいあげる。寮にもどる時はあざだらけだけど、お腹は一杯だ。それに、夏や秋のバザール。そういう時は少し楽だった。何でもたらふく毒味ができる。こっちで、リンゴをひと切れ、あっちでトマトというふうに。バザールで何かかっぱらうのは恥ずべきことではなく、むしろ英雄視されていた。何をかっぱらうかはどうでもよかった。何か食べられさえすれば、それが何かはどうでもいい。

僕らのクラスにバター工場長の息子がいた。やっぱり子供のことだから、授業中「海上戦」というゲームをやっていた。その子は後ろの方でヒマワリの油をつけたパンを食べている。その油のおいしそうな匂いが教室中にひろがる。

「畜生」そうつぶやいて、その子にげんこをふりたててみせる。「授業が終わったら見てろよ……」

見ると、女の先生がいない。床に転がってるじゃないか。先生もお腹がすいていて、この匂いで気絶してしまったのだ。女の子たちが、先生を家に送っていった。先生はお母さんと住んでいた。夕方、皆が少しずつパンを残して、それを先生にあげることにきめた。先生自身は決して僕たちから受け取らなかっただろう。僕らは先生に内緒でお母さんのところへもっていき、「僕たちからだと言わないで」とたのんだ。

孤児院には果樹園と畑があった。リンゴがはえていて、畑にはキャベツ、ニンジン、ビートがうえてあった。僕たちはその番をした。何人かずつで当番だった。交替の時には、全部数えなおした。キャベツの一つ一つ、ニンジン一本一本を。夜はこう考える。「夜のうちにニンジンがもう一本はえればなぁ。それは表にのってないんだから食べてもいいんだ」もし表にのってるニンジンならぜったい無くなっちゃいけないんだ。畑にしゃがんでいて、まわりじゅう食べ物なのに僕たちは食べないでいる。腹はペコペコ。すこし年上の男の子と当番だった時のこと、その子がこう言った。

「牛が草を食べてるな」

「それで?」

「ばか! 知らないのか? 私有の牛が国有地で草を食べていたら牛を没収するか持ち主は罰金をとられるっていう規則を?」

「だって草原じゃないか」

「そこにつながれてるってのか?」

そこで、自分の計略を話してくれた。その牛をつかまえて孤児院に連れてきてつないでおく。それから持ち主を見つけるというのだ。そのとおりにやった。牛を孤児院の庭に連れてきてつなぐ。相棒は村に一走りして、持ち主を見つけ出し、「こういうわけで、あなたの牛は国有地に入っているけど、規則のことは知ってるでしょうね」と言った。

その人が僕らの言ったことを信じておじけづいたとは思えないけど、僕らをあわれんでくれた。飢えているのが分かったのだ。こういう約束ができた。僕たちはその人の牛の番をする。そのかわり、その人はジャガイモをいくつか分けてくれる。

孤児院で女の子が病気になって、輸血が必要になった。孤児院中を探しても血を取れる人がいなかった。誰もかれも貧血だった。

一番無鉄砲な少年たちが集まって、ここを脱走して前線へ行こうと決心したことがあった。しかし、幸運なことに孤児院に室内楽のコンサートマスターであるゴルジェーエフ大尉がやってきて、音楽ができる少年を四人選び出し、その中に僕も入った。

孤児院が総出で僕らの出征を祝ってくれた。僕は着る物が何もなくて、一人の女の子が自分の水兵シャツをくれたし、他の女の子は短靴をくれた。僕はそういういでたちで戦線に向かった。何より恥ずかしかったのは僕の短靴が女物だったこと。

その夢を見るのがこわかった

レーナ・スタロヴォイトワ、五歳。

（労働者、ミンスク在住）


お母さんは緑色のオーバーを着て、ブーツをはいて、暖かい毛布に六か月になる妹をくるみました。お母さんが帰って来るのを待って私は座って窓を見ていました。突然、通りを何人かの人々が連れていかれるのが見えました。その中に、妹を連れたお母さんがいます。うちのそばで、お母さんは頭をふり向けて、窓を見ました。ファシストはお母さんの顔を銃床《じゅうしょう》でなぐりました。

夜になって、おばさん、お母さんの妹がやってきました。はげしく泣いて、髪をかきむしり、私のことをみなし児、みなし児というのです。こういう言葉を私は知りませんでした。夜中に夢を見ました。お母さんがペチカをたいていて、火が燃えて、妹が泣いているのです。今もこの人たちといられるのは夜中だけです。この夢を私は二か月見つづけていたとおばちゃんが話してくれました。夕方、寝たくないと私ははげしく泣きました。その夢を見たくなかったんです。それでいて、その夢が見たいのです。今でもその夢がこわいけれど、やはり見たいと思います。お母さんの写真もないんです。この夢だけ……その夢の中でだけ母を見られるんです。それと妹を……

私はお母さんの一人っ子でいたかった

マリヤ・プザン、七歳。
（労働者、ブレスト在住）

コルホーズの雌牛《めうし》たちを納屋から追い出して、そこに人々が押しこまれたんです。私のお母さんも。弟と私は茂みの中にかくれていました。弟は二歳で、泣かなかった。朝、家にいくと、家はあるけど、お母さんはいないんです。誰もいない。私たちだけが残った。水をくみに行く。ペチカをたかないと。弟はお腹がすいている。井戸のつるべに近所の人たちが吊されていました。村のもう一方の端へ行ってみた。そこには泉の井戸がある。村で一番いい水が。そこにも人々が吊されていました。からっぽの桶《おけ》をさげて戻りました。弟は泣いている。お腹がすいている。「パンの皮をおくれよう！」あるとき弟にかみついたことがあります。泣かないように。

そんなふうに何日か過ごしました。村で二人っきりで。人々は死体となってころがっているか吊されていました。私と弟は死人を恐れませんでした。皆、知っている人たちだったんです。後で、見知らぬ女の人に出会ったときは二人で泣きだしました。「一緒に住みましょう。二人だけじゃ怖いでしょ」その人は私たちを橇《そり》にのせて自分の村に連れて行きました。そこの家は男の子が二人いて私たちも二人。そのまま、味方の兵士が来るまで暮らしました。

孤児院ではオレンジ色のワンピースをくれて、上にポケットがついていました。その服が好きで好きで「私が死ぬときにはこのワンピースを着せて葬ってね」と皆にたのんでいたほどです。お母さんは死んで、お父さんも死んでしまった。だから私ももうじき死ぬんだ。自分は死ぬんだと長いこと思いつづけていました。「お母さん」という言葉をきくといつも泣きました。あるとき私はひどく叱られて、部屋の隅に立たされ、私は孤児院を逃げだしました。私はお母さんがいないのに、皆が私を叱るのが、くやしかったんです。

誕生日は憶えていませんでした。いつでも好きな日を選びなさいと言われました。私は五月に続く祝日が好きでした。「でも五月一日の祝日といったら信じてくれないだろうし、二日でも信じてもらえないわ。もし五月三日といえば本当らしいわね」とそう思ったんです。お誕生日を迎える子は三か月ずつまとめて祝ってくれました。私たちのためのお祝いのテーブルにはチョコレート菓子とお茶が出され、プレゼントが配られました。女の子はワンピース、男の子はワイシャツでした。あるとき、よそのおじさんがゆで卵をたくさん持ってきて、皆に分けてくれました。そして私たちを喜ばせることができてうれしそうでした。

私はもう大きかったから、おもちゃがないといって淋しがったりしませんでした。寝床について、皆が寝入る頃、枕から羽をひっぱり出してそれに眺め入ったものです。これが私の好きな遊びでした。病気になると——私はよく病気になった——戦争が私からはいだしてくるんです。戦争は今でも私の中からはいだしてきます。横になって、お母さんのことを考えたものです。私はお母さんの一人っ子でいて、あまやかしてもらえたらなあ……。

あたしたち、公園を食べたんです

アーニャ・グルービナ、十二歳。
（画家、ミンスク在住）

私はレニングラードっ子です。封鎖〔レニングラードは第二次大戦中に九百日間ドイツ軍に包囲された〕の間にお父さんが死にました。子供たちを救ったのはお母さんです。戦前、お母さんは私たちの灯火《ともしび》でした。一九四一年に、スラーヴィクが生まれました。レニングラードが封鎖された時、スラーヴィクはいくつだったかしら。六か月、そう六か月でした。お母さんはこんなちっぽけな子と私たちを三人救ったのです。お父さんは亡くしていました。レニングラードでは、どこの家でもお父さんを亡くしていました。お父さんの方が早く死んでしまい、お母さんは生き残るのです。お母さんというのは死んではいけなかったのでしょう。誰も頼るものが無くなってしまいますから。お父さんはお母さんの手に私たちを残していったのです。

私たちはレニングラードからウラルのカルピンスク市に連れて行かれました。私たちの学校全体が移動したのです。カルピンスクではみんな公園にかけつけました。私たちは公園を散歩したのではありません。公園を食べたんです。ことに好物だったのは落葉松《からまつ》で、そのびっしり茂った松葉ほどのごちそうはありませんでした！　小さい松の若木なら、その若芽は片端から食べてしまい、草はむしりとりました。封鎖の中にいたので食べられる草は全部知っていました。カルピンスクの公園には、いわゆる「ウサギのキャベツ」――カタバミがたくさんはえていました。

この一九四二年は、ウラル地方も飢えで苦しんでいました。私たちがいた孤児院は、食べても食べても満腹できないほど飢えきったレニングラードの子供たちばかりでした。レニングラードの子供たちを腹一杯にするのはとても長くかかりました。

孤児院の子供のうち誰が最初にドイツ人を見たのか憶えていません。私が初めてドイツ人を見た頃は、それが捕虜で、街はずれの炭鉱で働いている人だということをもう知っていました。その人たちが、なぜレニングラードの子供ばかりの私たちの孤児院を選んで寄ってきたのか、今でも分かりません。

私がドイツ人に行き会った時、その人は何も言いませんでした。私たちは昼食がちょうどすんだばかりで、きっとまだ昼食の匂いをさせていたのでしょう。私のそばに立って、鼻をくんくんさせると、思わずしらずその人のあごが動いて何か噛んでいるようになるのです。それを両手でおさえようとしました。止めようとして。でも、あごはもぐもぐもぐ動いてしまうのです。私は、飢えた人を見ていることができませんでした。そのドイツ人を見ていられません。これは、私たちみんなの病気のようなものでした。

私はパンの切れ端がまだ残っている女の子を呼んで、そのドイツ人にあげました。ドイツ人は何もしゃべらないでただ「ダンケ・シェーン、ダンケ・シェーン」とお礼を言っていました。

一九四三年にはドイツ人はもうこなくなりました。四三年は、もう少しらくになってきたのです。ウラルはそんなに飢えていませんでした。孤児院には本物のパンがあって、おかゆも好きなだけもらえました。でも、今でも飢えている人を見ていることはできません。最近、テレビのニュース番組で飢餓に苦しむパレスチナ難民を映していました。その人たちは行列に並んでいます。お腹をすかせて、お椀《わん》をもって。私は別の部屋に逃げ出しました。ヒステリーが始まってしまいました。

カルピンスクの一年目は自然界の様子なんて目に入りませんでした。自然のものは何を見ても食べられるものかどうか試してみたいと思うだけでした。そして、一年たって初めて、ウラルの自然がどんなに美しいかに気がついたのです。野性味あふれるモミの木や、丈の高い草、ミザクラばかりの森。なんとすばらしい夕焼けでしょう！　私は、絵を描き始めました。絵の具は無いので、エンピツで描きました。ハガキに絵を描いて、レニングラードにいる親たちに送りました。ミザクラの花を描くのが一番好きでした。カルピンスクはミザクラの香りがあふれていました。今も、あの街は、その香りがしているような気がします。

あそこに行ってみたいと何年思いつづけているでしょう。私たちがいた孤児院がまだあるかどうか無性《むしょう》に見てみたいんです。木造の建物でした。新しい時代の中で生き残っているかしら？　今は、路面電車も走るようになったとか……

黄金の言葉……

イーラ・マズール、五歳。
（土木関係、グロードノ在住）

一人の女の子の、レーナの布団《ふとん》は赤くて、あたしのは茶色でした。それで、ドイツの飛行機が飛んでくるとあたしたちは地べたにふせて、布団をひっかぶりました。まず赤いのを、その上からあたしの茶色のを。あたしは友達たちに言ったのです。パイロットは上から茶色いものを見つけても、石だって思うわよって。

お母さんのことで憶えているのは、お母さんがいなくなったらどうしようということだけです。空襲でお母さんが殺されてしまった女の子がいて、その子はいつも泣いていました。うちのお母さんはその子を抱き上げて、慰めてやっていました。しばらくたって、よそのおばさんとうちのお母さんを村で埋葬しましたっけ。お母さんの身体を洗いました。小さな女の子のようにやせこけていました。怖くはありませんでしたが、かわいそうでした。その髪と手はいつものお母さんの匂いでした。どこをけがしたのか憶えていません。傷口は銃弾によるもので、小さかったのでしょう。弾丸の傷も、お母さんのは小さいのだとなぜか思いました。一度だけ小さな弾丸が道に散らばっているのを見たことがあったからでしょうか。その時、こんな小さな弾《たま》がどうして大きな人間を殺すことができるのか不思議でした。あたしのことだって殺せるのです。あたしはこの弾の千倍も百万倍も大きいのに。なぜかこの百万という数字が記憶に残りました。これはとてもとてもたくさんで、とても数え切れない数字だと思いました。

お母さんが死んだのはすぐではありません。長いこと草の上に横たわっていて、眼を開きました。

「イーラ、あんたに話しておかなくては……」

「おかあさん……いやよ……」

お母さんが言いたいことを言ってしまったら死んでしまうような気がしたのです。

身体を洗ってあげたとき、お母さんはネッカチーフをかぶっていて、ぼってりしたおさげ髪でした。女の子……今はそんなふうに感じます。あたしの年はあの頃のお母さんの二倍になっています。お母さんは二十五歳でした。うちの娘がいまそのぐらいの年です。

孤児院の思い出ですか？　きつい性格です。やさしい言葉使いをしたり口のきき方に気をつけたりすることができません。なぜって、お母さん無しで育ったからです。うちでは、やさしくないと文句を言われます。お母さん無しで、やさしく育つことなんてできるでしょうか？

孤児院では、自分専用の、自分だけが使うカップが欲しかった。いろんな人たちが子供時代の物を何かしら持っているのがいつもうらやましかった。あたしにはそんなものが無いんですから。何も話すことができません。「これは子供の頃の物です」と言うことが。でも、とても、そう言いたくて、つくり話をしたくなるぐらいです。

他の女の子たちは女の先生に惚《ほ》れ込んだのですが、あたしはお手伝いのおばさんに熱をあげました。先生方よりも、想像上のお母さんに近かったのです。先生方は厳しくてきちんとしていましたが、おばさんたちはいつも身なりはボロだし、よくおしゃべりをして、あたしたちをぶったりするけど、全然痛くないのです。お母さんがぶつようなものだから。あたしたちをお風呂に入れてくれて、身体を洗ってくれる時、膝《ひざ》によじのぼったりしてもいいんです。裸んぼうの身体に触るんです。こういうことができるのはお母さんだけです。それは知っていました。あたしたちに食事を与えて、カゼも自己流で治してくれて、涙をぬぐってくれました。その人たちの手にかかると、もう孤児院にいるのではなく家にいるような気がしたものです。

他の人たちは「私の母は」とか「私の父は」と言いますが、「母」とか「父」ってわかりません。まるで他人みたい。お母さんとお父さんしかないんです。もし二人が生きていたら、かあさん、とうさんと呼ぶんですけど。黄金の言葉です。

少年兵

僕たちが演奏すると、兵隊さんたちは泣いていた

ヴォロージャ・チストクレートフ、十歳。
（音楽家、ロストフ・ナ・ドヌー在住）

戦争が起きたとき僕は黒海の保養所ソヴェト・クヴァジェにいた。朝、森へ行って、飛行機の轟音をきいて、戦争ごっこを始めた。どこかで本物の戦争が起きているなんて考えてもいなかった。

数日後、僕たちはロストフに連れていかれた。街にはもう爆弾が落ちたりしていた。大人たちは防空壕を掘ったり、バリケードを作ったりして市街戦に備えていた。僕たち男子は火炎ビンの箱の番をし、火事にそなえて砂や水を運んだりした。

学校という学校が病院になった。七〇番校は、軽傷者を収容する軍病院、一八一八番病院が開かれた。お母さんはそこに送られた。僕を連れていくことも許可されて、病院

が移動すれば僕たちも移動した。

いつものとおりの爆撃が終わって、粉々になった石のあいだに本がひと塊あったのを憶えている。一冊手にとると、それは『動物の生活』というのだった。大きな絵本だった。一晩中寝ないで、読みふけった。やめられなかった……今あの本が見つかったら、迷うことなく買うんだが、あの絵はとてもよく憶えている。

一九四二年の十一月、病院長が、僕のために制服を出してやりなさいと命じた。もっともすぐ、丈をつめなければならなかったけど。僕のサイズのブーツは一か月間探さねばならなかった。こうして、僕は病院の養子になった。何をやっていたかって？ 包帯のことだけでも頭がおかしくなりそうだった。悲惨なほど足りなかった。洗濯して、干して、一つ一つ巻く。それが大したことでないと思うなら、一日に千本でも巻いてみたらいい。僕はこれを大人より要領よくやれた。たぶん、だから、責任者が笑いをかみころしながら、一人前の戦士に渡すように、僕に煙草《マホールカ》を一包みくれたとき、あんなに上手に紙巻き煙草を巻くことができたんだ。時々、喫《す》ってたよ(笑う)。お母さんには内緒で。早く一人前になりたくて。

塩とパラフィンを積んだ貨車が爆撃をうけた時はそのうちどちらも使うことになった。塩はコックさんに、パラフィンは、僕にまわってきた。軍のどんな規定にも入っていない技能を要した。つまり、ロウソクを作るのだ。これは、包帯を巻くどころではない。

ちゃんと火がつくように作らなければならないんだから……

お母さんは泣いたけれど、僕はどうしても前線に逃げだしたかった。自分が殺されるかもしれないなんて信じなかった。ある時、パンをとりに行かされた時のこと……すこし行ったところで、砲撃が始まった。ロケット砲で撃ってきた。軍曹が殺され、御者《ぎょしゃ》も殺され、僕は打撲傷を負った。長い間、口がきけず、きけるようになっても、どもっていた。

ポーランドにいた時のこと……負傷者の中にチェコ人がいて、その人はプラハ・オペラのトロンボーン奏者だったんだ！　病院長は大喜びで、その人が回復しはじめると、病室を廻って、病人の中で音楽ができる人を見つけだしてくれと頼んだ。すばらしいオーケストラができ上がった。僕はヴィオラを教えてもらったし、自分でギターを覚えた。僕たちが演奏すると兵隊さんたちは泣いた……戦後、音楽家になったのはそのせいかもしれない。

破壊されたドイツの村で、自転車がころがっているのを見つけた。うれしくなって、それに乗って走った。とても気持ちよかった。戦争中、子供らしいものは何一つ見ていなかったから。

眼をつぶれ、見るんじゃない……

ヴォロージャ・パラブコーヴィチ、十四歳。
（特別恩給生活者、ミンスク州ウズダ村在住）

僕はヴィテブスクの生まれだ。七歳の頃、母に死に別れた。おばのところに住んでいた。村の男の子なら誰でもそうだが、仕事はたくさんあった。牛の放牧、薪割り、馬の夜間放牧。畑仕事も十分あった。そのかわり、冬になると木橇《きぞり》や手製のスケートで滑った。それは、木に鉄をうってわらじにゆわえつけたものだ。こわれた樽の留め金と板でつくったスキーもはいた。

まるできのうのことのように憶えている。父が買ってくれた短靴を初めてはいた時のことを。森で枝のひっかき傷をつけてしまった時にはどんなに哀しんだことか。とてもくやしくて、ケガなら治るんだから、靴より足に傷がついた方がました、と思ったほどだ。街がファシストの爆撃を受けるようになって、父と一緒にオルシャを出た時、この短靴をはいていた。

ファシストはただ撃ってくるのではなく、すぐ間近で一人一人を撃ち殺そうとした。それは恐ろしかった。父は「眼をつぶれ、見るんじゃない」と叫んだ。僕は空を見るのも怖かった。空は飛行機で真っ暗だった。足もとを見れば殺された人たちが転がっていた。父は倒れて、起き上がらなかった。そばにかがんで「お父さん、目を開けてよ、ちょっとでいいから目をあけて!」とせがんだ。だれかが「ドイツ軍だ!」と叫んで、僕をひっぱっていこうとした。父がそれきり起き上がらないこと、そのまま道ばたの土ぼこりの中に父を置き去りにしなければならないことが僕には理解できなかった。ぜんぜん血も出ていないし、眠っているようだった。僕は力ずくでその場から引き離されたのだが、まだ何日間も、ふり返りふり返りして父が追いつくのを待った。父がもういないということが信じられなかった。こうして僕はひとりぼっちになり、ラシャの上下一つになった。

長いことあちこちわたり歩いて、結局クイビシェフ州のメレケス市の孤児院に行った。戦場に行きたくて、何回も脱走しようとしたがそのたびに失敗した。でも、災い転じて福となすだろ? 森で孤児院のための薪をつくっていて、斧《おの》を使いきれず、薪からはねかえった斧が僕の右手の指にあたってしまったんだ。先生は僕に自分の三角布で包帯をして街の病院に送った。

その帰り道、僕につきそっていたサーシャ・リャーピンと僕はコムソモールの市委員会のそばで、リボンのついた水兵帽の船員に眼をとめた。船乗りは新人募集の掲示を板にとりつけているところだった。近寄ってみると、それはソロヴェーツキイ諸島の海軍見習い水夫学校の応募要項だった。この学校は志願兵だけで構成されていた。「船乗りの子供と孤児院の子供たち優先」とされていた。今でもその時の彼の声がきこえるようだ。

「船乗りになりたいかい、え？」

僕たちは答えた。

「僕たち孤児院の子供です」

「それじゃ事務所に寄って、申請書を書きな」

その瞬間の僕たちの喜びはとても伝えられない。これこそ、前線に出る最短コースなんだから。前線に出て父の仇《かたき》をとることは、もうあきらめていたのに。

僕たちはコムソモールの市委員会に寄って、申請書を書いた。健康診断の名簿に入れてもらった。審査員が僕を見てこう言った。「この子はとてもやせていて、小さいな」しかし、将校の制服をきたもう一人の人が溜息《ためいき》をついてこう言った。

「大丈夫さ、大きくなって、強くなる」

僕たちは海軍の服に着替えさせられた。ちょうどいい大きさのを探すのが大変だった。船乗りの服と帽子の自分を鏡に映して、僕は幸せだった。一昼夜の後、僕たちはソロヴェーツキイ島に汽船で向かっていた。あと一マイルもないところまで近づいた。もうすっかり真夜中だったのに、僕たちは寝なかった。船員が僕たちを甲板から追いたてた。

「共用船室に行けばいい。あそこは暖かいぞ。よく眠っておかんとな」

朝早く、太陽に輝く修道院と黄金に染まった森が見えた。わが国初の海軍見習い水夫学校がひらかれようとしているソロヴェーツキイ諸島だ。しかし、授業に入る前にまず学校を建てなければならなかった。ソロヴェーツキイ島の地面は石ばかり。ノコギリも斧もスコップも足りない。重たい土を掘るのも、古い大木を切るのも、切株を掘り出したり、大工仕事をするのも何もかも手でやることを覚えた。仕事のあとで寒いテントに行って休む。ベッドはマットレスと草をつめた枕で、その下には針葉樹の枝が敷いてあった。ふとんの代わりに軍外套をかけた。

一九四二年に入隊の宣誓をした、革命二十五周年の日に。僕たちは「海軍見習い水夫学校」と書いてあるリボンを船乗りの帽子用に支給された。でも、残念ながら、肩まで届くほどの長いリボンではなく、船乗り用の帽子の右側にリボンのあるものだった。それとライフル銃を与えられた。四三年の初めに軍務で赤衛軍駆逐艦「すばしこい奴」号に乗ることになった。何もかも僕にとって初めてのことだった。船首がつっこんでいく波頭。塩からい海水をいっしょうけんめいたたいているスクリュー、燐光《りんこう》を放ってそこから帯のように伸びる船のあと、胸がしめつけられるような美しい光景だった。

「こわいか、坊主?」艦長がきいた。

「いいや」一秒の迷いもなく僕は答えた。「きれいだ!」

「戦争でなければな、きれいさ」艦長はそう言うと、なぜか顔をそむけた。僕はまだ十四歳だった……

私はもう泣かなかった……

ヴォロージャ・マレイ、十三歳。
（民警中佐、ミンスク州の保養地ナローチ在住）

十三歳の頃の私は戦争物語や戦争映画が好きだったが、その年の男の子ならおそらくだれでもそうだろう。戦前の大人たちの会話や不安も子供たちの頭に入っていた。たとえば、小口径のライフルを撃つのが私は得意だった。射撃の名手のグループの一員として地区の競技に出場させられた。競技会は日曜日、六月二十二日の予定だった。

その晩、私は眠れなかった。競技会で、どう腕をふるおうかと考えて興奮していた。朝、学校へ行くと、私たちのチームはもうそろっていて、軍事教練の先生を待つだけだった。先生が来た時、何かひどく興奮しているようだった。この先生が「ヒトラーとの戦争が始まったので、射撃の競技会には行かない」と言ったんだ。

一週間後には、もう爆撃が始まり、私たちは弾丸を浴びた。殺された人を初めて見た時、私はもう泣かなかった。ただ、ショックだったのは殺された赤軍兵士がうちのキュウリ畑に倒れていたことで、傍らには大きなヒマワリの花があったことだ。頭のすぐ上に。それまで、人は戦場で死ぬのだと思っていた。もっとも、戦場とはどんなものかもあまり分かっていたわけではない。本で読んで確かに知っていたことは、戦場では走りながら、もちろん「万歳」と叫ぶことだ。それなのに、若い人が倒れている。ついきのう水をやったばかりの青々としたキュウリの中で。

死んだ人のライフルを拾いあげ……他にも武器を見つけては、グリースを塗って、砲弾箱にピンでとめたり、オイルをたっぷりしませた粗布に包んで、地中に埋めた。いたるところにドイツ軍の「武器を保持する者は銃殺される」という指令がはりだされていた。私はライフル五挺、ジェフチャリョフ軽機関銃、中隊のロケット砲、それに地雷、弾丸、手榴弾をたくさん隠していた。私はすぐ大人のようになった。私たちの村で地下組織が作られたときは、すぐにメンバーに加えてくれた。

白いかまどだけが残っていた……

ヴォロージャ・アムピローゴフ、十歳。
（金物工、ブリャンスク在住）

僕はちょうど十歳になったところだった。他の男の子たちといっしょに庭でおにごっこをしていた。大きな自動車が入ってきて、ドイツ軍の兵隊たちがとび降りてくると、僕たちをつかまえにかかり、荷台の防水シートの中に放り込んだ。駅に連れていかれて、車はバックして車両に近づき、僕たちは袋かなにかのように貨車に放り込まれた。

貨車はぎゅうぎゅう詰めで初めのうち立っていることしかできなかった。大人はいなくて、未成年と子供だけだった。扉を閉めっぱなしで二日二晩走り、僕たちは何も見ず、レールにあたる車両の音がきこえただけ。昼間は窓のすき間をとおして光が入りこんできたけど、夜はあまりに恐ろしくなって、皆、泣きさけんだ。どこか、とても遠くの方へ連れていかれるのに、両親は僕たちがどこにいるかも知らないんだ、と。三日目に扉が開いて、兵士がパンのかたまりをいくつか投げてよこした。近くにいた者は、つかみとることができて、瞬く間にこのパンを飲み込んだ。僕は扉の反対側にいたのでパンは見えなかった。ただ、「パンだ!」という叫びをきいた時、一瞬その香りを感じただけだ。

汽車に乗って何日目のことだったか、貨車が爆撃されて、僕たちの車両の屋根が破られた。僕は一人でなく、友達のグリーシカと一緒だった。同じく十歳で戦前は同級生だった。爆撃が始まった時、二人はつかまりあって、お互いにはぐれないようにしていた。屋根が破られた時には、車両からはい出して逃げることにした。

森の中はすでに暗く、貨車が燃えているのがはっきりと見えた。まるで一つの大きなたき火のようだった。夜どおし歩いて、朝、どこかの村に出た。でも村は無く、白いかまどだけがいくつも残っていた。何か食べ物を探したのだが、かまどの中は空っぽで冷たかった。さらに先へ進んだ。夕方ちかくに、また焼け跡と空っぽのペチカの並んでいるところに行きあたった。歩いていくうち、突然グリーシカが倒れて死んでしまった。心臓が止まってしまったのだ。夜どおし彼のそばを離れず、朝を待った。朝、手で穴を掘って、グリーシカを葬った。その場所を憶えておきたかったけど、まわり中見知らぬ所で、どうやって憶えられよう。

歩いていくのだが、飢えで眼が廻った。突然「待て！　どこへいく？」と呼び止められた。僕はきいた。「あんた方は誰？」「味方だ。パルチザンだ」その人からきいて、自分がいるのはヴィテブスク州で、アレクセーエフのパルチザン部隊に行きついたのだと分かった。

少し栄養がついてから、戦いに参加させてくれと頼んだが、笑いとばされて、食事係の手伝いにまわされた。しかし、三回斥候《せっこう》が送られ、三回ともだれも戻ってこなかったときのこと。三回目のあとで隊長は全員を整列させて言った。

「四回目を出すことは自分はできない。志願者に行ってもらう」

僕は二列目に立っていたが、「志願者はいるか？」と問われると、学校でやるように手を上げた。

防寒着は長すぎて、袖《そで》が地面に届きそうだった。上げても手は見えず、袖がぶらさがっていて、手を突き出せない。でも隊長は気がついて「前に出ろ」と言った。僕は一歩前に出た。「坊主……」そう言って隊長は涙をこぼした。

亜麻の袋と耳つきの古い防寒帽をもらった。片方の耳はちぎれていた。

パルチザンの領域から出るなり、三本のよく茂った松の木に気づいた。よく眼をこらすと、松の木の間にドイツ軍の狙撃兵がじっとしている。森から出てくる者は片はしから「片づけて」いたのだ。狙撃兵からは隠れようもないが、開けたところに現れたのは男の子、しかも麻袋なんか持っている。相手にされなかった。それで僕は来た道を、そのまますすんだ。

隊に戻って、隊長に「松の木のところにドイツ軍の狙撃兵がいる」と報告した。夜になって、一発も撃たずに奴らをつかまえて隊につれてきた。これが僕の初めての斥候だった。

一九四三年の末に、ベシェンコヴィチ地区のスタールィエ・チェルヌィシュキ村で僕はナチの親衛隊にとっつかまって、銃の先や鉄をうった長靴をはいた足でなぐりつけられた。床の上でさんざんに踏みつけられた。拷問のあとで外に引きずり出され、水をぶっかけられた。それは冬のことで、僕は血まみれの氷におおわれた。上の方でコンコンとたたく音が何なのか分からなかった。それは首吊り台を作っていたのだ。僕は起こされ、台木に立たされてやっとそれに気づいた。

輪がしぼられたが、すんでのところで、ひきちぎられた。パルチザンが包囲していたのだ。意識が戻った時、僕は味方の医者に気づいた。「あと二秒遅かったら、お前を救えなかったぞ。なんて幸運な奴だ。生きてるんだからな」部隊には抱いて運ばれた。頭のてっぺんから足の先までめちゃめちゃになぐられたあとだったから。

撃ち殺してくれ

ワーシャ・ボイカチョフ、十二歳。

（職場の技術指導員、ミンスク在住）


一九四一年の冬休み、僕たちの学校では、全校あげて戦争を模したゲームに参加した。その前に整列訓練をし、木製の銃を作り、迷彩服や衛生班の服を縫った。軍部の指導員が練習用の軽飛行機「トウモロコシ」に分乗して飛んできて、僕たちは有頂天になっていた。

ところが、六月にはもう頭上にドイツの飛行機が飛んでいて斥候をふりまいていた。二十二歳から二十六歳ぐらいの人たちで、チェックの灰色の背広でハンチングをかぶっていた。僕たちは大人たちとそういうのを何人かつかまえて、村ソヴィエトにつきだした。そして、僕たちも軍事作戦に加わったことをとても誇りにしていた。それは冬に参加したゲームに似ていた。しかし、やがて別の人たちが来るようになった。それは格子《こうし》縞《じま》の背広やハンチングでなく、緑色の制服を着て、腕まくりをしており、鋲《びょう》を打った幅広のブーツをはいていて、背には子牛の革の背嚢《はいのう》を、脇には防毒マスクの長細い缶と自動小銃をたすきがけにしていた。肥《ふと》った、重たそうな人たちだった。歌を唄い、わめいていた。「ツワァイ・モナート、モスクワはおだぶつ！」父は説明してくれた。「ツワァイ・モナート」は二か月という意味だと。

初めのうち、その人たちは僕らのマレーヴィチ村に止まらないで、ジュロービン駅まで車を走らせた。以前父が働いていたところだが、その頃は、もう通っていなかった。もうすぐ友軍が戻ってきてドイツ軍を国境の方に追い出してくれるということだった。僕たちは父を信じて、軍が来るのを待ちわびていた。ドイツ軍はそこら中にごろごろいた。あちこちの道に、森に、溝に、畑に、菜園に、泥炭の窪地に。暖かだった。暖かさで増殖していくみたいに、毎日毎日、どんどん増えていった。

父が馬のしたくをして、僕たちは野良にでた。殺された人たちを集めて葬る作業が始まった。十人か十二人ずつ並べた。僕の学校カバンは殺された人たちの身分証明書で一杯になった。その人たちの住所を憶えている。クイビシェフ州出身とウリヤーノフスク市の出身者たちだった。

数日たって、村はずれで、僕の父と、十四歳の親友ワーシャ・シャフツォフが殺されているのを見つけた。ワーシャは銃剣で三度つかれていた。空襲でおじいちゃんが死んだ。これからどうやって生きていこう？　父を亡くして？　父と二人で集めた武器は誰にさし出せばいいのだろう？　父を葬ることはできなかった。空襲があったからだ。

冬になって、地下活動家たちと連絡がとれ、銃を隠してある場所を知らせた。どのくらいの時間をおいてかわからないけれど、ある日、前の年ジャガイモ畑だったところで凍てついたジャガイモを集めた。家に帰ってきた。ビショ濡れで、腹ペコだったけれど、四キログラム持って帰った。ビショ濡れのわらじを脱いだと思ったら、僕たちが住んでいた地下倉の蓋《ふた》をたたく音がした。へたくそなロシア語で「ボイカチョフはいるか？」ときいている。僕が地下倉から首を出すと、外に出ろという指令がとんだ。あわてていたものだから耳つきの防寒帽のかわりにブジョーノフ軍帽をかぶっていたんだ。

地下室のそばに三匹の馬がいて、ファシストたちがそれにまたがっていた。一番近くにいるやつが馬からおりて、僕の首にベルトをかけ、それを鞍《くら》にまきつけた。母は頼んだ。「何か食べさせてやってから」そして、凍ったジャガイモで作ったパンをとりに地下倉へ下りたが、ファシストは馬に鞭《むち》をくれて、すぐにギャロップで走り出した。そのまま、ヴェショールイ村まで五キロあまりひきずられていった。

最初の訊問でファシストの将校が質問したのは単純なことだった。住所、氏名、年齢、両親の所在、職業。次にこう言った。「これから、拷問のための部屋を片付けろ。そこのベンチをよく見ておけ、明日はお前もお世話になるかもしれんからな」僕は水の入ったバケツとホウキ、ボロ布をわたされて連れていかれた……。

そこで僕が見たものはすさまじい光景だった。部屋のまん中に、皮ベルトが数か所釘でうちつけてある幅広のベンチがあった。ベルトは三か所で、首と胴と脚をしばりつけるためだ。部屋の隅に太い白樺の棒が何本かと水の入ったバケツがあり、水は赤かった。床には血溜《ちだま》りができていて、小便や何かでよごれていた。すっかりきれいにしてしまうためには、バケツ一杯の水でも足りなかった。僕は何度も何度も水を運んだ。

朝、将校が僕を呼びつけた。

「武器はどこだ？　地下活動の誰と連絡をとっているんだ？　どんな任務を帯びている？」まるで棒をふりおろすみたいに、質問を次から次へとあびせかけた。

僕は、まだ自分は小さいし、何も知らない、外でひろい集めていたのは武器じゃなくて、霜げたジャガイモだと言い逃れを言った。

「地下倉へ放り込め！」将校が兵士に命じた。

冷たい水を張った地下倉へ僕はおろされた。その前に、そこから引き出したばかりのパルチザンを見せられた。その人は拷問に耐えられなくて首を吊ってしまい、今は赤い毛布をかけられて外にころがされていた。

水は喉元《のどもと》まであった。心臓がドクドクして、僕の血が身体のまわりの水を暖めていくのを感じた。考えていたのは「意識を失わなければいいが」ということだけだった。

次の訊問では、ピストルの銃身を耳につきつけられ、発砲されて、床板が乾いた音をたてて割れた。床に向けて撃ったのだ！　棒で首筋をなぐりつけられ、倒れた。僕のそばにだれか大きな重たい者がつっ立っていて、ソーセージやパンの匂いがする。吐き気がするが吐き出すものも無い。「お前が床に出したもんを、すっかりなめるんだな」という声がきこえる。

夜になっても痛みで眠れないが、意識は失ってしまった。学校の朝礼があってリュボーフィ・ラシケーヴィチ先生が「秋には五年生ですね。では皆さん、さようなら。みんな夏の間に大きくなるでしょうね。ワーシャ・ボイカチョフは今は一番ちびさんだけど、一番大きくなるのよ」と言っている。先生がニッコリする。

かと思うと、父と二人で野良にいて、友軍の殺された兵士を捜している。父はずっと前の方にいて、僕は松の木の下で、人間を見つけた。人間ではない、人間の残骸だ。その人が頼んでいる。「脚も無い、手も無い、坊や撃ち殺してくれよ」僕は恐ろしさにかられて父を呼びに走る。

僕の隣に寝ていたおじいさんが僕をゆり起こした。

「坊主、わめくなよ」

「僕が何をわめいたの?」
「自分を撃ち殺してくれって」

ドイツの男の子と遊ぶんなら、もう弟じゃないぞ

ワーシャ・シガリョフ-クニャーゼフ、六歳。
(スポーツ・コーチ、ミンスク在住)

それは明け方早い時だった。射撃が始まって、父はベッドからとびおり、戸口にかけよって、開けるなり叫んだ。びっくりしたからだと思ったが、父は倒れた。爆裂弾があたったのだ。

お母さんは布切れを集めた。まだ、射撃は続いていたから、明かりはつけなかった。父はうめき声をあげて、苦しみ、のたうちまわった。暗かったけれど僕らには父が見えた。

「床に伏せて」お母さんが言った。

そして、突然はげしく泣きだした。僕らは叫びながらお母さんのところにかけ寄ろうとしたが、父の血の中ですべってころんだ。血の匂いと、何かいやな匂いがした。父の腸全体が破裂していた。

とても大きな、丈《たけ》の長い棺を憶えている。父は背が小さかった。「どうしてこんな大きなお棺がいるんだろう？」と僕は考えた。それから、きっと、きゅうくつでないためだな、重傷だから、この方が痛くないんだと思った。隣の家の男の子にはそう説明した。しばらくたって、やはり朝早く、ドイツ人がやってきて僕たちとお母さんを連行し、工場前の広場に並ばせた。この工場で戦前父が働いていた(ヴィテプスク州のスモロフカ村だ)。僕らの他にパルチザンの家族が二家族いて、子供は大人より多かった。お母さんには親類が多く、男兄弟五人と女が五人で皆パルチザンだということが知られていた。

お母さんが殴られ始めた。村中が、お母さんが殴られるのを見ていた。僕たちも。どこかの女の人が僕の頭をしきりに下に折り曲げた。「見るんじゃないよ、見ちゃいけないよ」僕はその手をふりはらった。

村はずれは生い茂った森の高台になっていて、子供たちをおいて大人だけ連れていかれた。僕はお母さんにしがみついたけど、お母さんは僕を突き放そうとして叫んだ。「お別れよ！」お母さんが溝の中にとんだ時、風にあおられたようにそのワンピースが宙に舞った。

友軍がやってきて、僕は肩章のついている将校たちに気づいた。僕は肩章が気に入って、白樺の皮で肩章を作り、炭で横すじを入れて、おばさんが縫ってくれた田舎風の外套に縫いつけた。そしてわらじをはいて、イワンキン大尉(その苗字はおばさんに聞いたのだ)のところへ行き、「自分、ワーシャ・シガリョフは大尉と一緒にドイツ人をやっつけたい」と申し出た。大尉たちは初め冗談にしたり、笑ったりしていたが、そのあとで、おばさんに僕の両親はどこにいるのかと聞いた。僕が孤児だと分かると、兵士たちはひと晩のうちにテントの布から長靴を縫い上げ、軍外套を短くし、毛皮帽子を折り曲げ、肩章も半分に曲げてくれて、将校の剣帯まで作ってくれた。こうして僕は地雷処理班第三〇二班の息子になった。僕は通信係として登録された。僕はとても努力したけれど読み書きはできなかった。まだお母さんがいた頃、おじさんに頼まれたことがある。「鉄橋のところへ行ってドイツ人が何人いるか数えてきてくれ」と。どうやって数えたらいいんだろう? おじさんはライ麦の粒をひとつかみ僕のポケットに入れてくれた。僕はその粒を一つずつ右のポケットから左のポケットに移しかえた。おじさんは、その粒を数えた。

「戦争は戦争として、読み書きは勉強しなければ」と党役員のシャポシュニコフが言った。

兵士たちはどこからか紙を手に入れてシャポシュニコフは手製のノートを作ってくれて、そこに掛け算の表とアルファベットを書いた。僕はそれを憶えてシャポシュニコフに答えた。砲弾の空箱を持ってきて、罫線《けいせん》を入れて「書きな」と言う。

ドイツに入った時、僕たちは三人になっていた。ヴォロージャ・ポチヴァドロフとヴィーチャ・バリノフに僕だ。ヴォロージャは十四歳だった。ヴィーチャは七歳、僕はその頃九歳になっていた。僕たちはとても仲良くて、まるで兄弟みたいだった。なぜって僕らには他に誰もいなかったからだ。

でも、ある時ヴィーチャ・バリノフがドイツの男の子たちと「戦争ごっこ」をして、星のついている飛行帽をやってしまったのを見て、僕は「お前はもう弟じゃない！」と叫び、戦利品のピストルをひっつかむと部隊の命令に従えと命じた。そこで、「ヴィーチャは営倉だ」と屋根裏に放り込んでしまった。ヴィーチャは伍長で、僕は曹長だった。つまり、僕は上官としてふるまっていたのだ。

このことを誰かがイワンキン大尉に知らせた。大尉は僕を呼びつけて「兵卒ヴィーチャ・バリノフはどこにいる？」と聞いた。

「兵卒バリノフは営倉に入っています」と僕は報告した。

大尉は僕に長いこと説明した。「子供は皆いい子なのだ。何も罪はない、戦争が終わった今、ロシア人の子もドイツ人の子も仲良くするのだ」と。

戦争が終わって、僕はメダルを三つ授与された。「ケーニヒスベルグの攻略を称えて」、「ベルリン攻略を称えて」、「ドイツに対する勝利を称えて」の三つだ。僕らの部隊は白ロシアに戻ってきて、ここで畑の地雷除去をした。偶然に分かったのだが、僕の兄が生きていて、近くに住んでいるという。

スヴォーロフ軍学校への推薦状を持って兄のところへ行った。兄を見つけて、やがて妹がきた。僕たちは一つの家族だった。住居はどこかの屋根裏部屋だった。僕が制服を身につけ、三つのメダルをつけて市執行委員会へ出かけて行くまでは食料には不自由していた。

扉の上に「議長」と表札がかかっていた。僕はノックして中に入ると決まりどおりに報告した。

「シガリョフ曹長、国の補助を陳情にまいりました」

議長はニッコリして立ち上がった。

「どこに住んでいるのかね？」

「屋根裏部屋です」と言って住所を知らせた。夕方、キャベツが一袋、一日おいて、ジャガイモが一袋届けられた。ある時、街でこの議長に会った時、僕に住所をくれてこう言った。「夕方、寄りなさい。君を待っているから」

僕を迎えてくれたのはその奥さんでニーナ・マクシーモヴナといった。議長さんはアレクセイ・ミハイロヴィチだ。僕に食事をさせてくれて、お風呂をもらい、兵士の服は小さくなっていたので、シャツをひとそろいくれた。

僕はその人のところに通うようになった。初めは間遠《まどお》だったが、だんだん多くなって、ついには毎日行くようになった。軍のパトロールが出迎えるとこう聞いた。

「坊主、だれのメダルをズラッとぶらさげてるんだ？　おやじはどこにいる？」

「父はいません」

それで、証明書を持ち歩かなければならなかった。

アレクセイ・ミハイロヴィチが「うちの息子になりたいか？」と聞いた時、僕は答えた。「なりたいです、とても」

僕は養子にされてクニャーゼフという苗字をもらった。僕は学校に通い始めた。メダルをつけて通った。写真が残っている。メダルを全部つけてピオネールの新聞を作っているところだ。

一か月ぐらいは、その人たちを「お父さん」とか「お母さん」とか呼べなかった。ニーナさんはすぐ僕を好きになってくれて、いつでも僕は洗濯してきちんとアイロンのかかったものを着せてもらっていた。何か甘いものを手に入れるのも、僕のためにだった。でも、僕は甘いものが嫌いだった。一度も食べたことがなかったからだ。戦前の暮らしは貧しかったし、軍隊では兵卒の食べ物に慣れてしまっていた。それに僕はやさしい男の子ではなかった。やさしさというものをとりたてて眼にしたことはないし、男ばかりの中で暮らしていたからだ。

ある時、夜中に眼覚めて、ニーナさんが、しきりの向こうで泣いているのが聞こえた。

前にも泣いていたらしいけれど僕は見たことがなかったのだ。ニーナさんは泣きながら、「あの子は決して身内になれないわ、だって自分の両親を忘れることはできないんだし、兵士たちの中で暮らしたことも忘れないんだもの。あの子は子供らしさがほとんどなくて、きつい子よ」と。僕はそっとニーナさんのそばにいって、首に抱きつくと、「お母さん、泣かないで」と言った。お母さんは泣くのをやめた。眼がキラキラ光っていた。初めて「お母さん」と呼んだのだ。時がたって父も「お父さん」と呼ぶようになったけれど、一つだけ生涯変わらなかったのは、両親に対して完全にうちとけた言葉づかいでは話さなかったことだ。

二人は僕をお坊ちゃんにしておかなかった。このことでは感謝している。僕の役目はきちんと決まっていた。家の掃除をし、ドアマットをはたき、納屋から薪をとってきて、ペチカをたきつけるのが学校から帰ってからの仕事だった。あの人たちがいなければ、僕は高等教育を受けなかっただろう。それはまちがいない。まさにあの人たちが、「勉強しなければ、戦後は勉強がよくできなければ」という気にさせたのだ。

僕らの部隊が街に駐屯していた時、ヴォロージャ・ポチヴァドロフとヴィーチャ・バリノフと僕は隊長から勉強しろと命じられた。僕たち三人は一つの机に向かった。二年生だった。僕たちは武器を所持していて、誰の言うことも認めなかった。民間人の先生に従いたくなかった。軍服も着ていないのに、どうして僕らに命じることなんかできるんだい、というわけだ。僕らにとって権威があるのは指令官だけだった。先生が教室に入ってきて全クラスが立ち上がるのに僕たちは座っていた。

「どうして座っているのかね？」

「あなたには答えません。僕らは指令官にしか従わないんです」

長い休み時間には、生徒たちを小隊にして並ばせて、行進をさせて、軍歌を教えこんだ。

校長が僕らの部隊にやってきて僕らのやっていることを政治部次長に話した。僕らは営倉に入れられ降格された。ヴォロージャは曹長だったのが軍曹にされ、僕は軍曹だったのが伍長にされ、ヴィーチャは伍長から上等兵にされた。

学校から満点をもらって帰ってきた時は入口のところから叫んだものだ。

「お母さん、満点だよ！」その時は、「お母さん」と言うのがまったく簡単だった。

マリウーポリ、パルコヴァヤ六番地、覚えてくれ

サーシャ・ソリャーニン、十四歳。
（戦争による障害者第一グループ、モギリョフ在住）

明け方に銃殺のため連れて行かれた。朝ほど死にたくない時はない。僕たちは三人だ

った、二人が捕虜になった軍人で上級中尉、それとまるで子供の僕。僕は森の中で銃を集めようとしているところを捕まった。

二人の軍人がささやいた。

「逃げろ……我々が護送に飛びかかったすきにお前は茂みに飛び込め」

「逃げない」

「どうして？」

「おじさんたちと一緒に行く」

僕はその人たちと一緒に死にたかった。

「命令だ。逃げろ！　生き延びろ！」

一人はダニーラ・グリゴーリエヴィチ・ヨルダーノフというマリウーポリ市の人、もう一人はアレクサンドル・イワーノヴィチ・イリンスキイでブリャンスク市の人だった。

「覚えてくれ、マリウーポリ、パルコヴァヤ、六番地……覚えたか？」

「ブリャンスク、通りの名は……」

銃が火を放ち、僕は走った。頭の中で「覚えたか？　覚えたか？　覚えたか？」と鳴っていた。

お母さん、窓の桟《さん》を洗ってた

フェージャ・トゥルーチコ、十三歳。
(石灰工場の技術管理部長、ブレスト州ベリョーザ在住)

母は戦前重い病気になり、ブレストの病院に入っていた。ドイツ人は病人たちを病院から追い出して、歩けない者たちはどこかへ自動車で連れて行かれた。その中にうちの母もいたそうだ。母のその後は分からない。銃殺になった。ただ、どこで？　どんなふうに？　いつ？　何も分からず、何の跡もたどれない。

僕と妹と父が戦争を知ったのはベリョーザ市の家でだった。兄のヴォロージャはブレストの鉄道技術学校に通っていた。もう一人の兄アレクサンドルはピンスク市で赤軍の水兵学校――現在の水上輸送学校――を卒業して、蒸気船のエンジン係をしていた。

父のステパン・アレクセーエヴィチ・トゥルーチコはベリョーザ地区執行委員会の副議長だった。地区の公文書類をスモレンスクに疎開させよという命令を受け、父は家にちょっとだけ立ち寄った。

「フェージャ、妹を連れて、ゴロードニキ村のおじいちゃんのところへ避難しな」

朝、僕たちは村のおじいちゃんのところに着いて、夜には兄のヴォロージャが窓をこつこつ叩いた。二日二晩ブレストから歩いてきたのだ。十月にはアレクサンドル兄さんも来た。兄たちが乗っていたドニエプロペトロフスク行きの船が空襲にあったのだそうだ。生きのびた人もいるし、捕虜になった人もいる。ドイツ人は攻撃に出る時その捕虜たちを盾《たて》にして進んだ。何人かはその時逃亡し、兄のアレクサンドルもそのうちの一人だということだった。

おじいちゃんのところにパルチザンの人たちが来た時、僕らは喜んで迎えた。「学校は何年生まで行ったんだ?」指令官のところに連れて行かれて、僕はそうきかれた。

「五年生……」

「家族キャンプに残しておく」という命令が聞こえた。

家族キャンプは女の人たちや小さい子供たちがいるところだけど、僕はもうピオネールだ。僕は戦闘部隊へ入れてくれと頼みこんだ。「ついてない」と僕は思った——パルチザンはこう言ったのだ。「お前みたいな子供のためにパルチザンで学校を開くんだ」

戦争のまっただ中で僕たちは勉強した。僕らの学校は「緑陰学校」といった。机も、教室も教科書もなくて、先生と生徒しかいなかった。全校生徒の数に対して、初等読本が一冊、歴史の教科書が一冊、代数が一冊、文法の教科書が一冊あるきりだった。紙も白墨も、インクもエンピツも無し。空き地をきれいにはき清めて、砂を撒《ま》いて、これが僕らの「黒板」で、そこに一年生たちは小枝で字を書いた。パルチザンの人たちがドイツ軍のビラや古い壁紙や新聞を持ってきた。これは上級生たちがもらった。授業時間を知らせるベルまでどこかから手に入れてきた。このベルは何より喜ばれた。ベルが鳴らないのなんて学校とはいえないからね。僕らは赤いネクタイをつくってもらった。

「空襲警報！」当番が叫ぶ。

たちまち皆姿を消す。しばらくして、また小さい子供たちが砂場に押し寄せて来る。

「お母さん《マーマ》、窓の桟を洗ってた《ムイラ・ラーム》」

木の枝や金物の切れっ端でたてかけておける大きなソロバンを作った。木を切り抜いてアルファベットをいくセットもつくった。体育の授業だってあった。鉄棒やトラックやポールや、手榴弾を投げる投擲《とうてき》のサークルのある運動場があった。手榴弾投げは僕が一番飛ばした。戦闘部隊に入れてもらえないくやしさからだったろう。

六年生を終えた時、僕は断固言い放った。七年生にいくのは戦争が終わってからにすると。僕はライフルをもらった。そのあと、自分でベルギー製のカービン銃を手に入れた。小さくて軽いやつだった……

ただ記憶の中で

父は振り向くのが怖かったんです

ジェーニャ・ビリケーヴィチ、五歳。
（労働者、ブレスト在住）

お母さんとお父さんはあたしたちが眠っていると思っていました。あたしと妹は眠っているふりをしたんです。お父さんがお母さんに長いキスをしているのが見えました。顔に、それから、両手に。前にはそんなふうにキスするのを見たことなかったのでビックリしました。お母さんたちは外に出て行って、あたしは窓に駆け寄りました。お母さんはお父さんの首にかじりついて放そうとしないのです。お父さんは、もぎはなすようにして、駆けて行きました。お母さんは追いつくとまた放そうとしません。そして、何か叫んでいるのです。そこであたしも叫びました。「お父さん！」

妹も弟のワーシャも眼を覚ましました。あたしが泣いているのを見て、妹も叫びました。「お父さん！」あたしたちはみんな玄関口に走りでました。「お父さん！」お父さんはあたしたちを見て、たしか、両手で頭を抱え込み、先へ行きました。走って行きました。振り向くのが怖かったんです。

太陽はさんさんと降り注いでいて、あの朝、父が出征して行ったのだとは今でも信じられません。あたしはまだまったく小さかったのに、「これが父を見る最後だ」と感じていました。

ですから、記憶の中の戦争は、お父さんのいないこと、なんです。

それから、お母さんが、両手を投げ出して道路に倒れていたのを憶えています。兵隊たちがテント地に母を包んでその場に葬りました。あたしたちは、「お母さんを埋めないで」と泣きました。

それで、これが父だと分かった……

レオニード・ハセーネヴィチ、五歳。
（設計技師、ミンスク在住）

おじいさんの家はよく憶えている。木造の家で柵があり、草の上に丸太がころがっていて、僕たちが遊んだ砂場もあった。お母さんが僕と妹をつれてどこか街はずれに写真をとってもらいに行き、エーラは泣いていて、僕がなだめていたことも憶えている。この写真はまだ残っていて、それが唯一の戦前の写真だ。

そのあとは、すべての思い出が何か黒い色をしている。はじめの思い出が明るい色で、草は青々とし、明るい水彩画のようで、砂も、柵も、クリーム色なのに、あとの思い出は、なにもかも暗い色をしている。煙にむせている僕が抱かれてどこかへ連れ出され、通りには、いろいろな物、包み、それになぜか椅子が一つあって、皆、泣いている。僕とお母さんは長いことといろいろな道を通って歩いている。僕はそのスカートにつかまっている。

……それから、お母さんが消えて、おばあちゃんとおじいちゃんが残った。僕には二つ年上の友達ができた。ジェーニャ・シャボチキンだ。その子は七歳で僕は五歳。僕はグリム童話で読み方を教わった。おばあちゃんは自分のやり方で、つまり頭をこづきながら教えこんだ。ジェーニャは、本を読んで教えてくれた。でも、僕はおとぎ話をきく方が好きだった。ことにおばあちゃんが話してくれるのが。その声はお母さんの声に似ていた。ある日の夕方、きれいな女の人がやってきて、何かとてもおいしいものを持ってきてくれた。その言葉から、お母さんは生きていて、お父さんと同じように戦っているのだと理解した。うれしくて大声を上げた。「お母さんがもうじき帰ってくる！」そんなことを言ったらおばあちゃんはベルトでたたいた。おじいちゃんがかばってくれた。

おじいちゃんたちが寝静まってから、僕は家中のベルトをあつめてタンスの陰に放り込んだ。

いつもいつもひもじかった。ジェーニャとライ麦畑へ行く。ライ麦は家のすぐ裏にはえていた。乗用車に気がついて、逃げだしたが木戸のすぐそばで、ピカピカの肩章のついた緑色の軍服を着た将校が僕をひっつかまえて、鞭でだったか、ベルトでだったかなぐった。恐ろしさで石のようになって、痛みは感じなかった。ふと、おばあちゃんに気がついた。「お願いします、孫を返しておくれ、後生だから、返してくれよ」将校の前でひざまずいている。将校は行ってしまい、僕は砂地の上にころがっている。おばあちゃんは僕を抱いて家の中に入る。僕は口をきくのもやっとだ。このあと、長いこと病気だった。

こんなことも憶えている。通りには荷馬車がたくさん通っていた。おじいちゃんとおばあちゃんが、門の扉を開ける。そして、避難してくる人たちが家に住みついた。しばらくしてその人たちがチフスにかかった。その人たちは、病院につれていかれたそうだ。もう少したっておじいちゃんもチフスになった。おじいちゃんといっしょに寝た。おばあちゃんはやせて、部屋の中をやっとのことで歩いていた。昼間、男の子たちと遊ぼうと外へ出かけた。家に帰ってくると、おじいちゃんもおばあちゃんもいない。近所の人の話では、二人とも病院に連れていかれたのだという。僕は恐ろしくなった。僕、一人なのだ。もう察しがついていた。避難民の人たちが連れていかれ、そしてまた、おじいちゃんとおばあちゃんが連れていかれた病院からは誰も帰ってこないだろう、と。家にひとりっきりでいるのは恐ろしかった。昼間でも怖かった。おじいちゃんの兄弟が僕をひきとった。

ミンスクは爆撃されて、僕たちは地下倉庫に隠れる。そこから出てくると、太陽がまぶしく、モーターの轟音で耳がおかしくなりそうだ。戦車が次々に通っていく。柱の陰に隠れる。ふと、気がつくと塔の上に赤い星が見える。味方だ。うちにとんでいく。味方が来たんなら、お母さんが来たんだ。玄関の傍らにどこかの女の人たちが機関銃をもって立っている。その人たちは僕をよびよせて根ほり葉ほり質問をあびせる。そのうちのひとりがなぜか気に入った。その人はもっと近くに寄ってきて、僕を抱きしめる。他の女の人たちは泣き出した。僕は「おかあさん!」と大声をはりあげる。どこかへ落ちこんでいくようだった。

憶えているのは、お母さんが妹を孤児院から連れてきたのに、妹は僕のことが分からなかったこと。妹は何もかも忘れていた。戦争から戻ってきたお父さんが眠っているのを見つけた時のことも憶えている。その人は眠っていた。僕はその地図ケースから身分証明書をひっぱり出して読んでみた。それで、これが父だと分かったのだ。父は眠っていて、僕は座って父が眼をさますまで見ていた。僕は膝がずーっと震えてたっけ。

お父さんがいた頃は……

ラリーサ・リソフスカヤ、六歳。
（図書館員、ミンスク州スミロヴィチ村在住）

……今でも、森の中で、飛行機の轟音がきこえたら、気が狂ったように道路にとび出していくでしょう。森の中で飛行機の轟音をきくのは耐えられません。

お父さんはパルチザンで、ファシストにつかまり、銃殺されました。女の人たちが、どこでお父さんとその他数人の人たちが処刑されたかをお母さんに教えました。そこへかけつけると、処刑された人たちは、靴下をつけているだけでころがっていました。お母さんは三人めの子供を身ごもっていました。私たちは、近所の人の地下倉に三日間隠れていました。私たちもつかまえにくるかもしれないと思ったのです。それは春のことで草の上に横になりましたが、草が育つ時、眠りについてからも夜中に芽がのびて、鼻さきをくすぐるのです。

私たちが地下倉から出たあと、お母さんは男の子を生みました。その子が少し大きくなって、話ができるようになると、私たちはお父さんの思い出話をしたものです。

「お父さんは背が高かった……」

「強くてね、ポンと放り上げては抱いてくれたわ！」と私と妹が話していると、弟がきくのです。

「僕はどこにいたの？」

「あんたはまだいなかったの……」

弟は、お父さんがいた頃に自分がいなかったと、泣き出したものです。

お母さんみたいな白衣だったよ

サーシャ・スエチン、三歳。

（金物工、グロドニェンスク州シュチン在住）

断片的な記憶しかない……。白衣のお母さん……父は将校で、お母さんは軍の病院で働いていた。それは、もうあとになって、兄が話してくれたことだが。僕は、母の白衣しか憶えていない。顔だって憶えていないぐらいだ。白衣だけ……それに白い看護帽、それはいつもテーブルの上に立っていた、とても糊《のり》がきいていて、置いておくのではなくて、立ててあった。

別の場面。

お母さんが帰ってこなかった……父が帰ってこないことはよくあったから、慣れていたけれど、お母さんは必ず帰ってきていた。僕と兄は何日も二人っきりでいて、どこへも出かけなかった。急に母が帰ってくるかもしれないから。よその人がやってきて、僕たちに身じたくをさせると、どこかへ連れていく。僕は泣いている。

「お母さん、お母さんはどこ?」

「泣くなよ、お母さんは来るよ」と兄が僕をなぐさめる。三歳年上だった。

そこは長細い家というのか納屋というのか、板床がしいてあった。いつもお腹をすかせていて、僕はシャツのボタンをしゃぶっている。父が出張のおみやげに持ってきたドロップに似ていた。そうして母を待った。

次の場面。

だれか黒っぽい男が僕と兄を板床のすみに押しやって毛布でくるみ、布きれをいくつもかけてくれる。僕が泣き出すと、頭をなでてくれた。幅広でなぜか熱い男の掌《てのひら》をずっと忘れなかった。僕はおちつくことができた。

これが毎日くり返された。けれども、ある時、毛布の下に長いことじっとしているのにあきてしまって、初めはそっと、それからだんだん大きな声で泣き出した。だれかが、僕と兄の上にかけてある布をひきはがして、毛布をきっちりおさえている。眼をあけたら、僕たちのそばに白衣の女の人がいる。

「お母さん!」僕はその人のところにころがっていく。

その人はまず頭を、それから手をなでてくれた。そして何か金物の箱からとり出している。僕はそんなことには眼もくれない。白衣と白い看護帽しか眼に入らない。ふいに腕がちくんとした。僕の皮下に注射針が入った。泣きわめく間もなく気を失った。気がつくとあの黒い男がのぞきこんでいて、兄がとなりに寝ている。

「びっくりするな、お兄ちゃんは死んではいない。寝ているだけだ。お前たちの血をとったんだ」

「あれは、お母さんじゃなかったの？」

「いや……」

「でもお母さんみたいな白衣だったよ」

そして眼を閉じた。あとは何も憶えていない。そこのキャンプで、だれが、どうやって僕と兄を救ってくれて、孤児院に連れていったのか、どうして、両親が死んだことが分かったのか、記憶がどうかしてしまった。一年生になって他の子供たちは二、三回読めば詩を暗記できるのに、僕は十回読んでも覚えられない。ただ、落第点はなぜかつけられなかった。他の子にはつけたのに……

おばちゃん、抱っこして……

マリーナ・カリヤノワ、四歳。
（映画関係の仕事、ミンスク在住）

子供時代とは何かときかれれば、それぞれが自分なりの話をするんでしょうね。私にとって、子供時代というのは、お母さんとお父さん、それとチョコレートです。子供時代いつもいつも、お母さんとお父さんとチョコレートが欲しかったのです。戦争中ずっとチョコレートを味わったことがなかったどころか、それがどんなものか見たこともありませんでした。戦後、何年か後に初めてチョコレートを食べた時、私は十二歳になっていました。

お母さんとお父さんを見つけることもできませんでした。本当の苗字すら知りません。私はモスクワの北駅でひろわれたのです。

孤児院できかれました「名前は？」

「マリーナチカ」

「苗字は？」

「苗字は知らないわ」

それで、マリーナ・セーヴェルナヤ〔北のマリーナ〕と書きこまれました。どんなに抱きしめたり、やさしくしてもらいたかったことでしょう。やさしさに飢えていました。戦争で、だれもが不幸にみまわれていました。街を歩いていると、私たちの前を子供を連れたお母さんが歩いています。一人を抱いてしばらく行くと、こんどは別の子を抱き上げるのです。ベンチに腰かけて、お母さんは小さい方を膝にのせています。私は立ち止まって、動こうにも動けません。知らず知らずその人たちの方を見てしまうのです。ちらちらずいぶん見ていたあげく、近寄って行って言いました。「おばちゃん、抱っこして……」

そして、人形をあやすように揺すりはじめた

ジーマ・スフランコフ、五歳。
（機械技師、ミンスク在住）

子供の意識にとっては「戦争」という言葉より「飛行編隊」という方がずっと大きなショックだった。「飛行編隊！」――この言葉とともに、母は僕たちをペチカの中から掻《か》き出しにかかる。僕たちはペチカから出るのをこわがって、家の外に出るのもこわい。一人をひっぱり出しているうちに、別の子はまた這い込んでしまう。そんな子供は五人

だった。

以前はずっと遠くで、ずっと高い所には小鳥がいたのに、今はその高さから僕たちを撃ち殺すんだから。これは、とても地上に近くて、隠れるところなんてありそうにない。お母さんは年の小さい僕たちを長い布で身体にくくりつけ、年かさの子供たちは走って逃げた。十歳だった従姉《いとこ》は五歳の弟を抱いて逃げた。走りに走って、力がつきた、その子はパタンところんだ。二人は雪の中で一晩倒れたままで、弟は凍死し、従姉は助かった。弟を葬る穴を掘ったが、従姉は弟を放そうとしない。「ミーシエンカ、死ぬんじゃない！　どうして死んじゃうの？」みんな、気が狂ってしまったかと思った。

僕たちは沼地に住んでいた。そこに掘立て小屋をつくって住んでいた。それは小屋とは名ばかりで、むきだしの丸太でかこった天井には煙出しの穴があるだけのものだった。下は沼。冬も夏もそこに住んだ。松の枝の上で寝た。一度だけ、家の中の何かをとりにいこうと、お母さんと戻ったことがあった。戻った者は誰でも学校に集められて、ひざまずかされ、機関銃を向けられた。女の人や子供たちがひざまずいている。僕たち子供は機関銃ぐらいの背の高さだ。

森の中で銃声がきこえた。ドイツ人は「パルチザンだ！」と自動車に乗りこむ。僕たちは森へ逃げこんだ。

戦後、長いこと僕は鉄がこわかった。鉄の破片でもころがっていれば、それが爆発するのではないかと恐怖にとらわれた。近所の女の子は三歳で、「レモン」を見つけた。そして、人形をあやすように揺すりはじめた。ボロ布に巻いて、揺すっている。手榴弾はおもちゃぐらいに小さいが、重い。母がかけつけたが間に合わなかった。

戦後も、ペトリコフ地区のスタールィ・ゴロフチッツァ村では、さらに二年間、子供たちの埋葬が続いた。母親たちが毎日泣いていた。

そういうものが、あたしたちにしてみれば肉の匂いだったのです――

ジーナ・グルスカヤ、七歳。
（研磨工、ミンスク州プホヴィチ地区クラメン村在住）

乳幼児が病気になったら、何もなしでどう治療したらいいのでしょう？　卵をゆでて、そのお湯を乳のかわりに与えたものです。あたしたちのところには鶏が一羽だけ残っていました。一緒に小屋に住んでいて、あたしたちと一緒に眠り、一緒に爆撃から逃れました。すっかりあたしたちに慣れていて、犬のように、どこでもついてきました。どんなに飢えていても、この鶏は守ってやりました。皆、とても飢えていて、お母さんは冬の間にありったけの皮製のムチやカバーを煮てしまいました。そういうものがあたしたちにしてみれば肉の匂いだったのです。

戦争が終わってから、村には牛も馬も一頭もいませんでした。うちの鶏が一羽いただけです。十四歳以上の男の人もいませんでした。

学校に出るようになっても、持って行けるものは何もありません。古い壁紙をはがしてノートにしました。秋になってビートが育った時、とてもうれしかった。「さあ、これをおろして、赤インクに出来る」って。一日二日おいておけばそれが黒くなるのです。これでインクができました。お母さんとあたしはサテン刺繡《ししゅう》が好きで、必ず何か明るい花を刺繡しました。黒い糸はきらいでした……。

どうして、僕はこんなに小さいの?

サーシャ・ストレリツォフ、四歳。

(旅客機のパイロット、ブレスト州コブリン在住)


父は僕のことを見てもいない。僕は父親なしで生まれた。父は二つの戦争にあっている。対フィンランド戦から戻って、大祖国戦争(一九四一―四五年の対ドイツ戦)が始まったのだ。

お母さんのことで憶えていることは、二人で森の中を歩いている時、お母さんがこう言ったこと。「急がないで、木の葉が落ちるのを聞いてごらん、森の音を」そして二人で道に腰をおろして、お母さんは小枝で砂の上に葉っぱの絵を描いた。それと、背が高くなりたくて、お母さんにきいたこと。

「お父さんは背が高かった？」

「とても高くてかっこよかったわ。でも、それで気取ったりしなかったわ」

「どうして、僕はこんなに小さいの？」

僕はまだ育ちはじめたばかりだった。うちには父の写真が一枚もなかったけれど、僕は父に似ていることを証明してもらいたかった。

「とてもよく似ているわよ」とお母さんは慰めてくれた。

一九四五年に父が戦死したことを知った。お母さんは気が狂ってしまい、だれのことも分からなくなって、僕のことすら見分けられなくなった。その後、記憶にあるかぎりでは、僕と一緒だったのはいつもおばあちゃんだけだった。おばあちゃんの名前はシューラで、僕と同じだったから、二人を呼ぶ時まちがわないように僕はシューリク、おばあちゃんはサーシャおばあちゃんということに決めた。

サーシャおばあちゃんはおとぎ話はしてくれなくて、朝から夜遅くまで洗濯したり、畑を耕したり、煮物をしたり、漂白したり、牛に草を食べさせたりしていた。祭日というと、僕が生まれた時のことを話してくれたものだ。こうして話していても、おばあちゃんの声が耳に残っている。「暖かい日だった。イグナートおじいさんの雌牛が赤ん坊産むし、ヤキームじいさんとこの庭にはわんぱく坊主が入り込んで、そんな日にお前が生まれたのさ」

小屋の上をいくつもいくつも飛行機が飛んでいった。友軍の飛行機だ。二年生の時に、パイロットになろうと固く心に決めた。

おばあちゃんは軍の人民委員部へ行った。僕の身分証明書類は持っていなかったので、父の戦死公報を持っていった。家に帰ってくるとこう言った。「ジャガイモを掘り上げよう。ミンスクへ行って、スヴォーロフ軍学校に入るんだよ」

出発の前に、おばあちゃんはだれかのところで小麦粉を借りてきてピロシキを焼いた。軍事委員が僕を車にのせるとこう言った。「これは父上のおかげだよ」

生まれて初めて自動車に乗った。

何か月かして、おばあちゃんが学校に来て、おみやげを持ってきた、リンゴだ。「お食べよ」と言うけど僕は遠慮がちだった。それにおばあちゃんの贈物をすぐ食べてしまいたくなかった。

おもてで遊ぶ相手もいなかった……

ワーリャ・ニキチェンコ、四歳。
（技師、ミンスク在住）

子供の記憶にはすべてが写真のように焼き付けられます。断片的な写真です。

……お母さんが頼んでいます。

「走って、走って。あんよ、あんよよ」お母さんは手がふさがっているのです。それなのに、私はだだをこねて、「あんよがいたい」。

三歳の弟が私をこづいて言います。「はちるのよ（正しい発音ができないのです）。ドイツ人が追いついちゃうよ」そして、黙って横を走っています。

空襲の時は頭とお人形を隠すのです。手も脚もなくなっているお人形を。私はお人形に包帯してくれと泣きました。

お母さんのところに誰かがビラを持ってきました。おばあちゃんと話しています。おじさんがパルチザンに入っているということでした。うちの隣にはドイツ側についている警察官の家族が住んでいました。そして、子供というものは、外に行って自分のお父さんの自慢をするものです。そこの家の男の子が言います。「うちのお父さん、鉄砲持っているんだぜ」私も自慢したくて言います。「うちには、おじさんがビラを持ってきたわ」

これを警察官の母親が聞いていて、うちのお母さんに忠告にきました。「もしも子供たちがビラのことをしゃべっているのをうちの息子が聞いたら、お宅は大変な不幸におそわれるわ」と。

お母さんは私を家に呼んで頼みます。

「ねぇ、もうおしゃべりしないでしょ？」

「するわ」

「おしゃべりしちゃいけません」

「あの子はよくて、あたしはいけないの？」

そこでお母さんは箒《ほうき》から小枝をぬきとりましたが、むちうつのは不憫《ふびん》で、私を部屋の隅に立たせました。

「しゃべらないわね？　でないと、お母さんが殺されるの」

「森にいるおじちゃんが飛行機で飛んで来て助けてくれるわよ」こうして、その隅で寝入ってしまいました。

……家が燃えていて、私は寝ぼけたまま抱きかかえて連れ出されました。外套も靴も燃えてしまいました。私はお母さんの上着を着ていて、そのすそは地面に届いていました。

　土小屋に住んでいます。そこからはいだすと、豚の脂身《あぶらみ》を入れたキビのおかゆの匂いがします。今でも、豚の脂身入りのキビのおかゆよりおいしいごちそうはありません。誰かが叫んでいます。「友軍が来た！」ワシリーサおばさん――とお母さんは言ってましたが、子供たちにはワシリーサおばちゃんでした――の畑に野外の戦時食堂がありますいくつもの大釜から、おかゆを注ぎ分けてくれるのです。大釜だったことをはっきり憶えています。どうやって食べたのか、憶えていません。スプーンはありませんでした。

　私にはコップ一杯の牛乳をくれました。私は牛乳というものを忘れてしまっていました。牛乳を茶碗に入れてくれたのに、それがおっこちて、割れてしまいました。私は泣いています。皆は、お茶碗を割ってしまったので泣いているのだと思っていましたが、私が泣いたのは、牛乳をこぼしてしまったからです。こんなにおいしいものなのに、もうもらえないんだもの……

　子供たちは次々にジフテリアにかかりました。次々に死んでいきます。私は閉じ込められていたのに、隣の双子の男の子たちのお葬式にかけつけました。その子たちと仲良くしていたのです。二つの小さな棺のそばに、私はお母さんの上着を着て、はだしでつっ立っていました。お母さんが私の手をとってひっぱり出します。ジフテリアに感染したのではないかとおばあちゃんと心配しています。いいえ、私は咳をしていただけなのです。村ではジフテリアのあと子供がいませんでした。おもてで遊ぶ相手もいなかったんです。

リボンのついたワンピースを買うわ

ポーリャ・パシュケーヴィチ、四歳。
（裁縫師、モギリョフ州ベルィニチ在住）

四歳だった私にとって戦争っていうのは大きな暗い森があって、そこに「戦争」とかいうものがあるという感じでした。何かとても恐ろしげなもの。なぜ森の中かって？だって、お話でも、一番恐ろしいことは森の中でおきるでしょ？

ベルィニチを通って軍人さんたちが進んで行きました。そのころ、これが退却だとは理解できませんでした。家の中に軍人さんがたくさんいて、その人たちは、私を抱き上げたりしました。朝、その人たちが出ていく時、家の窓枠のところにも、いたるところにたくさんの薬莢《やっきょう》が残っていて、私たちはそれで遊びました。

これは、おばさんからきいた話ですが、ドイツ軍が街に入ってきた時、共産党員のリストを持っていたそうです。そこには父と、向かいに住んでいた先生の名前もありました。そこの家には息子さんがいて、私たちは仲良くしていて、イグルーシカ〔おもちゃの意〕と呼んでいました。きっとイーゴリという名だったのだと今は思います。なぜって、私の記憶には、名前だか、あだ名だか分からないけどイグルーシカが残っているからです。

お母さんが射殺されたのは通りででした。これは、私も憶えています。お母さんが倒れた時、オーバーがパッとひろがって、それが赤く染まり、お母さんのまわりの雪も赤く染まりました。

そのあと、私たちは長いこと納屋にとじこめられていました。とても恐ろしくて、皆で泣いたりわめいたりしました。私には妹と弟がいて、二歳半と一歳で、私は四歳でしたから、一番年上でした。小さかったけれど砲弾を発射する音は分かりました。これは空襲ではなく、たしかに大砲の音なんです。音で敵の飛行機か味方のか分かったし、爆弾が落ちるのが遠くか近くかも分かりました。恐ろしかった。とても恐ろしかった。頭をかくせば、もう恐くありません。大事なのは見ないこと。

長いことソリに乗って行きました。三人とも皆。どこかの村で、私たちはそれぞればらばらにひきとられました。弟のことは、なかなかだれも欲しがりませんでした。それで弟は泣きました。「僕は？」私と妹も、引き離される、もう一緒にいられないと泣きました。

ある時、私はあやうくドイツ軍のシェパードに喰われそうになりました。私が窓に腰掛けている時、大きなトレーラーをひいた車でドイツ軍が通りました。それに二匹の大きなシェパードが一緒でした。そのうち一匹が窓にとびかかって、ガラスを割ってしまったのです。窓のところから私を引き離すのは間に合いましたが、私はびっくりしすぎて、どもるようになりました。今でも大きな犬はこわいんです。

戦争が終わって、私たちは大きな街道のそばの孤児院にやられました。ドイツ人の捕虜がたくさんいて、昼夜を分かたずその街道を移動していきました。私たちは土くれや石を投げつけました。護送兵は私たちを追い払い叱りました。私たちは、どうして叱られるのか分かりませんでした。

孤児院では皆が両親を、両親が連れに来て家にひきとってくれるのを待っていました。両親が死んだことを知っている者すら、やはり待っていました。見知らぬ女の人や男の人がやって来ると皆がかけ出していって口々に叫びました。「うちのお父さんだ！」「いや、僕のお父さんだよ！」「あたしを迎えに来たのよ！」「いいえ、あたしよ！」

両親が見つけてくれた子供たちは皆にとてもうらやましがられて、その子たちも、近くには寄せ付けてくれないのです。「さわるな、うちのお母さんだぞ！」「さわらないで、あたしのお父さんなんだから！」と。その子たちは、父や母を片時も離そうとしませんでした。またとりあげられてしまいそうで。

孤児院の子供たちと普通の家の子供たちは学校で一緒に勉強しました。皆が貧しい暮らしだったけれど、家からくる子は麻布で作った袋にパンやジャガイモを一かけ入れてくるのに、私たちは何もないのがとても辛《つら》かったです。皆、同じ服装をしていました。小さいうちは何でもなかったけれど、すこし大きくなるといやでした。十二歳や十三歳になれば、きれいなワンピースや靴が欲しいのです。私たちは皆が編み上げ靴でした。男も女も。おさげ髪に派手なリボンをつけたかったし、色エンピツが欲しかった。靴も欲しかったし、チョコレートも。チョコレート菓子は新年のお祝いの時だけでした。ドロップと。黒パンは心ゆくまで配られましたから、それをチョコレート菓子のようにしゃぶっていました。それほどおいしい気がしたのです。

でも、何より欲しかったのは、優しさです。一人の保母さんがいて、皆がその人を大好きでした。その人が部屋に入ってくるとだれもがさわりたがり、「うちのお母さんもこんなだよ」と言いました。

夢みていました。「大きくなって、働くようになったら、服をいっぱい買うの、赤いのや緑色のやリボンのついたのを。リボンがついているのは必ずね」七年生になって「勉強して何になりたいか?」と聞かれました。私はずっと前から決めていたのです。「裁縫師」こうして、今、ワンピースを縫っています。

私たち四人でそのソリをひいたんです

ジーナ・プリホーチコ、四歳。
（検札係、ゴメリ在住）

爆撃されると家中が震えるんです。うちは小さくて、庭がありました。私たちは家の中に隠れて、よろい戸をしめました。四人で座っています。私と姉と妹とお母さんです。お母さんは「よろい戸を閉めたから、もうこわくないわ」と言いました。私たちは、「こわくないね」と同意しましたが、本当はこわかったのです。ただお母さんをがっかりさせたくなかったのです。

……荷馬車について歩いていった時のこと、私たち小さい子をだれかが荷物の上にのっけてくれました。なぜだか、眠ってしまったら殺されると思いこんでいて、一所懸命眼を閉じないようにしたのですが、眼は閉じてくるのです。それで、姉と相談して、私がまず眼をつぶって、すこし眠って、その間、お姉さんは、私たちが殺されないように見張っている、それから、お姉さんが眠って、私が番をすると決めました。ところが二人とも眠ってしまったのです。お母さんの叫び声で眼覚めました。「こわがらないで！こわがらないで！」と叫んでいるのです。前の方で銃撃があって、人々は叫んでいるのです。お母さんは私たちの頭をおさえて、そちらの方を見させないようにしています。射撃音がおさまり、私たちは先へ進みました。道路ぎわの溝の中に人がころがっているのを見つけて、お母さんにききました。

「あの人たちは何をしているの？」

「あれは眠っているのよ」お母さんが答えました。

「どうしてあの人たちは溝の中で眠ってるの？」

「なぜって、戦争だからよ」

「じゃ、あたしたちも溝の中で眠るの？　私は溝の中で眠るのなんていやよ」私はぐずりだしました。

お母さんが泣いているのに気づいて、だだをこねるのをやめました。

歩いて、それから乗り物に乗ってどこへ向かっていたのか知りませんでした。理解できなかったのです。憶えているのは「アザリチ」という言葉と鉄条網だけです。その鉄条網に近寄ることをお母さんは許しませんでした。戦後になって、私が少し大きくなってから、私たちはアザリチ強制収容所にいたと説明してくれました。私はその場所にいってみました。でも、今、そこで何が見られるでしょう？　草がはえて、地面があって、すべてが何のへんてつもないのです。残っているとすれば、それは記憶の中にあるだけです。

記憶の中？　お母さんがどこかから運ばれてきて、地面におかれます。そこに、はい寄ります。歩いてではなく、はい寄ったんです。「お母さん！　お母さん！」と呼びました。「お母さん眠らないで！」とたのみます。私たちは皆、血だらけです。なぜってお母さんが血だらけだったからです。これが血だということを、血とは何かということを知らなかったのですが、何か空おそろしいことが起きているのだということは感じられました。

毎日毎日、自動車がやって来ては人々がそれに乗って、去っていきました。私たちは、お母さんにたのんだものです。「お母さん、車に乗っていこうよ。ひょっとしたら、おばあちゃんが住んでいる方に行くかもしれないよ」どうしておばあちゃんを思い出したのか？　なぜなら、お母さんはいつもおばあちゃんはこのそばに住んでいるのに、私たちがここにいるのを知らないで、ゴメリに住んでいると思っているんだと言っていたからです。お母さんは自動車に乗っていきたがらず、私たちを車からひきはなそうとひっぱりました。私たちは泣いて、頼んだり、とき伏せたりして、ある朝お母さんは同意したんです……

話せません、泣き出してしまうか、手をつねったりするんです。涙なしでなんてできません。

長い間乗っていって、お母さんに誰かが言ったのか、自分で思いあたったのか、私たちは銃殺に連れていかれるところだったんです。車がとまった時、皆、おりるように命じられました。そこには小屋があって、お母さんは護送兵にききました。「お水を飲んでもいいかしら？　子供たちがのどがかわいたっていうの」その人は、小屋の中に入らせてくれました。私たちは小屋に入り、おかみさんが、水の入った大きなジョッキをくれました。お母さんはちびちびとゆっくり飲んでいます。私は考えました。「あたしはこんなにお腹がすいているのに、お母さんはどうしてのどがかわいたのかしら？」

お母さんは一杯飲み終わると、もう一杯たのみました。

おかみさんは、くんでくれて、お母さんに渡すと言いました。毎朝、森にたくさんの人たちが連れていかれて、もどった者は一人もいないと。

「おたくに裏口はあるかしら、ここから出ていくのに？」お母さんはききました。

おかみさんは手で「ある」と答えました。一つの扉は通りに面していて、もう一つは庭の方を向いていました。私たちはその小屋からとび出して、はって行きました。私たちは歩いてではなくて、はっておばあちゃんの家に着いたんだと思います。どんなふうに、どのぐらいはっていったのか憶えていません。

おばあちゃんは私たちをペチカの上に、お母さんはベッドに寝かせました。朝になってお母さんは死にそうになっていました。私たちはびっくりして、理解できませんでした。お父さんもいないのに私たちを残してどうして死ねるのでしょう？　お母さんが私たちをよびよせて、にっこりしたのを憶えています。

「けっしてけんかをしないのよ」

けんかなんてなんで？　けんかの理由なんかありませんでした。お人形もないし、お母さんもいないんですもの。

夕方、おばあちゃんはお母さんを白い大きなシーツにくるんでソリにのせました。私たち四人でそのソリをひいたんです……

私は、おとなしい、無口な子に育ちました。話したくなかったんです。

音がしただけで全身が震える

リューダ・アンドレーエワ、五歳。
（計算機工場の検査官、ミンスク在住）

戦争の印象といったら、いつまでもつきることなく燃えさかっている炎のことだけです。

小さな子供たちが集まると、何のことを話していたか分かります？　戦争前には白い丸パンとか甘い紅茶だとかが好きだったね、そういうものはもう二度とないんだねとか。どういう時に泣かなければいけないかはもう知っていました。どういう時母親たちが泣くのか眼にしていたからです。味方の軍人さんたちが捕虜になって連れていかれる時、母親たちは泣きました。その人たちは頭に白でも赤でもなく黒いハチマキをしていました。血は赤い色だということはもう分かっていましたが、なぜハチマキが黒で、その人たち自身が黒いのかは分かりませんでした。その人たちも私たちを見て、やはり黒い涙を流して泣いていました。私が一番こわかったのは、その中に自分の父を見るかもしれないことでした。お父さんもあんなふうに黒くなってしまうんだわ。お父さんは強くて、赤い人という印象なのです。

お母さんは若くてきれいな人で、他の子供のお母さんたちはもっと年とっているのを知っていましたが、五歳の時には、お母さんが若くてきれいなのは私たちにとってはよくないことだと分かりました。これは危険なのです。

これだけ時がたってしまっても、まだ語ることができません……うちの前でドイツの車が止まりました。それはわざわざ止まったのではなく、故障したのです。兵士たちが家の中に入ってきて、私とおばあちゃんは他の部屋に追い出されたのに、お母さんは手伝わされました。お湯を沸かして、夕食を作ったのです。その人たちはあまりに大きな声を出すので、お互いに話をしたり、笑いあっているのではなく、お母さんをどなりつけているように感じました。

すでに暗くなって夕方でした。突然、お母さんがかけこんできて、私を抱き上げると、通りに走り出ていきます。うちには庭木はなくて、裏庭にも何もなく、そこを走りまわっても、どこに隠れたらいいのかわからないのです。そのドイツ人たちの自動車の下にもぐりこみました。ドイツ人たちは外に出てきて捜して、ライトで照らしています。お母さんは私の上におおいかぶさっていて、お母さんの歯がガチガチ鳴っているのがきこえます。

朝、ドイツ人が車で去って、私たちが部屋に戻ると、おばあちゃんがベッドに横たわっています。ベッドに縄でくくりつけられていて、裸なのです。私は泣き叫びました。お母さんは別の部屋に私を追い出しましたが、私はすべてを見てしまいました……。

飛行機がとても怖かった。音がしただけで、全身が震えました。爆撃をよけて、何かしらくぼんだところに隠れたものです。飛行機の音を聞きつけると、まっ先に穴に駆け出したものです。戦争が終わって、もう学校に行くようになっても、路面電車が走っているのを見ると、自分をどうすることもできません。歯がかちかち鳴っています。飛行機が飛んでいる音のような気がするのです。クラスの中で占領経験があるのは三人でした。春で暖かなので、窓を開けます。飛行機の轟音がすると私たちは眼を丸くして、瞳は開ききってしまい震えているのです。疎開から帰った子たちはそれを笑いました。

最初の花火が上がった時……人々は外にかけだしたのに、私とお母さんは穴の中に隠れました。近所の人たちが「出ていらっしゃい、これは戦争じゃない、こういうお祭りだよ」と言ってくるまで隠れていました。それでやっと外に出ました。私は機関銃が怖くて、ピストルが怖かった、それを見るのも怖かったです。これで人を殺すのだということを知っていたからです。四年間ほどそんな状態でした。

授業が終わると、人形遊びをしたものです。人形はなくて、部屋の隅にレンガのきれっ端を置いて、それを人形にみたてました。でなければ、誰か一番小さい子が人形のまねをしました。今でも、砂の上に色ガラスを見つけると、それを拾いあげたくなります。これも私たちのおもちゃだったんです。

みんな手をつないだ

アンドレイ・トルスチク、七歳。

（経済学修士、モギリョフ在住）


子供だった……まだまったくの子供だった。お母さんを憶えてる。お母さんが焼くパンは村で一番おいしかった。お母さんの畑の畝はいちばんきれいだった。庭や花壇に咲いているダリヤは一番大きかった。お母さんは父や二人の兄さんや僕にきれいなワイシャツを縫ってくれた。襟《えり》には刺繍をして。赤や青、緑のクロスステッチだった。

お母さんが銃殺されたと最初誰に言われたのか憶えがない。近所のおばさんだったと思う。家に飛んで帰った。「お母さんは小屋の中でなく村はずれで銃殺されたんだよ」

と言われた。父はいなかった、父はパルチザンに行ってしまっていた。兄さんたちもい

なかった。パルチザンに行ってしまっていた。従兄弟《いとこ》もいなかった。パルチザンに行っ

ていた。となりのカルプおじいさんのところへ行った。

「お母さんが殺された。運んでこよう」

荷車に牛をつけて出発した。森の近くでカルプじいさんは僕に言った。「ここで待っ

てな。わしは年寄りだ、殺されてもかまわん。お前はまだガキだからな」

じっと待っている。つぎつぎに色々な考えが浮かんでくる。「父に何て言おう？　お

母さんが殺されたことをどう言ったらいいんだ？」でも、やっぱり、子供っぽいことも

考えた。死んだお母さんを見たらもう絶対生きてるお母さんはいなくなっちゃう。死ん

だお母さんを見なければ、家に帰るとお母さんが家にいるんだ。

荷車には乗らず、並んで歩いた。お母さんは胸を全部機銃掃射で撃ちまくられてた。

ブラウスにそれが帯を作ってた。それに黒い穴がこめかみに開いていた。ピストルでと

どめをさされたんだ。この黒い小さな穴が見えなくなるように、早く白いプラトークで

包帯をしてもらいたかった。まだお母さんは痛いんだって気がしてた。

村では毎日誰かしらを埋葬していた。四人のパルチザンが葬られたときのことを憶え

ている。男の人三人と若い娘がひとり。普通はパルチザンといえば男の人を葬るのしか

見たことがなかった。女の人が葬られるのは初めて見た。その人のためには別の墓穴を掘った。古い梨の木の下に長いこと置かれていた……みんなが見ていた。

「どうして別に入れるの？」と訊《き》くと「若い娘だからね」と女たちが教えてくれた。

「きれいな人だから？」僕は分からなかった。

こんなことが記憶に刻まれてる……

女の人が畑で土をほじくり返している。ひまわり畑の中で。二人のドイツ人が通りかかった。その一人が機関銃をかまえてその女の人を撃つ、二人目が並んでいるひまわりを機銃掃射でなぎ倒す。来たときと同じように何事もなかったかのように通り過ぎて行った。

僕は網垣のこちらから全てを見ていた。

身内が皆いなくなって、親類もいなくなって一人っきりになってしまった時、僕は途方にくれてしまった。どうやって生きていこう？　ザレーシエ村のマルファおばさんのところに連れて行かれた。おばさんは自分の子供がなく、おじさんは前線で戦っていた。地下の食料庫に隠れているとき、おばさんは僕の頭を抱きしめて「坊や」と言ってくれた。

マルファおばさんがチフスにかかってしまい、僕も病気になった。ゼニカ婆さんが僕を引き取った。婆さんの二人の息子も前線で戦っていた。夜中に目を覚ますと婆さんが僕のベッドのそばに腰掛けている、「坊や」と。村の人はみんなドイツ軍から逃げて森に行ってしまったのに、ゼニカ婆さんは僕のそばを離れなかった。一度も置いていくことはなかった。

チフスのあと長いこと歩けなくなった。平らな道を行っても、少し上りになると脚がふらついた。もう味方の軍が来てくれるはずだった。女の人たちは森に野イチゴを集めに行った。それしかごちそうできるものはなかった。

兵士たちは疲れ果てていた。ゼニカ婆さんは兵士たちのヘルメットに赤い野イチゴをどっさりあけた。兵隊たちはみな僕にごちそうしてくれる。僕は地べたに座ったまま立ち上がることができなかった。

父が帰ってきた。僕が病気なのを知っていてパンを一切れと指一本ぐらいの大きさの塩漬け脂身《あぶらみ》を持ってきた。脂身もパンもタバコのきつい匂いがした。父の匂いがした。

「勝利だ!」という言葉を聞いたのは草地でスカンポをつんでいるときだった。子供たちみんな手をつないで、村に着くまで手をはなさなかった……

細長いチョコレート菓子を持ってきました

レオニーダ・ベーラヤ、三歳。
（アイロン係、ミンスク在住）

たった三歳だった子供が、すべてを憶えているなんて、自分でも信じられない。いえ、もちろんすべてではありません。でも、三つか四つの光景は、大人の人と同じぐらいはっきり憶えています。

……小屋の裏の草地で、どこかのおじさんたちが体操をしていて、それから水浴びしたり、追いかけっこしたり、村の男の子たちみたいでした。ただ、村の男の子たちのところへは行かせてくれたのに、ここではお母さんに叱られて、小屋の外に出てはいけないと言われました。「このおじさんたち誰なの？」ときくと、びくびくした風に「ドイツ軍よ」と答えがきました。他の子供たちはその人たちのところへかけていって、細長いチョコレート菓子をもらってきて、私にごちそうしてくれました。

……どこかへ走っています。朝露が冷たい。おばあちゃんのスカートは腰まで、私のワンピースも頭も濡れています。森の中で隠れていて、私はおばあちゃんの上着を着て身体を乾かします。ワンピースは乾いてきます。

村に帰ってきます。黒い燃えかすの中で、何か捜しています。お隣の人が住んでいたところで櫛《くし》が見つかりました。私はその櫛が分かります。隣の女の子が私の髪をこれでとかしてくれたんです。その子やその子のお母さんがどこへ行ったのか、お母さんは答えることができません。お母さんは泣いています。私は、あの川で陽気に水浴びしていたおじさんたちのところから、その子が細長いチョコレート菓子を持ってきてくれたのを憶えています。

こういうばらばらな光景がただ記憶に残っていただけで、意識の中でつながったのはあとになってからのことです。おばあちゃんはいないし、お母さんもいないし、今は私だけが語ることができるんです。

今でも憶えている、どんなに泣いてたか

アリョーシャ・クリヴォシェイ、四歳。
（鉄道員、ヴィテブスク在住）

うちではちょうどヒナ鳥がかえった時だった。黄色くて、かわいいヒナたちが床の上をころがるようにして僕の手にのってくる。一斉射撃の前におばあちゃんはヒナ鳥を集めてザルに入れた。

「こんな時に戦争だなんて、ヒナがかえったのに……」

ひよこが殺されやしないかと心配だった。どんなに泣いていたか今でも憶えている。地下の食料庫に皆が隠れに行く時も、おばあちゃんがひよこをザルに入れて持ち出さないうちは、僕を連れ出すことはできなかった。

一枚の家族の写真

トーリャ・チェルヴャコフ、五歳。
（カメラマン、ミンスク在住）

何か記憶に残っているとすればただ一枚の家族の写真だな。

一番前にライフル銃を持った父がいて、冬なのに将校風の夏の軍帽だけかぶっている。この軍帽とライフル銃の記憶は父の顔よりはっきりしている。どちらも、男の子にとってはとても欲しいものだった。

父と並んで、お母さんがいる。その頃のお母さん自身はよく憶えていないけど、それよりも何をしていたかはよく憶えている。いつも何かしら白いものを洗濯していて、薬の匂いをさせていた。お母さんはパルチザン部隊の看護婦だった。

そこに弟と自分もいる。弟はいつも病気ばかりしている。赤くて、全身にかさぶたができていたっけ。お母さんといっしょに夜中に泣いていた。弟は痛くて泣くし、お母さんは弟が死んでしまうんではと心配で泣いていたんだ。

その先には大きな農家があって、そこがお母さんの野戦病院で、女の人たちが大きなミルク入れを持っていく。この容《い》れ物の中は牛乳が入っていて、それをバケツに開ける。お母さんは弟をその中につけてやる。弟は初めて、泣かないで眠った。朝になって、お母さんは父に言ってる。「皆さんにどうやってお礼をしたらいいの？」

おじいさんは窓の下に埋めた

ワーリャ・ヴィルコ、三歳。
（労働者、ポロツク在住）

おじいちゃんが殺されて、私たちは家の窓の下に埋めました。墓地には埋めさせてもらえませんでした。ドイツ人を殺したからです。戦争の終わりころにその場所にオオバコが生えました。それ以来、オオバコはむしりません。

私たちがおなかをすかせていたのは大人以上でした。きっと育ちざかりだったからでしょう。たくさんあるような気がするようにと、パンを粉々にくだいて、それをポケットに入れ、一日中かかって少しずつ食べました。一九四五年に孤児院では一人一人にマッチ箱ぐらいのチョコレート菓子をくれました。エンドウ豆も……これはもうとてもたくさんでした……。

戦争はいやだ……と皆に伝えてください。

壁が立ち上がっていった

ヴィクトル・レシチツキイ、六歳。
（エネルギー高等専門学校校長、ミンスク在住）

村の名前はコムーナと言った。村の中心に長い建物があった。二十世帯が入っている共同住宅だった。戦争が始まるほんのちょっと前。夏を過ごすためにおばちゃんの村に連れて行かれて、僕が憶えていることはそれで全部。

うちはブイホフに住んでいておばちゃんはブイホフの郊外のコムーナ村に住んでいた。「戦争だ！」と言われた。両親のところに帰らなくちゃ。でもおばちゃんは行かせようとしない。

「戦争が終わったら、それから帰ればいいさ」

「戦争はすぐに終わるの？」

「もちろん、すぐだよ」

しばらくたって両親がやってきた。「ブイホフにはドイツ軍が入った」そして僕たちは村に残った。

ああ、それから思い出した。冬にパルチザンが家に入ってきたこと。僕はライフル銃を欲しがった。あれはお母さんの甥《おい》で、僕の従兄弟《いとこ》にあたる人たちだった。笑って僕にライフル銃を持たせてくれた。

家の中ではいつも革の匂いがしていた。父がパルチザンの人たちのためにブーツを縫っていたんだ。僕にもブーツを縫ってと父に頼んだ。父は仕事が一杯だから待ちな、と言う。僕の足は小さいんだから小さいブーツにしてよ、と頼むと父はそうしてやると約束してくれた。

父のことを憶えている最後は大きなトラックに追い立てられていったこと。棒で頭を叩かれていた。

戦争が終わった。僕には父も家も無かった。十一歳で僕が家で一番としかさだった。そのほかに小さい弟と妹がいた。お母さんはローンを借りた。そのころのお金で二〇〇〇ルーブリ、今の二〇万ルーブリ。古い家を買った。屋根が無い家……屋根はあるんだけど雨が降るとよけるところが無かった、家中雨漏りしていたんだ。十一歳で僕は窓を作り、屋根を藁《わら》で葺《ふ》いた。納屋も建てた。どうやって？　最初の丸太は自分で転がした。次はお母さんが手伝ってくれた。その上はもう二人だけでは上げられなかった。そこで僕は次のようにやった。丸太を地面にころがして平らに削り、角を落として女の人たちが畑仕事に出て行くのを待つ。朝にはみんなでこの一本を持ち上げてくれて、それを僕がちょっと削って角に落とす。夕方までまた一本平らに削っておく……また女の人たちが帰ってくるとき、これを持ち上げてくれる。そうやって壁がだんだん立ち上がっていった……

夜になると泣きました、朗らかだったお母さんはどこにいるの？――

ガーリャ・スパンノフスカヤ、七歳。
（設計技師、ミンスク在住）

戦争前の記憶はみな動きのなかにあって、それは動いて色合いも変わって来るんですが、戦争と孤児院のことは、何か止まったたまま。

凄く長い長いことかかって疎開して行ったんです。その間中クッキーとチョコレートバターばっかり食べさせられたんです。それしか手許《てもと》になかったんでしょう。戦争前はチョコレートバターが好きでした。おいしかった。ことに小さい時は。でも、その道中の一か月で生涯嫌いになりました。

戦争の間中、お母さんが早く迎えに来てくれたら一緒にミンスクに帰りたいと思い続けていました。街の夢を見ました、うちの近所の映画館や路面電車の音の夢を見ました。お母さんはとってもいいお母さんで、とっても朗らかで、私たちは友達同士みたいに暮らしていました。お父さんのことは憶えていません。お父さんは早くからいませんでした。

とうとうお母さんが私を見つけて孤児院へ来てくれました。ほんとにまったく思いがけなく。有頂天でした。お母さんの所へ走っていきました……扉を開けると……どこかの軍人さんが立っているんです。軍靴をはいてズボンに飛行士服、軍服にシャツ。これは誰なの？　それが私のお母さんだったのです。完全に有頂天でした！　お母さん、そのうえ軍人さんだなんて！

お母さんがどんな風に帰っていってしまったのか憶えていません。私はとっても泣いていたんで、きっとそれで憶えていないのです。

またお母さんを待っていました。待って待って三年待ち通しました。お母さんは次はもうワンピースを着てきました。連れ帰ってくれるんだという喜びで私には何も見えませんでした。お母さんがいる……それだけでうれしかったんです。お母さんがまたいなくなってしまわないように、どこかへ行ってしまわないようにいつもお母さんばかり見ていました。でも片眼がなくなっていることに気づきませんでした。私のお母さんに何か起きるなんて理解できません。お母さん――これは何か奇跡のようなものです。神様みたいな。お母さんは戦線から帰ってきたとき重い病気でした。まるで別人でした。あまり微笑《ほほえ》まず、歌も唄わず、冗談も言わず、よく泣きました。私たちはミンスクに戻りましたが暮らしは大変でした。私があんなに好きだった家はもうありませんでした。私たちのあの映画館もありません。私たちが知っていたあの通りもないんです。そういうもの何もかものかわりに、あるのはただ瓦礫《がれき》ばかり……

夜中に私は泣きました。あの朗らかな私のお母さんはどこに行ったの？　どうしてお母さんはいつも悲しそうなの？　どうしてお母さんは私とふざけたり遊んだりしてくれないの？　戦前はしてくれたように。

私のおうち、燃えないで！

ニーナ・ラチツカヤ、七歳。
（労働者、ミンスク在住）

断片的にですが、とてもはっきりと思い出すこともあります……。

ドイツ人がオートバイに乗ってきたこと、どの人もバケツを持っていて、それをガチャガチャ鳴らしていたこと。私たちは隠れていました。私には小さな弟が二人いて、四歳と二歳です。弟たちといっしょにベッドの下に隠れて、一日中そこにじっとしていました。

うちに住むようになったファシストの若い将校がメガネをかけていたのにもびっくりしたことを憶えています。メガネをかけているのは先生だけだと思っていたからです。そのドイツ人が従卒と一緒に家の半分に住み、残りの部分に私たちが住みました。一番下の弟がカゼをひいて、ひどい咳をしていました。熱が高く、全身燃えるようで、夜通し泣いていました。翌朝、将校が私たちの部屋にやってきて、もしも子供《キンダー》が泣いて夜も眠りの邪魔をするようなら、「パン・パン」とやってしまうぞと、ピストルを指さしながら、お母さんに言うんです。夜になって弟が咳こんだり泣きだすやいなや、お母さんは弟を毛布にくるんで外に走りだし、弟が寝入るか、おちつくまで、あやしていました。

私たちのものは何もかもとられてしまいましたから、ひもじかったです。台所には行かせてもらえなかったし、ドイツ人は自分たちの分だけを作っていました。弟は小さかったので、匂いにさそわれて、匂いのくる方へとはい出していきました。ドイツ人は、毎日エンドウ豆のスープを煮ていましたが、これはとてもいい匂いがするのです。五分とたたぬうちに弟の泣き声がしました。すさまじい悲鳴です。台所で熱湯をかけられたのです。食べたいと欲しがったからといって。弟はあまりにお腹がすいていて、お母さんにこう頼んだほどでした。「僕のアヒルの子を煮ようよ」アヒルの子は一番好きなおもちゃで、だれの手にも渡したことはないのに、「アヒルの子を煮れば、皆、お腹一杯になるよ」と言うのです。

私たちがいるところでも、お母さんの前でも奴らは平気で吐いたり、用を足したりしました。私は小さかったけれど女の子ですから、大人のおじさんたちがこんなにお行儀が悪いのを見て恥ずかしくてたまりませんでした。お父さんもお母さんも、私たちが小さい頃から他の人のいるところではやっていいこととけないことがあるのだと教えこんでいました。それなのに、大人のおじさんたちがこんなことをするのです。

退却の時、ドイツ軍は最後の日に家《うち》に火をつけました。お母さんは立って火を見ていましたが、涙一つ流しません。私たち子供三人は走りまわって叫んでいました。「燃えちゃだめだよ、私のおうち！」家の中のものは何一つ持ち出す間もありませんでした。私が読み方の本を一つ救っただけです。戦争中ずっと、この本を守りつづけて、寝る時は枕の下に入れて寝ました。とても勉強したかったんです。一九四四年に一年生になった時には、その本を三十人で使いました。

戦後初めてのコンサートが学校で開かれたのが記憶に残っています。唄ったり、踊ったり……とてもうれしくて、いっしょうけんめい手をたたき、男の子が舞台に出てきて詩を暗唱し始めるまで拍手をつづけました。その子は大きな声で読んで、長い詩でしたが、「戦争」という一言が耳に入りました。まわりを見廻しても皆平気でいます。私はこの恐怖にとらわれました。戦争がやっと終わったというのに、また戦争なの？　私はこの言葉を聴いていることができませんでした。皆の中から、逃げだして、家にかけ戻りました。走りつくとお母さんは、台所で何か煮ています。つまり戦争なんか無いんです。私はまた学校のコンサートに戻りました。

お父さんは戦争から戻ってきませんでした。行方不明になったという通知が来ました。お母さんは仕事に行ってしまうと、子供たち三人は「お父さんがいない」と声をあわせて泣きました。家中をひっかきまわして、お父さんのことが書いてある紙を捜しました。お父さんが殺されたと書いてあるのではなく、行方不明になったと書いてあるのだと思ったのです。その紙を破ってしまえば、お父さんがどこにいるという通知が来るんだと。でも、その紙は見つかりませんでした。お母さんが仕事から帰ってきた時、家の中がこんなにちらかっているのはなぜかと不思議に思いました。「何をやっていたの？」と私にききました。弟が代わりに答えました。「お父さんを捜してたんだ」

戦争の前、お父さんがおとぎ話をしてくれるのがとても楽しみでした。たくさん知っていて、上手でした。戦後はもう、おとぎ話を読みたくありませんでした。

戦争が終わって

にっこり笑うまでは……

ガーリャ・ダヴィドワ、十一歳。
（リンネル管理係、ミンスク在住）

ファシストの兵士はたくさん見ましたが、一人も憶えていません。どの人も同じ顔をしていたような気がします。ただ一つ憶えているのは恐怖感です。それとひもじさ。そばにいる人が何か食べていれば、私は眼をつぶるか、眠ってしまおうとしました。その人が飲み下し始める前には眠ってしまうのです。

戦争は終わりましたが、まだ何年かは横になって眠るのを、眠りこんでしまうことをおそれていました。万一、眠ってしまって、私をつかまえにきたら……もしかしたら、そのまま死んでしまうかもしれない。そういう何か恐ろしいことが起きてしまうかもしれない……夜になると、それは実に苦しい、悪夢のようなことでした。昼間、太陽を見ると、泣けて泣けてしかたないのです。太陽のない日にはなんでもないのですが、あかるい太陽を見ると、すぐさま両親のことを思い出します。うちでは父、母と二人の妹が死んだんです。弟が一人残っただけです。戦後、弟は母の妹に出会いました。弟があまりに変わってしまっていて、にっこり笑うまで、叔母にはそれが弟だと分かりませんでした。それでやっと父の笑顔に似た顔だと分かったんです。男の人がうちに一人でも残ったと私たちは喜びました。まだ小さい男の子でしたが。

うちのお母さんは笑いませんでした

キーマ・ムルジチ、十二歳。
（無線機調整工、ミンスク在住）

うちは三人姉妹で、レーマとマイヤとキーマでした。レーマは電化と平和という単語から、マイヤは五月一日メーデーから、キーマは青年共産主義インターナショナルの頭文字をとったのです。お父さんは党の役員で、こんな名前をつけたのです。うちにはレーニンやスターリンの肖像のついた本がたくさんありました。戦争の最初の日にそういう本を納屋で土の中に埋めて、私はジュール・ヴェルヌの『グラント船長の子供たち』という本だけ自分のために残しておきました。戦争中ずっと何度も何度もこれを読み返しました。

お母さんはミンスク郊外の村に出かけていっては、プラトークやクレープデシンのワンピースを食料品に換えてきました。私とマイヤは家でお母さんを待っていました。帰ってくるか、こないかと。お互いにその思いから気を紛らわそうとして、戦前、湖に行った時のこと、学校の行事で踊ったことなど思い出しました。何もかもとても昔のことで、とてもすてきなことに思えました。上の姉のレーマのことも話しました。戦争中ずっとレーマは戦死したのだと思っていました。六月二十三日に工場に行ってから、そのまま家に帰らなかったのです。

戦争が終わって、お母さんは方々に問いあわせてレーマを捜しました。尋ね人の受け付けがあって、そこはいつも人で一杯でした。皆がお互いに捜し合っていたのです。何度も何度もお母さんの手紙を届けました。でも、私たちあての返事はありませんでした。

ある時お母さんが仕事から帰ると、お隣のおばさんが入ってきました。そして、こう言いました。「踊んなさい！」何かを持っている手を後ろに隠しています。お母さんはそれが手紙だと言いあてて、そのまま倒れてしまいました。

こうしてレーマは見つかりました。お母さんが微笑むようになりました。戦争中ずーっと、お姉さんが見つかるまでうちのお母さんは笑ったことがありませんでした。

ここを掘って

ヴォロージャ・バルスク、十四歳。
（ベラルーシ共和国スポーツ協会「スパルタク」会長、ミンスク在住）

兄さんが任務から戻らなかった時、お母さんは長いこと兄さんが戦死したということが信じられなかった。部隊に来た通知では ドイツ軍に包囲されたパルチザンのグループが捕虜にならないために対戦車地雷で自爆したということだった。お母さんはそのなかにアレクサンドル兄さんがいたのではないかと思っていた。兄さんはそのグループで送られなかったのだが、そのグループを迎えるはずだったかも知れない。お母さんは部隊長のところへ行って「そこにうちの息子も倒れているような気がするんです。その場所に行って見るのを許してください」と申し出た。

何人か戦闘員をつけてくれて、僕らは出かけた。母の心というのはなんと凄いことだろう！ 地元の人たちが死者を葬って、戦闘員たちがある一角を掘り始めているのに、お母さんは別の所を指して、「ここを掘って」と言う。そこを掘り始めて兄が出てきた。もう見分けもつかないような状態ですっかり黒ずんでいた。お母さんは盲腸の手術跡とポケットに入れた櫛《くし》で兄だと分かった。

お母さんのことはいつもしんみりと思い出す。

初めてタバコを吸った時のことを憶えている。母は眼にとめて父を呼んだ。

「うちのヴォーフカが何をしているか見て」

「何をしてるって？」

「タバコを吸ってるの」

父は僕に近寄ってきて視線をなげた。

「吸わせておくさ、戦争が終わったら話をつけよう」

パルチザンから帰ってきた時、僕の同年輩の少年たちはまだ軍に召集されていなかったけど、僕はもう戦争経験をつんでいた。僕が進学した体操高等専門学校で皆より年上というわけでもないのに、「ヴォロージャおじさん」と呼ばれていた。

戦後も戦前にどんな暮らしだったかいつも思い出していた。同じ大きな家に親戚《しんせき》の家族がいくつも一緒に皆で住んでいた。レーナおばさんは給料の日にはケーキやチーズをたくさん買ってきて子供たちやみんなにご馳走《ちそう》してくれたものだった。おばさんもおじさんもその息子も皆死んでしまった。僕のおじさんたちは皆、戦死してしまった……お母さんと一緒に通りを歩いていった時のこと、お母さんはジャガイモを運んでいた、働いていた工場で少しもらってきたんだ。建設現場からドイツの捕虜が近づいてきた。

「お母さん《ムッター》、どうか《ビッテ》、ジャガイモを」

お母さんは言った。

「あげるものか。お前がうちの息子を殺したのかもしれないだろ？　お前は人殺しだよ」

ドイツ人はどぎまぎして黙ってしまった。お母さんは先に進んだのだけど、あとで戻っていってジャガイモをいくつか取り出すとドイツ人にあげた。

よそのおじさんにお父ちゃんの背広をあげちゃだめ

ワレーラ・ニチポレンコ、四歳。

（バスの運転手、ボブルイスク在住）


それはもう一九四四年になってのことだった。僕はもう八歳だったかな。そう八歳。父が亡くなったのは知っていた。他の人たちはまだ待ち続けていた。戦死公報を受け取ってもやはり待っていた。僕たちには父の友達が形見の時計を送ってくれた。息子の僕にって……父が死ぬ時そう頼んだんだって。今もその時計は持っている。大事にしている。

僕たちはお母さんの僅《わず》かばかりの給料で三人やっと暮らしていた。妹が病気になった。開放性の結核だと言われた。どの医者も栄養のある物を食べさせなさい、バターが必要だとお母さんに言った。バターだ。自由市場の値段だったらお母さんの給料はパンを三個買えばおしまいだった。バターはその額で五〇〇グラム買えた。

思い出すと涙がこみ上げてくる。家には父の背広上下が残っていた。上等の服だった。それをお母さんと一緒に市場へ持っていった。買い手がついた。買い手はすぐについた。もう値段も決まってお母さんにお金を払っている、僕は市場じゅうに響き渡るように喚《わめ》いた。「よそのおじさんにお父ちゃんの背広をあげちゃだめ」

逃がしてくれない

ワーシャ・サウリチェンコ、八歳。
（社会学者、ミンスク在住）

……戦争が終わっても長いこと同じ一つの夢に悩まされた。初めて殺したドイツ人についての夢だ。その男を殺したのは僕なのだが、自分は殺された死体は見ていなかった……自分は飛行中だけれど、そのドイツ人が僕を行かせてくれない……上がっていく……どんどん飛んでいく……そいつが追いついて、一緒に落ち始める。どこかの穴に落っこちる。僕は起き上がろうとするが、そいつのせいで起きられない。逃がしてくれない……

この夢ばっかりだ。数十年もこの夢につきまとわれた。つい最近、消えたばかりだ。

このドイツ人を殺したのは、おじいちゃんが敷居のそばで、おばあちゃんがペチカのそばで撃ち殺されたのを見たあとだった。お母さんは銃床で頭を殴られた。お母さんが死んでいく様を、その髪が黒くなく赤かったのを見たあとだった。でも、僕がそのドイツ人に向けて発砲した時は……その男はけがをしていた。僕はそいつのライフル銃をとりあげようとした。ライフル銃をとりあげるように言われたんだ……。そいつにかけ寄っていくとき、自分の眼の前にピストルが踊っている。そいつは両手でピストルにしがみついていて、僕の眼の前でうごかしている。そいつが撃つより、僕の方が早かった。あたったらしい……だってそいつのピストルが落っこちたからだ。

その時は、殺したことにびっくりする間もなかった。人が殺された……戦争中もそいつのことを思い出したことはない。殺された者は、まわりにたくさんいて、いちいち驚いたりしなかった。たった一度だけ恐ろしくなったことがあった。ある村に寄った時、そこは、焼き払われたばかりのところだった……四、五時間たっていた……焼けこげた女の人を見た。全身まっ黒なのに、腕だけ白いんだ。生きた女の腕なんだ。この時、はじめて恐怖感を持った……

いや、僕は子供じゃなかった。子供らしかった時って憶えていない。でも……何かおかしなところはあった。死体は怖くないのに夜中や夕方に墓場を通っていくのは怖いんだ。地べたにころがっている死体は怖くないのに。地中に入ってる死体は怖いってわけだ。この恐怖感は子供の時からだ。そのまま変わっていない……

僕には息子がいる。もう一人前の男だ。息子が小さかった頃、僕を震え上がらせたのは、この子に戦争のことを語るという考えだ。息子は根ほり葉ほりききただしたが、僕はこの話題から逃げたものだ。おとぎ話を読んでやるのが好きだった。息子が大きくなっても、やはり息子と戦争の話はしたくない。いつの日かこの夢のことを話してやることがあるかもしれないが……

このことは一生憶えておくのよ

アーニャ・コルズン、二歳。
(畜産技師、ヴィテブスク在住)

私がよく憶えているのは、一九四五年五月九日です。幼稚園に女の人たちがかけつけてきました。

「勝利よ！」

私たちは手当りしだいにキスされてスピーカーが鳴り始めました。皆が聞いていました。私たちは幼くて言葉は分かりませんでしたが、でもうれしいことの原因は上の方の黒いスピーカーの円盤だというのは分かりました。大人たちに抱き上げてもらった子もいるし、自分でよじのぼった子もいました。お互いに馬のりになって三番目か四番目に上になった者がやっと黒いスピーカーにとどいてそこにキスをしました。それから上下交代しました。だれもが「勝利」というものにキスしたかったのです。

夕方、街の空に花火が上がりました。お母さんは窓を開けて、泣いていました。

「このことは一生憶えておくのよ。いいこと、これは一生、憶えておくのよ……」

私は怖がっていました。

前線から父が帰ってきた時、父を怖がりました。父は私にチョコレート菓子をくれて言うんです。「お父さんと言っとくれ」

私はお菓子をもらって、テーブルの下に隠れてから言ったものです。

「おじちゃん……」

戦争の間ずーっとお父さんはいなかったんです。

ニコライ・ベリョースカ、一九四五年生まれ。
（タクシー運転手、グロードノ在住）

戦争が痛いの？

僕が生まれたのは一九四五年だけど、でも戦争を憶えている。驚きました？　僕は戦争を知っている、見たんだ。

母が他の部屋で僕を自分の身体でかばった。それでも父が叫んでいるのがきこえた。父は長いこと叫んでいた。僕は扉口の柱のすきまにしがみついていた。父は両手で悪い方の脚をつかんで、ゆすっている。床をころげまわって、こぶしで床をたたいている。

「戦争だ！　戦争の畜生め！」

痛みが過ぎ去ると父は僕を抱き上げる。僕はその脚にさわって「戦争が痛いの？」といった。

僕と同い年ぐらいの男の子が二人、村はずれで、地中に隠れていた地雷にやられて爆死した。それはもう一九四九年になってからのことだ。学校にあがった時に着ていったのは父のシャツを縫い直したものだった。

カーネーションで飾りました

マリアム・ユゼフォフスカヤ、一九四一年生まれ。
（エンジニア、ミンスク在住）

お母さんはありとあらゆることをしてくれました。丸坊主に刈りこんだり、灯油でこすってくれたり、塗り薬をすりこんだり。私は自分が嫌で嫌でたまらなかった。恥ずかしかった。アパートの庭にも出ませんでした。戦後すぐの一年はシラミやおできがすごくて……救いようのない状態でした。

そこに思いがけなく電報が来たんです。父が復員してくる。駅に迎えに行きました。お母さんは私を着飾ってくれて、頭のてっぺんに赤い大きなリボンを結びました。ただ結びつける毛もないのにどうやって留めたのか……そして「引っ掻くんじゃないよ、掻いちゃだめだよ」とひっきりなしに注意するんです。がまんできないかゆさなのに。いまいましい大きなリボンがもう落っこちそう。頭の中では「もしかしてお父さんに気に入ってもらえなかったら？　まだ私を一度も見ていないんだもの」。

でも、実際に起きたことはこれ以上悪いことはありえないほど最悪のことでした。お父さんは私を見つけて私の所にまっさきに駆け寄ろうとしたんですが……でも、すぐに汚らわしいというように顔をしかめたんです……ほんの一瞬でしたが……でも、すぐに私は感じてしまった……肌で。身体全体で。それで本当に悔しくなって。お父さんが抱き取ってくれたとき、この上なく悲しくなって、お父さんの胸を力一杯突きとばそうとしました。そのとき灯油の匂いがつーんと鼻をつきました。この匂いはどこでも、この一年というもの私の匂いになっていたので自分では気づかなくなっていたんです。慣れてしまって。ところがここでは匂ったんです。お父さんの匂いがあんまりいい匂いで、なじみのない匂いだったからかもしれません。お父さんは私や苦労を重ねてきたお母さんよりずっと格好よかったんです。それが私の心をぐさっと刺しました。私は蝶結びのリボンをもぎとって投げ捨てると足で踏みつけました。

「何をするんだ?」お父さんは驚きました。

「こういうところはあなた譲りよ」と何もかも分かっているお母さんが笑っています。

お母さんは両手でお父さんを捕まえてそのまま家に行きました。

夜中にお母さんを呼んで私をお母さんのベッドに入れてと頼みました。そしてもう眠りに落ちて行きながら、ぜったい孤児院に行ってしまおうと固く決意していました。

朝になってお父さんが二つの人形をくれました。私は五歳になるまで本物のお人形は持ったことがありませんでした。あり布でつくった手製の物しか知りませんでした。おばあちゃんが作ってくれていたのです。お父さんが持ってきたのは眼が閉じたり開いたりするんです。手足も動いて、一つのお人形は「ママ」とキイキイ声も出しました。魔法のようでした。とてもとても大事にして、外に持って出るのも恐れたほど。でも、窓に飾っておきました。家は一階に住んでいて、私の二つのお人形を見にアパート中の子供たちが集まってきたものです。

私は弱々しく病気でした。いつも運が悪かったのです。おでこをぶっつけたり、釘を踏み抜いたり。さもなければ気を失ってばったり倒れたり。子供たちもあまり遊びの仲間にいれようとしませんでした。私は子供たちの信頼を得ようとしてできるかぎりのことはしたんですが。掃除婦のドゥーシャにまでおべっかを使い始めました。ドゥーシャはがっちりしていて誰もが一緒に遊んでもらいたがったんです。

ドゥーシャがお人形を外に持ち出してきてくれと頼んだときには私はもう我慢できなかった。もっともすぐではなくて、少しの間は抵抗もしたんだけれど。

「あんたとはもう遊ばない」とドゥーシャは脅しをかけたんです。それは私にはすぐに効き目があった。

〈口をきく〉ほうのあのお人形を私は持ち出しました。でも、ドゥーシャとの遊びは長続きしなかった。何かの理由で口げんかしてしまって、けたたましい喧嘩になりました。ドゥーシャは私のお人形の足をつかんで壁にたたきつけました。残ったのは人形の頭、そしておなかからはボタンが転げ出ました。

「ドゥーシャ、どうかしてるよ」と子供たちみんなが泣き出しました。

「なんだってこの子はいばってるのさ?」ドゥーシャはほほをつたう涙をこすりました。「父ちゃんが帰ったからって、この子は何でもやっていいんだ。お人形もあって、父ちゃんもいて、この子ばっかりに」

ドゥーシャには父親もお人形もありませんでした。

はじめてのモミの木祭りはテーブルの下でやりました。そのころはおじいちゃんの家に住んでいました。窮屈に住んでいました。とても狭くてテーブルの下にしか空いているところはありません。そこに小さなモミの木を立てたのです。私はモミの木をカーネーションやちぎれた蠟引き糸、おじいちゃんのブーツづくりの残りくずを全部つかって飾りました。モミの木がどんなに生き生きとしてすがすがしい香りを放っていたかしれません。この匂いはほかのどんなものも消すことがありませんでした。おばあちゃんが炊いていたトウモロコシ粥もおじいちゃんがブーツに使った樹脂の匂いも。

私にはお気に入りの首飾りがありました。私の宝物でした。モミの木のどこにそれを飾ったらいいかどうしても決まりません。どちら側から眺めても必ず見えるところに飾りたかったのです。一番てっぺんにつけました。寝るときにはそれをはずしてしまっておきました。無くなるんじゃないか心配だったのです……

たらいで寝ていました。たらいはトタンで、凍ったような脈の入った青光りをしていました。洗濯のあとでどんなに洗っても下着を洗うときに使った灰の味が残りました。私はそれが好きでした。たらいの冷たい縁に額《ひたい》を押しつけているのが好きでした、ことに私が病気のときには。ゆりかごのようにたらいを揺するのが好きでした。そうすると恨《うら》めしいことにたらいはがらんと轟いて私を罰しました。たらいはとても大事にされていました。それが戦前から残っている唯一のものでした。

そして、あるとき突然私たちはベッドを買うことになります……背板にぴかぴかの玉がついていました。そういうことの何もかもが私を表現しがたいほど有頂天にさせました。私はベッドによじ登ってすぐに転がりおりました。私はその上で寝ていいなんて信じられませんでした。

僕はお父ちゃんを長いこと待っていた

アルセーニイ・グチン、一九四一年生まれ。
（電気技師、グロードノ在住）

僕は五歳だった。議長が女の人たちを呼び集めた。「勝利だ！」僕は子供たちと一緒に喜んだ、村のはずれでドイツ軍の車のゴムタイヤを燃やした。年上の子供たちがやったのだ、もちろん。「ばんざい！　ばんざい！　勝利だ！」というのが僕ら年下の子供たちだ。

土小屋に駆け寄って来た、僕らは土小屋に住んでいた。お母さんは泣いていた。僕はお母さんがなぜこんな時に喜ばずに泣いているのか分からなかった。

雨が降っていた。針金を探して僕らの土小屋のそばの水たまりを測ってみた。

「何をしてるのさ？」と子供たちが僕に訊《き》いた。

「穴が深いかどうか測ってるんだ。そうしないと父ちゃんが戻ってくるときおぼれてしまうだろう？」
女の人たちは泣いていた、お母さんが泣いていた。僕は長いことお父ちゃんを待っていた……

私たちで生き証人は終わりです

ワーリャ・ブリンスカヤ、十二歳。
（教師、ゴーリキイ在住）

お父さんが生きていて、お母さんが生きていた頃、うちでは戦争のことをあれこれたずねなかったし、戦争の話はしませんでした。今、親がいなくなってみると、年寄りが生きているのはなんていいことかと思います。その人たちが生きているうちは、私たちは子供なんですから。

うちのお父さんは軍人でした。ベロストーク市の近郊に住んでいました。戦争はうちでは、最初の一時間いや一分から始まった。眠りの中で、雷鳴のような、でも聞き慣れないうなりが連続して聞こえてきました。眼覚めて窓辺に走り寄ると、妹と一緒に通っていた学校のあるグラーエヴォの兵舎の上空が燃えていました。

「お父さん、雷？」

お父さんは言った。

「下がっていなさい、あれは戦争だ」

お母さんは行軍のトランクをつめています。お父さんは警報でしょっちゅう起こされました。私はまた眠りたくなります。妹と遅くまで起きていたんです。前の晩、映画を見に行ったからです。戦前に「映画を見に行く」というのは今と全く違います。休みの前の日にフィルムを運んできて、それも数種類しかありません。『クロンシュタットの水夫』『チャパーエフ』『明日戦争が始まったら』『陽気な連中』。映写会は赤軍食堂で開かれました。私たち子供は一本も見のがすことはなく、どの映画も空で憶えていたし、画面の役者のセリフを先廻りして口走ったり、話の腰を折ったりしました。電気は村にも部隊にも無く、映写機は小型発動機を使って廻していました。発動機のきしみ音が始まると、何もかも放り出して、スクリーンのそばに場所をとりにかけつける。小さい腰かけをもっていく時もありました。

映画の上映は長くかかりました。フィルムが連続していなくて、一部が終わると、映写技師がリールを巻戻すのをじりじりして待つんです。フィルムが新しければいいけど、古い時なんか、しょっちゅう切れる。それをのり付けして、乾くまで待つんですから。そうでなくてもフィルムが燃えてしまうこともあって、そうなるともっとひどい。発動機がへたばってしまうことだってあって、こうなるとおしまいです。映画の終わりまでいかないうちにそうなることもよくありました。命令の声があがります。

「第一中隊出口へ！　第二中隊、整列！」

私たちは何でも分かっていました。警報で立たされると、映写技師も逃げ出すんです。一部と二部の間があんまり長い時は、しびれを切らして、ざわめきはじめます。口笛を吹いたり、叫び声をあげたり、妹はテーブルの上によじのぼって、「これからコンサートよ」と宣言するのです。妹はとっても朗読が好きでした。言葉はしっかり憶えていないけれど、テーブルに上るのはへっちゃらです。これは幼稚園の頃からそうで、ゴメリ近郊のレシチヌィに住んでいた頃からです。詩の朗読のあとは歌で、アンコールに「装甲板は強く、戦車は速い」という歌を唄わされました。くり返しの「火を吹き、鋼鉄をきらめかせて猛攻撃へと進み行く」というところを兵士たちが一緒に唄ってくれると食堂のガラスがビリビリ震えるんです。

さて、一九四一年の六月二十一日は、十回目ぐらいだったけど『明日戦争が始まったら』という映画を見ていました。映画が終わっても皆なかなか解散しなくて、お父さんに追いたてられて帰ったのです。「今夜、寝ないつもりか？　明日は休みだからな」

……すっかり眼が覚めたのは、すぐそばで爆発が起きて、台所の窓からガラスがバラバラとおっこった時です。お母さんは寝ぼけまなこの弟を毛布にくるみました。妹はもう服を着ていて、お父さんは家にいません。

「あんたたち、いそいで！」お母さんがせかせます。「国境で事変が……」

私たちは森に走ります。お母さんは息が切れています。腕に弟を抱いているのに、私たちに弟を渡そうとはせず、ただただ、くり返しています。「遅れないでよ、頭を低くして……」

なぜか憶えているのは太陽の光がとてもまぶしかったことです。キラキラ、キラキラしていて、小鳥たちがさえずっていました。それと、耳をつんざくような飛行機の轟音。私は震えていましたが、それから、震えているのが恥ずかしくなりました。なぜって、アルカージイ・ガイダールの『チムール少年隊』の登場人物たちをいつも手本にしていたかったからです。それなのに、今、震えてるんです。弟を抱き上げて、あやしながら、口ずさみました。「若い娘だったころ……」『門番』という映画にそういう恋の歌があったのです。その歌をお母さんがよく唄っていて、その頃の私の気分と状態にぴったりだったのです。私は、恋をしてたんです。学問的なことや青少年の心理から言ってどうなのか知りませんが、私はいつも恋していました。一度に何人も好きだった時もありました。でも、その時は好きな人は一人でした。グライ守備隊のヴィーチャで、六年生でした。六年生のクラスと私たち五年生は同じ教室を使っていました。一列目は五年生、二列目は六年生でした。どうやって、うまいぐあいに授業をやったのか分かりません。私は勉強どころではありませんでした。ヴィーチャばっかり見てたのに、よく首がねじれなかったものです。

ヴィーチャの何もかも好きでした。背が低いことも(私にちょうどいいんです)、明るい空色の眼をしていることも(お父さんと同じです)、とてもいろんなことを知っていて、私のことを好きだと言ってたアリカ・ポドゥブニャクとまったく違うところも。ヴィーチャが特に好きだったのはジュール・ヴェルヌでした。それで、私は決定的に彼に首ったけになってしまいました。だって、ジュール・ヴェルヌが大好きだったんです。赤軍図書館にはヴェルヌ全集がそろっていて、まだ三年生の頃に全部読んでしまっていました。

森の中にどれだけじっとしていたか分かりません。爆撃の音がしなくなりました。しーんとなりました。女の人たちはほっと溜息をつきました。「味方の軍がやっつけたのよ」やがて飛行機の轟音がしてきて、私たちは通りにとびだしました。飛行機はどれも国境の方へ飛んでいます。「バンザーイ！」でも、その飛行機はどこかちがうんです。翼もちがうし、音も味方のとはちがう音です。これはドイツ軍の爆撃機だったのです。それは、後から後から、ゆっくりと、重たそうに飛んでいるのです。それがあまりに一杯に空をおおってしまってすきまもないほどです。数えてみても、分からなくなってしまいました。もっと後になって、戦争のニュース映画で同じ飛行機を見ましたが、ちがう印象でした。撮影は飛行の高さで行われていました。それを下の方から、木々の梢《こずえ》を通して、それも子供の眼で見た時は、これは無気味な光景でした。このたくさんの飛行機は後になっても何度も夢に見ました。ただ、夢はつづきがあって、その鉄の空全体が私の上におちてきて、私をギューっと押しつぶしてくるのです。眼を覚ますと冷汗をかいていて、またはげしい寒気《さむけ》が始まるのです。

誰かが空襲で橋が破壊されたと言ってました。私たちはびっくりしました。お父さんはどうなるんだろう？　お父さんは泳ぎ渡ってこれないわ、泳げないんだから。

今となっては正確にいえませんが、お父さんがかけつけてきて「お前たちはトラックで疎開だよ」と言ったのを憶えています。写真がたくさん貼ってある厚いアルバムと、暖かい綿入れのふとんをお母さんに渡しました。「子供たちをくるんでやってくれ、風が通るから」身分証明書もなく、パスポートも一銭のお金もありません。持っていたのはお母さんが休日用に作っておいたおナベ一杯のメンチカツと弟の靴が一足あるきりでした。こうして着のみ着のまま疎開となったのです。

駅まではすぐでしたが、駅ではずいぶん待ちました。何もかもが震え、とどろいていました。電気が切れて、新聞紙や色々な紙を燃やしはじめました。ランプが見つかりました。ランプの灯りで、座っている人々の影が壁や天井に大きく映ります。ここでまた私の空想がそそられ、ドイツ軍は城壁の中にいて、味方の者たちは捕虜になっているような気がします。私は、拷問に耐えられるかどうか試してみようと決心しました。指をひきだしの間にはさんで押さえてみました。痛さで悲鳴をあげたのでお母さんはびっくりしました。

「どうしたの？」

「訊問されて拷問に耐えられないんじゃないかと心配なの」

「何言ってるの、おばかさんね。訊問だなんて、わが軍がドイツを入れやしないわよ」

お母さんは私の頭をなでて、頭のてっぺんにキスしました。

輸送隊はずーっと空襲の危険にさらされながら進みました。爆撃が始まるやいなや、お母さんが私たちの上に身をふせます。「殺されるなら皆一緒よ、でなければ私一人を……」

私が初めて死人を見たのは幼い男の子です。その子は仰向《あおむ》けに転がっていました。私はその子を起こそうとしました。生きていないということが理解できなかったのです。私はお砂糖をひと切れ持っていて、その子が起き上がればと、その砂糖をあげようとしたのです。でも、起き上がりませんでした。私は妹と二人で泣きました。

空襲の時、妹は私にささやくのです。「爆撃をやめてくれたら、お母さんの言いつけをよく守る子になるわ。いつも言うことをきくわ」そして、本当に、戦争が終わってから夕マーラはとても言うことをきく子になりました。お母さんは「戦前はこの子はいたずらっ子だと思われていたのにねぇ」と言ったものです。一番下の弟トーリクは……戦前にもう上手に歩けたし、しゃべれました。ところが、しゃべらなくなったのです。しょっちゅう頭をかかえるようにするんです。妹の髪が白髪になっていくのも眼にしました。妹は髪が黒いのに、それが白くなってきたのです。数日のうちに……一晩のうちに……

列車が出発しました。タマーラは？　車内にいないんです。見ると、タマーラが矢車草の花束をもって汽車のあとを走ってるんです。そこは広い畑で、小麦は私たちの背丈よりも高く、それにまじって矢車草が咲いているんです。その時のタマーラが今でも眼に浮かびます。黒いつぶらな眼を一杯に開いて走ってるんです。黙って。「お母さん」と叫ぶこともしないんです。ただ走ってるんです。声も出さずに。

お母さんは狂ったようになっていました。走っている汽車から跳び下りんばかりです。私はトーリクをおさえていて、二人で泣き叫んでいます。この時兵隊さんが来ました。お母さんを戸口からつきのけると、とび降りてタマーラをつかまえて、ひょいと汽車に放り込みました。朝になって、タマーラの髪が白くなってしまっているのに気づいたんです。何日間かはタマーラに何も言わず、鏡も隠しておいたのですが、ある時、他の人の鏡を偶然見て、妹は泣きだしました。

「お母さん、あたし、おばあちゃんになっちゃったの？」

お母さんはなぐさめて言いました。

「短く切ってあげようね。黒いのが生えてくるわ」

このことがあってから、お母さんはこう言いました。

「もうだめよ。列車からはどこにも行かないこと。殺すとなったら殺すわよ。生き残れたら、運がいいってことね」

「敵機来襲！　全員下車！」という声がかかる時は、お母さんは私たちをマットの下につっこんで、お母さんを降ろしに来る人には「子供たちがどこかいってしまって、私はここにいなければならないの」と言ったものです。

お母さんはよく「運命」という不思議な言葉を使ったんです。私はなんとかその意味をきこうとしました。「『運命』ってなぁに？　神様のこと？」

「いいえ、神様じゃないの。神は信じていないわ。運命というのは、人生の筋道のことよ」とお母さんは答えました。「私はいつも、あんたたちの運命を信じていたわ」

空襲の時、私はとても怖がっていました。そのあと、シベリアにいた時は、もう自分の臆病さを憎んでいました。ある時、お母さんがお父さんに書いた手紙をちらっと見てしまったことがあります。私たち子供も生まれて初めての手紙を書くようになっていましたから、お母さんはどんなことを書くんだろうってのぞくことにしたんです。お母さんがちょうどその時書いていたのは、タマーラは空襲の間、黙りこくっているけれど、ワーリャは泣いて、怖がっているということでした。私にはこれで十分でした。一九四四年の春、お父さんがやってきた時、お父さんに眼を上げられませんでした。恥ずかしかったのです。でも、お父さんに会えた時のことはまたあとで話します。その前にまだたくさんあるんです。お父さんに会うことはずーっと長いこと私たちの夢でした。

夜の空襲を憶えています。普通は、夜には空襲がなくて、汽車はスピードを出していました。ところが突然、夜の空襲です。弾丸が列車の屋根にビシビシあたる音。飛行機のうなる音、飛び過ぎる弾丸のきらめく光の筋。きれいで、花火のようです。私のすぐそばにいた女の人が殺されました。その人は倒れません。倒れるところがないんです。車両は人々で一杯です。女の人がぜいぜい言っていて、その血が私の顔にだらだら流れてきます。暖かでベトベトしているんです。やがて、私のシャツもパンツも血でビショビショになってしまいました。お母さんが、私にさわってみて「ワーリャ、あんたがやられたの？」と叫んだ時、私は何も言えませんでした。

このあと、私の中で何か変化が起きたのです。震えなくなりました。どうでも良かったのです。怖くもないし、痛くもない、哀れでもありません。何か惚《ぼ》けてしまって、無《む》頓着《とんちゃく》になったのです。そのあとは、怖いとか、何かを怖がったとかいう記憶が抜け落ちてしまいました。

ウラルにはすぐに着いたわけではありません。サラトフ州のバランダ村にしばらくの間泊まっていました。そこに着いたのは夕方で、私たちは眠りにつきました。朝、六時に、牛追いたちが鞭でヒューっという音を立てたとき、女の人たちは飛び起きて、自分の子供たちをひっかかえると大声で泣き叫びながら通りにとび出しました。「射殺される！」そうして、村長さんが来て、これは牛追いが雌牛を追い出している鞭の音だと言うまで、泣きわめいていました。そう言われてやっと我に返りました。

しーんとしていましたが、私たちはいつも恐れていました。揚水ポンプがうなり始めると弟のトーリクは震えはじめたものです。一秒たりともそばから離してくれません、トーリクが眠ればやっと弟をおいて外に出られるのです。お母さんが私たちを連れて、軍指令部に出かけました。お父さんのことをきいたり、当座のお金をもらうためです。徴兵指令官は聞きました。「ご主人が赤軍の指令官だと証明する書類を見せなさい」

証明書は持っていませんでした。あったのはお父さんの写真だけです。その人は写真を受け取ると疑っているんです。

「でも、あなたのご主人の写真じゃないかもしれない。どうやって証明します？」

トーリクは、その人が写真をもっていて返そうとしないので「お父さんを返せ」と言いました。その人は笑い出しました。

「この証明は信じないわけにいかないいな」

わずかなお金とフェルトの靴を一足くれました。

タマーラの髪はまだらになっていました。お母さんが髪を切ってやったのです。毎朝、皆で調べました。新しく生えてくるのは黒いのか、白髪かって。弟はタマーラをなぐさめました。「泣くなよ、トーマ、泣くなよ、ね」それでも白髪が生えてきました。男の子たちはタマーラをからかうし、タマーラは決してスカーフをとりませんでした、授業中にもです。

学校から帰ったら、家にトーリクがいません。お母さんの仕事場にかけつけました。

「トーリクがいない！」

「トーリクは病院なの」

……妹と二人で青い花輪と弟の水兵の制服を運んでいきました。私たちと並んでお母さんが歩いていました。お母さんからトーリクは死んだのだと知らされました。お母さんは死体安置室の入口に立ち止まってその中に入ることができません。私一人が入って、すぐトーリクが分かりました。裸で横たわっています。一滴の涙も出ず、何も感じなくなっていました。

お父さんの手紙がシベリアでやっと追いつきました。お母さんは一晩中泣いていました。ひとり息子が死んだと、どうお父さんに知らせたらいいのでしょう。朝になって、三人で郵便局に電報を持っていきました。「女の子たちは無事」これで、トーリクはもういないと分かったのです。お父さんあての手紙を書くようになりました。私の友達の女の子は、お父さんが戦死していて、私は手紙のおしまいにいつもこう書きました。

「私の友達のラーラからもよろしくって」皆、お父さんが欲しかったのです。

やがて、お父さんから手紙がきました。特別の任務をうけて後方に長いこといて、病気になった。野戦病院で、お父さんを治すことができるのは家族だけだ、身内の人に会ったらよくなるでしょう、と言われたということでした。

お父さんを待ちわびました。外でお父さんの声がしていたのですが、さっぱりわかりません。「これが本当にお父さん？」お父さんに会えるなんて信じられません、お父さんを忘れてしまっていました。お父さんを待つ習慣がついてしまったのです。その日、学校の授業はできませんでした。皆がお父さんを見に来たんです。「行方不明者」と言われたのに帰ってきた最初のお父さんだったのです。私と妹はそのあと二日間、まだ学校に行きませんでした。あとからあとから人々がやって来て、何かきいてはメモをとっていくのです。「どんなお父さん？」うちのお父さんは、特別な運命の人でした。パルチザンでソ連邦英雄です。

お父さんは、前にトーリクがそうだったみたいに一人になりたがらず、どこへ行くにも私を連れて行きました。パルチザンが近づいていった時のことをお父さんが話しているのを聞いたことがあります。「皆がつったって見ていた。足元の掘り起こしたばかりの土がもぞもぞ動いた。村から男の子が走って来て、『村の人は皆、銃殺されて埋められたんだ』と泣いていた」と。

お父さんがふり返ると、私は倒れそうになっていました。その後、私たちがいるところでは、決してお母さんと戦争の話をしませんでした。

戦争のことはあまり話しませんでした。一つだけ、私と妹に長くのこっていた戦争の後遺症、これは人形を買うことです。戦争中、人形は持っていませんでした。大学に通っていた頃、妹は一番いい贈物はお人形だと知っていました。自分たちの子供たちが育っていって、その子たちに人形をプレゼントしました。誰にもかれにもお人形をプレゼントしました。

先に亡くなったのはあのすばらしいお母さんです。それからお父さんも亡くなりました。そこで実感したんです。私たちはあの時期の、あの地方の生き残りの最後だって自覚したんです。今、私たちは語らなければなりません。

最後の生き証人です……。

訳者あとがき

白ロシア〔ベラルーシ〕の子供たち一〇一人の証言を集めたこの作品は、作者のスヴェトラーナ・アレクシエーヴィチが発表することができた二冊目の本で、原題は『最後の生き証人』という。アレクシエーヴィチの存在を私が初めて知ることになった一九八七年の「コムソモールスカヤ・プラウダ」紙のインタビュー記事で彼女は記者にこう語っている。「自分とは違った感じ方をする人たちがいる、若い世代は別の感じ方を持っているんだと気づいたことがあります。大祖国戦争の映画を見てアイスクリームを平気でぺろぺろなめて友達とおしゃべりしている女の子がいたのです。社会はいろいろな世代の体験が重なり合った層になっているので、それぞれの世代にとっての真実があることを認め、異なる感覚の人々がお互いの声をきこうとする態度がなければならないと思います。その女の子の中では残虐なものに反応すまいとする生理的防衛本能が働いていたのかもしれませんが、他人の痛みを共有するところがないのが私を不安にさせました。自分が書く本は映画を見て泣いていた中年婦人ではなくアイスクリームをなめていた女の子が読んでくれるものでなければ」と。旧ソ連のペレストロイカ政策でやっと一九八五年に雑誌『オクチャーブリ(十月革命の十月の意)』誌に発表されたあともこの作品は単行本で何度も版を重ねてきた。

一九四一年にナチス・ドイツの侵攻を受けたソ連の西北部国境の白ロシアでは数百の村々で、村人全部が納屋に閉じこめられ、老人から赤ん坊まで焼き殺された(この大戦で白ロシアがナチス・ドイツに占領され、白ロシアだけで六二八の村が住民と共に焼き払われ[『大ソヴィエト百科事典』一九九〇年版]、人口の四分の一を失ったことは日本の百科事典にも外務省のベラルーシ記述にも記載がない!)。そうした体験をもつソ連では戦争物の記録文学や回想記など、勇ましく祖国を守って戦う戦士たちの物語や数字で被害を書き立てたものしかなかった。しかし、戦争体験談を取材に行ったアレクシエーヴィチは男たちの話より取材に居合わせた女性たちの体験談の方がもっと人間くさく、聴く者の心に入ってくると感じた。本に書いてあること、公認の情報と現実のズレを常々感じていた彼女は、戦時の現実をよりリアルに伝えるのは女性たちの話だと、取材対象を女性に絞った。そうして書かれたのが彼女の最初の本『戦争は女の顔をしていない』(一九八四年)だった。狙撃兵をはじめ様々な部隊で戦闘に参加した女性たちの他に、眠る間もなく負傷兵の手当をする看護婦、朝から晩まで釜のそばを離れられない食事係、通信兵、洗濯女とそれまでの戦争物には登場しなかった女性たちの聞き書きだ。取材に応じた女性たちさえその本について「こんな話を本に書くなんて! 勇ましさが足りない」と不満を述べたそうだが、これまで書かれなかった普通の人の正直な告白は、同じ体験をした全ソ連の女性たちを初め、多くの読者を得て、映画や劇にもなり全国で知られることとなった。その取材中に、アレクシエーヴィチは大人とはまた違った位置から戦争を見つめていた子供たちの眼に気づく。子供の時の記憶はもっと繊細で鋭く耳をつんざく悲鳴のようだった。子供たちの戦争体験を伝えなければならないと感じた彼女は、ナチス・ドイツの白ロシア侵攻当時、〇歳から十四歳の子供だった人たちを「戦争孤児のクラブ」、「孤児院育ちの人々の会」などで次々たどって行き、子供の眼に映った戦争を記録した(一九八三年から一九八五年)。「記録といっても写真でも修正可能だし(スターリン時代の記録写真でも不要な人物の像を消すなど)、その時代時代の解釈にあわせて歴史記述が書き換えられる以上、〈事実〉の盲信は危険だ」とアレクシエーヴィチは言う。そこで、できるだけ多様な証言を集めその時代をそのままに記録することにし、二〇〇人以上を取材した中から、生きとし生けるものすべての痛みを受け止めるその感性でこの本に登場する人たちのエピソードを選んだ。

爆弾が落ちるところを見たくて怖がりながらも、ひっかぶったオーバーのボタン穴から覗いてみたインナ、いつもと違った長いキスをするお父さんにただならぬ事態を感じ取ったジェーニャ、避難していく汽車から降りて矢車草を摘んでいるうちに急に走り出した列車を追いながら一晩で白髪になったタマーラ、疎開する乳牛たちの痛々しく張った乳を搾ってやるエフィム、この本にでてくる一〇一人の子供たちの感覚で受け止められた「戦中」を読むことで、この子供たちと一時を過ごし、国としては無くなってしまったがそのメンタリティが根強く残っているソヴィエト連邦の多くの人たち、そこに暮らして今は五十五歳から七十歳近くになるベラルーシの人たちの一人一人に心を寄せることはできないだろうか？　また、今も世界のあちこちで爆撃その他で平穏な日常を踏みにじられている子供たちがどんな思いでいるのか、その心の傷がどんな風に長く深く残っていくのかが推察できるのではなかろうか？

この本を訳したのは実は十年ほど前のことなのだが、そのあとで読んだ他の本（同じ著者の『亜鉛の少年たち（アフガン帰還兵の証言）』『死に魅入られた人びと』『チェルノブイリの祈り』や他の作家のチェチェン民族強制移住の物語、日本のソ連抑留経験者や大陸からの引き揚げ者の体験談、収容所列島関係のものも含めて）にでてくる地名や出来事が私の中で一〇一人の子供たちの証言に重なっていった。こうした証言を通して、おなじような体験を持った普通の人々が互いに出会える時が来ているのではないだろうか？

報道やメディアが今ほど発達していなかった頃には、住民の虐殺、一般市民の死が知らされれば衝撃は大きく、世界に知らしめることがこうした悲劇の再発を防ぐことになるのではという希望があった。ところが、戦中の体験談がいくら書かれても、ユーゴスラヴィアの空爆、ロシアの南のチェチェンから追い立てられたチェチェン難民など、子供たちの日常に唐突に割り込んでくる戦争の暴力は相変わらず止まることがない。ソ連崩壊後に、次々に起きている旧ソ連の社会問題の陰に、第二次世界大戦中ナチス・ドイツの手で焼き払われた白ロシアの村々の子供たちの声はかき消されてしまいそうだ。旧ソ連圏への往来が格段に「自由になり」活発に海外にでてくるのは新生ロシアの若者たちであっても、この本の登場人物たちではない。自分の子供たちにも語らずに胸の内深くしまったままだったこの人たちの体験が、またもや聞き手にとどくことなく最終的に時代の隙間に消えていってしまうことになるのはあまりに口惜しい。「思い出したくないような辛い思いをした人たちが語りたがらないのをいいことに、加害者の方は自ら名乗り出ることもなく、すべてが忘却されてしまう時を待っている。そして加害者もまた年とともに消えていきつつある」とアレクシエーヴィチも証言者が消えていくことに危機感を抱いている。

一般の人々の体験を録音し、それをまとめるというアレクシエーヴィチの手法は私たちにとって格別新しくもなく、ソ連時代に書かれてきた他の戦争記録文学とは異なるにしても、明確に権力に対抗するとか無力な人々の正義に立とうとするというのでもない(「小さき人々、弱者が必ず正しい」というような「単純化」に彼女は反対する)。この作品の出版当時に入れることができなかった唯一のエピソードは、ナチスの手を逃れていく時、口減らしのために親に殺されそうになった一番下の女の子が「もうお腹がすいたって言わないからあたしを殺さないで」と懇願しているのを聴いてしまったその兄弟の話だけだそうだ。つまり、戦争といえば反ファシストの英雄的な戦いとして描くことしか認められなかった時期でもアレクシエーヴィチは具体的な個人個人を取材するという方法で、樹木や小鳥、草花や踏みつけられた大地の痛みを書き留め、その時その時に可能な限りのことをやってきた。具体的な個人個人を知ること、ひとまとめに括られることを拒んで、具体的な個人個人であり続けること、それは国際テロ対策(かの国の大統領の常套句)や暴力団対策として施行される(わが国の)通信傍受法など、包括的な市民生活の監視、「粛々と」進められている国民管理強化の中におかれつつある私たちにも大きな可能性が残されていることを示してはいないだろうか?

アレクシエーヴィチはこの作品の後も、自分の理解を現実に対して押しつけるのでなく、それまでもっていた価値観が根底から覆されることまでも受け入れ、『亜鉛の少年たち(アフガン帰還兵の証言)』(一九八九年)、『死に魅入られた人びと』(一九九三年)、『チェルノブイリの祈り』(一九九七年)と、次々に新しいテーマを通して、自分が生きている時代を理解しようとその試みを続けている。

西暦二〇〇〇年の猛暑の八月、日本を訪れた彼女は「重たいハードな内容の著作から、もっと深刻な暗い感じの人を想像していた」と日本人に言われて、「みんな、私が軍服でも着てると思ったのかしら」といたずらっぽく笑った。「今、ベラルーシでは政府に対する反対派が忽然《こつぜん》と行方不明になったりしている。自分も危ないとは言われているが、こちらが臆病風を吹かせなければ手を出されない」と言う彼女に、どこの党派という立場はない。この二十年間の著作活動で、自分をごまかすことなく、定まらない居心地の悪さを持ちこたえ、解答の得られない疑問を持続すること、これがアレクシエーヴィチの強みといえるかもしれない。

一つ一つのエピソードは短く、本のどの部分から読んでも構わない(著者の了解を得てこの日本語版では章立てを設けて並べ方を変えている)。一〇一人の子供たちの話を聞いて、あの国に一〇一人の知り合いができたように感じていただけることを祈り、どこかの国の人々のことを自分のことのように気遣《きづか》うことができるというその感覚が、次々繰り出されてくる軍事的な暴力に対する、確実で最終的な歯止めになることを静かに念じている。

翻訳のテキストには初出の『オクチャーブリ』誌版を用い、単行本で追加されたものを加えた。

終わりに、長いこと日本で日の目を見ることがなかったこの「子供たちの証言」のことを知って子供たちに心を寄せ、これが読者の手に届くことを願って本の運命を気遣い、挫《くじ》けそうになる私を励ましてくれた友人たち、そして、出版を快諾してくださった群像社の島田さんに深く感謝申し上げます。

解説　小さな者たちが語り始める
——トラウマとユートピア

沼野充義

二〇一五年度、ノーベル文学賞を贈られることになったスヴェトラーナ・アレクシエーヴィチはストックホルムでの受賞講演を、こんな言葉で始めた——「この壇上にいるのは私ひとりではありません……。声をあげてくれた何百人という人たちが私とともにここにいます」(沼野恭子訳)。これは単なる謙遜ではない。彼女は旧ソ連圏の普通の「小さな人々」を対象に、長年地道なインタビューを重ね、それを本にまとめてきた。これらの著作から立ち上ってくるのは、まさに何百、何千人もの、苦しみ、愛し、生きて、死んだ人たちの声である。その壮大な合唱は、読む者を——いや、聴く者を——圧倒する。ノーベル賞委員会は授賞理由として、彼女の「多声的な著作」が「現代の苦悩と勇気の記念碑」になっていることを挙げた。

この授賞は、二つの意味で画期的なものだった。第一に、ベラルーシの作家が賞を受けるのは史上初めてのことだ。アレクシエーヴィチは一九四八年に旧ソ連のウクライナに生まれた。父親はベラルーシ人、母親はウクライナ人。ベラルーシ国立大学ジャーナリズム学科に学び、卒業後はベラルーシでジャーナリストとして仕事を始めた。そして二〇〇〇年代初頭から一〇年あまり、ルカシェンコ政権の迫害を逃れて半ば亡命するように外国に出て西側を転々としていたものの、二〇一〇年代初頭には祖国に戻り、現在は首都ミンスクに住んでいる。しかし、執筆に使うのはロシア語である。こうして見ると、多民族国家ソ連ならではの複雑な出自だが、旧ソ連ではこれは——特にウクライナ、ベラルーシ、ロシアは言語的にも、民族的にも互いに近いので——ごく普通のことだった。その意味でアレクシエーヴィチは、ベラルーシ人であると同時に、崩壊してしまった巨大なユートピア実験の場、多民族国家ソ連でなければ生み出されなかったという意味でソ連人でもあり、さらに言えば、国境を超える「ロシア語によって書かれた文学」を共通の家とする住人でもある。

もう一つ画期的だったのは、これが「ジャーナリスト」への授賞であったということだ。ノーベル賞委員会は、彼女に賞を贈ることによって、重要な一歩を踏み出した。文学は面白おかしい架空の物語や華麗な詩だけではない、アレクシエーヴィチがジャーナリストとして書いてきた「記録」(ドキュメンタリー)もまた本物の文学なのだという見識を示すことによって、既成の文学の枠組みを広げたからである。

アレクシエーヴィチはこれまでの自分の著作をすべてまとめて、「ユートピアの声」五部作をなすものとしている。順番に振り返っておこう。

その名前を一躍知らしめることになった最初の著作は、第二次世界大戦に従軍したソ連の女性兵士たちに取材した『戦争は女の顔をしていない』(三浦みどり訳、岩波現代文庫所収)。一九八三年に書かれたものだが、単行本として世に出るまでには二年かかった。著者はこの本でソ連女性の栄誉を汚したとか、英雄的に戦ったソ連人を侮辱する軟弱な平和主義者だとか、体制側からさんざん非難されたが、折しも当時展開し始めた「ペレストロイカ」の波の中で社会に歓迎され、数年の間に二〇〇万もの読者を獲得した。どうしてこの本にそれほど大きな社会的反響があったかというと、ソ連では一〇〇万人を超える女性たちが兵士として男と同じように戦場で戦い、悲惨な経験をしたにもかかわらず、戦後になるとそのことが忘れられ、戦争の勝利はもっぱら男たちの手柄とされ(「男たちが女たちから勝利を盗んだ」)、かつて前線で戦った女たちはむしろその過去を隠して生きなければならなかったからだ。

二冊目の著作である本書『ボタン穴から見た戦争』(原題『最後の証人たち』、原著一九八五年)では、今度は、同じ第二次世界大戦を、当時小さな子供であった一〇一人の過酷な経験を通じて描きだした。三冊目の著書『アフガン帰還兵の証言』(原題『亜鉛の少年たち』、原著一九八九年。邦訳は三浦みどり訳、日本経済新聞社)では、過去の戦争から現代の戦争に視線を転じて、一九七〇年代末から八〇年代末のソ連の「アフガニスタン侵攻」を主題にした。ここでもアレクシエーヴィチは、アフガン帰還兵や、この戦争で息子を失った母などとのインタビューを通じて、戦争の残虐な実態を生々しく再現するとともに、それが「正義のための戦争」などではなかったことを明らかにしたが、出版後、帰還兵や母親たちから訴えられる事態になった。こういった人たちはいったん取材に応じたものの、その後、彼女が書いたものを読んで侮辱されたと感じたのだという。なお、この作品の奇妙な原題は、元の人間の形をとどめない無残な遺体を密封した亜鉛製の棺を念頭に置いたものだ。兵士の多くはそんな形でしか祖国に帰ることができなかったのである。

次の作品『死に魅入られた人びと』(原著一九九三年。邦訳は松本妙子訳、群像社)はさらに取材が困難な対象を扱った。一九九一年のソ連崩壊後、価値観のよりどころを失って自殺を考えた人々である。実際、この時期にソ連では自殺者が急増した。この著作のかなりの部分は改稿のうえ、後に『セカンドハンドの時代』に取り込まれることになった。おそらくそのためだろうか、アレクシエーヴィチは現在、この本を独立した著作とは見なしておらず、「ユートピアの声」五部作にもこの作品は数えられていない。

そして国際的にもっとも大きな反響を呼んだのが、その次の『チェルノブイリの祈り』(原著一九九七年。邦訳は松本妙子訳、岩波現代文庫所収)である。ここでアレクシエーヴィチは原発事故を題材としながら、事故の原因の究明や責任の糾弾には向かわず、あくまでも被災者に寄り添い、ひたすら「人々の気持ちを再現」しようと努める。著者が静かで決然たるまなざしで見つめ続けるのは、惨事そのものというよりは――あたかも第三次世界大戦を経て、地上のすべてが別の次元に入ってしまったかのような――事故後の世界で、苦しみ続ける人々の姿だった。アレクシエーヴィチは事故後一〇年をかけてこの本をまとめた。だとすれば、日本でも福島について本格的な本が書かれるのは、まだこれから先のことだろう。日本のジャーナリストたちよ、粘り強く彼女に続いてほしい。福島はまだ終わっていない。

そして最新作が、二〇一三年に出版された大作『セカンドハンドの時代』(邦訳は松本妙子訳、岩波書店より近刊予定)である。これはソ連という破綻した「ユートピアの声」を記録しようという一連の仕事を総括するもので、一九九一年のソ連崩壊から、二〇一二年に至るポスト・ソ連の時期を生きた人々の声と気持ちを掬い上げた。「ユートピアの声」五部作はこれをもって完結する。

取材の方法と姿勢はこれらすべての著作で、驚くほど一貫している。時間をかけて、口を閉ざそうとする数百人の人々の心を開き、世の中から隠れるように生きている「小さな人々」の声を聞きとり、それを渾然とした声の壮大な織物にまとめていく。その際、自分の余計な解説や感想や評価はほとんど加えない。ここで著者の役割は、音楽の分野にたとえるならば、作曲家ではなく、指揮者に近いと言えるだろうか。しかも、団員たちはてんでんばらばらなソロばかり。容易には調和に導けないのだ。この手法では一冊まとめるのに何年もかかるので、流行作家のように量産はできない。実際三〇年以上かけて彼女が書き上げたのは、この五部作だけと言っていい。しかし、なんと重みのある著作だろうか。

本書『ボタン穴から見た戦争』のタイトルは、空爆のときに頭からすっぽりかぶったオーバーのボタン穴を通して爆弾が落ちる様子を見ていたという少女の言葉から取られているが、ロシア語の原題は『最後の証人たち』といい、最初は「子供ならざる者たちの物語の書」という副題がついていた。ここでは一〇一の戦争体験談が、戦争当時幼い子供であった人たちによって語られている。

アレクシエーヴィチの登場人物は、歴史的偉人でもなければ、有名人でもない、言わばただの人たち、「小さな人々」だが、この本の主人公は文字通りの意味で「小さな」子供たちである。子供たちは普通、自分の経験を組織立てて語るような「大人の言葉」を持っていない。しかも、彼らはみな、親や兄弟姉妹を殺されたり、家を焼かれたり、爆弾や銃撃の恐怖におびえたり、飢餓に苦しめられたり、といったすさまじい経験を生き延びてきた。じつはベラルーシは旧ソ連の中でも第二次世界大戦中に最大級の被害を受けた地域であり、多くの住民がナチスドイツの特別行動部隊によって虐殺され、村という村が焼き払われ、壊滅させられた。

このような戦争を生き延びた子供たちの心的外傷(トラウマ)は、想像を絶するほど深いものだろう。トラウマによって封印された記憶の扉を開くのは、難しい。多くの者たちが、いまさら思い出したくない、話すのは辛いというのにもかかわらず、アレクシエーヴィチは驚くべき鮮烈な経験談を引き出していく——まるで、四〇年もの歳月を超えて、直接魂の中に焼き付いた映像をそのまま引っ張り出してくるかのように。

ただし、その結果得られた「物語」は、理路整然としたものでもなければ、時間軸に沿ってきちんと歴史を記述するものでもない。また子供たちの視点による語りなので、当然とも言えるが、戦争を歴史学的に解明しようとか、政治的に批判しようといった立場とも無縁である。ここに提示されたものは、極めて断片的で、瞬間の恐怖と啓示の閃きに満ちてはいるが、著作全体として調和した構造を持つようなものではない。むしろ断片の集積こそが、戦争という苛酷で化け物のように巨大な対象に対抗できる、人間的な唯一の手段であるかのようだ。これは戦争表象における、手法としての断片とでも呼ぶべきものではないだろうか。いや、これらの断片は、苛酷な運命にさらされて砕け散ったユートピアの夢のかけらのようなものではなかったか。しかもロシア出身の気鋭の文化人類学者、セルゲイ・ウシャーキンが指摘するように、この本の語りから証言者は伝記的細部を省かれ、名前と現在の職業と当時の(正確にはいつの時点のかはわからない)年齢で示されるだけである。その結果、これら様々な「ユートピアの声」は、統一された一つの「合唱」に溶け合うことはない。アレクシエーヴィチが後にこの作品の副題を「子供の声のための独唱曲」と変更したのも、おそらくそのためではないか、とウシャーキンは推測している。

本訳書では、原書の「証言」の配列を全面的に変えて、テーマ別に分類して提示している。これはあまりにもばらばらで、混乱した寄せ集めに見える原書を、日本の読者に理解しやすくするために必要な一種の「編集」だったが、アレクシエーヴィチの本来の意図は、戦争から整然とした物語＝ヒストリーを作り出してしまうことに抗することだったのではないか。それは、アレクシエーヴィチが一見ばらばらに見える構成だが、決して無作為というわけでもない。それは、アレクシエーヴィチが自分の作品に後からかなり手を加え続けていることからも分かるだろう。本訳書は基本的には一九八五年の雑誌初出に基づいており、その後の改訂を経た現在の版では、一〇一話という数は変わらないものの、内容にかなりの入れ替えや書き足しが見られるうえに、証言者の年齢まで微妙に変化しているものがある。この著作が基本的には聞き書きの「ノンフィクション」であることには変わりはないが、聞き書きの成果をどのように提示するかはやはり、アレクシエーヴィチ独自の文学的な手法にかかっている。それは単なる事実の集積でもなければ、テープレコーダー的な正確な再現でもない。

アレクシエーヴィチがこういった著作で終始取り組んできたのは、壮大な共産主義ユートピア建設の夢を掲げたソ連という国家の歴史だった。ただし、それは歴史や政治について高所から論評することではない。彼女はいつでも市井の「小さな人々」に焦点を合わせる。そして彼らの声に自らを語らせるのだ。現代の世界はあまりに複雑になり、芸術はしばしばそれに対して無力だ。また芸術は嘘をつくことがある。しかし記録は嘘をつかない。複雑な現代世界の全体像を描くためには、記録こそが必要なものだ――これが彼女の信念である。

しかし、アレクシエーヴィチは歴史学からは断固として一線を画す。彼女に言わせれば、歴史学がドライなむき出しの事実を扱うものであるのに対して、自分が目指しているのは歴史学者が無視してきた、様々な「小さな人々」の「感情の歴史」なのだ。その際、手本としたのは、やはり集合的な声を集めるポリフォニックな手法で戦争の凄惨な体験を描き続けたベラルーシの小説家、アレーシ・アダモーヴィチだったという。

アレクシエーヴィチの歴史学批判は、現代の歴史学者たちに対して、少々不公平なものかもしれない。歴史学の分野でも、ソ連時代、特にスターリン時代の人々の「親密圏」に分け入り、プライベートな手紙や日記を発掘し、さらには聞き書き（いわゆる

「オーラル・ヒストリー」)の手法を通じて、社会史の隠された面を解き明かそうという試みが最近目立ってきている。もっと広い文脈で言えば、これはライフ・ストーリーやライフ・ヒストリーに焦点を合わせる、最近社会学を中心に活発になってきた新しい動きにも呼応するものだろう。こういった流れの中にある歴史家の著作としては、欧米ではシーラ・フィッツパトリックの研究書『毎日のスターリニズム――異常な時代の普通の暮らし』、ルイス・シーゲルボームとアンドレイ・ソコロフ共編による資料集『生き方としてのスターリニズム――記録文書で読む物語』、そして大規模な聞き書き調査に基づいたオーランドー・ファイジズによる大著『囁きと密告』(邦訳は染谷徹訳、白水社)などが続々に出ており、日本でも松井康浩による優れた研究書『スターリニズムの経験――市民の手紙・日記・回想録から』(岩波現代全書)がある。最近大きな話題になったアレクセイ・ユルチャクの『なくなってしまうまで、すべては永遠だった』という研究書も、ソ連後期の社会の日常感覚を文化人類学的に鮮やかに分析したもので、やはり普通の人々の言説や感覚を分析の対象としている。ある意味では、アレクシエーヴィチは、こういった歴史学・社会学の新しい流れと並走し、それを時に先導してきたとも言えるだろう。しかし、過去の個人文書を保存・分析しようという動きは現代のロシアの様々な文書館(アーカイヴ)でも活発になってきたが、そういった歴史研究が結局のところ、個人の記憶を利用しながら社会や政治のしくみを解明する方向に向かうのに対して、アレクシエーヴィチは、個人の気持ちの次元にとどまって、それに声を、言葉を与えようとする。その点ではやはりまぎれもない文学者なのである。

社会制度や政治を正面からは批判しないアレクシエーヴィチは、チェチェン戦争という禁断の領域に大胆に足を踏み入れたために謀殺された女性ジャーナリスト、アンナ・ポリトコフスカヤとはだいぶ違う。しかし、「小さな人々」に寄り添う彼女が、強権的な政治に対して批判的な存在にならざるを得ないのは当然のことだろう。

戦争と死のことばかり書いてきた。しかし、高所から歴史を論ずるのではなく、常に人々とともにある彼女は限りなく優しい。そう、戦争と死についてきちんと書くことこそが、平和と生のもっとも雄弁な擁護になるのだ。彼女が書いていることは、決して、私たちに無関係な遠い国の昔の話ではない。アレクシエーヴィチの本は、今の日本にこそ必要なものだ。

（ぬまの・みつよし　ロシア文学）

本書は二〇〇〇年一一月群像社より刊行された。その際、原著者の諒解のもと、日本語読者のための編集がなされた。現代文庫版は群像社のご厚意によりこれを底本として使用し、訳者の著作権継承者の諒解のもと一部文字づかい等表記を改めた。

なお本書には社会的差別にかかわる表現があるが、インタビューにもとづく翻訳作品であること、訳者が故人であることを考慮してそのままとした。

ボタン穴から見た戦争—白ロシアの子供たちの証言
スヴェトラーナ・アレクシエーヴィチ

2016年2月16日　第1刷発行
2022年5月25日　第7刷発行

訳　者　三浦《みうら》みどり

発行者　坂本政謙

発行所　株式会社　岩波書店
〒101-8002 東京都千代田区一ツ橋 2-5-5

案内 03-5210-4000　営業部 03-5210-4111
https://www.iwanami.co.jp/

印刷・精興社　製本・中永製本

ISBN 978-4-00-603296-8　Printed in Japan

岩波現代文庫創刊二〇年に際して

二一世紀が始まってからすでに二〇年が経とうとしています。この間のグローバル化の急激な進行は世界のあり方を大きく変えました。世界規模で経済や情報の結びつきが強まるとともに、国境を越えた人の移動は日常の光景となり、今やどこに住んでいても、私たちの暮らしは世界中の様々な出来事と無関係ではいられません。しかし、グローバル化の中で否応なくもたらされる「他者」との出会いや交流は、新たな文化や価値観だけではなく、摩擦や衝突、そしてしばしば憎悪までをも生み出しています。グローバル化にともなう副作用は、その恩恵を遥かにこえていると言わざるを得ません。

今私たちに求められているのは、国内、国外にかかわらず、異なる歴史や経験、文化を持つ「他者」と向き合い、よりよい関係を結び直してゆくための想像力、構想力ではないでしょうか。

新世紀の到来を目前にした二〇〇〇年一月に創刊された岩波現代文庫は、この二〇年を通して、哲学や歴史、経済、自然科学から、小説やエッセイ、ルポルタージュにいたるまで幅広いジャンルの書目を刊行してきました。一〇〇〇点を超える書目には、人類が直面してきた様々な課題と、試行錯誤の営みが刻まれています。読書を通した過去の「他者」との出会いから得られる知識や経験は、私たちがよりよい社会を作り上げてゆくために大きな示唆を与えてくれるはずです。

一冊の本が世界を変える大きな力を持つことを信じ、岩波現代文庫はこれからもさらなるラインナップの充実をめざしてゆきます。

（二〇二〇年一月）

S281
ゆびさきの宇宙
福島智・盲ろうを生きて
生井久美子

盲ろう者として幾多のバリアを突破してきた東大教授・福島智の生き方に魅せられたジャーナリストが密着、その軌跡と思想を語る。

S282
釜ケ崎と福音
―神は貧しく小さくされた者と共に―
本田哲郎

神の選びは社会的に貧しく小さくされた者の中にこそある！　釜ケ崎の労働者たちと共に二十年を過ごした神父の、実体験に基づく独自の聖書解釈。

S283
考古学で現代を見る
田中琢

新発掘で本当は何が「わかった」といえるか？　考古学とナショナリズムとの危うい関係とは？　発掘の楽しさと現代とのかかわりを語るエッセイ集。〈解説〉広瀬和雄

S284
家事の政治学
柏木博

急速に規格化・商品化が進む近代社会の軌跡と重なる「家事労働からの解放」の夢。家庭という空間と国家、性差、貧富などとの関わりを浮き彫りにする社会論。

S285
河合隼雄の読書人生
―深層意識への道―
河合隼雄

臨床心理学のパイオニアの人生に影響をおよぼした本とは？　読書を通して著者が自らの人生を振り返る、自伝でもある読書ガイド。〈解説〉河合俊雄

2022.5

岩波現代文庫［社会］

S286
平和は「退屈」ですか
―元ひめゆり学徒と若者たちの五〇〇日―
下嶋哲朗

沖縄戦の体験を、高校生と大学生が語り継ぐプロジェクトの試行錯誤の日々を描く。社会人となった若者たちに改めて取材した新稿を付す。

S287
野口体操入門
―からだからのメッセージ―
羽鳥操

「人間のからだの主体は脳でなく、体液である」という身体哲学をもとに生まれた野口体操。その理論と実践方法を多数の写真で解説。

S288
日本海軍はなぜ過ったか
―海軍反省会四〇〇時間の証言より―
澤地久枝
半藤一利
戸髙一成

勝算もなく、戦争へ突き進んでいったのはなぜか。「勢いに流されて――」。いま明かされる海軍トップエリートたちの生の声。肉声の証言がもたらした衝撃をめぐる白熱の議論。

S289-290
アジア・太平洋戦争史（上・下）
―同時代人はどう見ていたか―
山中恒

いったい何が自分を軍国少年に育て上げたのか。三〇年来の疑問を抱いて、戦時下の出版物を渉猟し書き下ろした、あの戦争の通史。

S291
戦下のレシピ
―太平洋戦争下の食を知る―
斎藤美奈子

十五年戦争下の婦人雑誌に掲載された料理記事を通して、銃後の暮らしや戦争について知るための「読めて使える」ガイドブック。文庫版では占領期の食糧事情について付記した。

岩波現代文庫[社会]

S292
食べかた上手だった日本人
—よみがえる昭和モダン時代の知恵—
魚柄仁之助

八〇年前の日本にあった、モダン食生活のユートピア。食料クライシスを生き抜くための知恵と技術を、大量の資料を駆使して復元！

S293
新版 報復ではなく和解を
—ヒロシマから世界へ—
秋葉忠利

長年、被爆者のメッセージを伝え、平和活動を続けてきた秋葉忠利氏の講演録。好評を博した旧版に三・一一以後の講演三本を加えた。

S294
新島襄
和田洋一

キリスト教を深く理解することで、日本の近代思想に大きな影響を与えた宗教家・教育家、新島襄の生涯と思想を理解するための最良の評伝。〈解説〉佐藤 優

S295
戦争は女の顔をしていない
スヴェトラーナ・アレクシエーヴィチ
三浦みどり訳

ソ連では第二次世界大戦で百万人をこえる女性が従軍した。その五百人以上にインタビューした、ノーベル文学賞作家のデビュー作にして主著。〈解説〉澤地久枝

S296
ボタン穴から見た戦争
—白ロシアの子供たちの証言—
スヴェトラーナ・アレクシエーヴィチ
三浦みどり訳

一九四一年にソ連白ロシアで十五歳以下の子供だった人たちに、約四十年後、戦争の記憶がどう刻まれているかをインタビューした戦争証言集。〈解説〉沼野充義

2022. 5

岩波現代文庫［社会］

S297
フードバンクという挑戦
―貧困と飽食のあいだで―
大原悦子

食べられるのに捨てられてゆく大量の食品。一方に、空腹に苦しむ人びと。両者をつなぐフードバンクの活動の、これまでとこれからを見つめる。

S298
い の ち の 旅
「水俣学」への軌跡
原田正純

水俣病公式確認から六〇年。人類の負の遺産「水俣」を将来に活かすべく水俣学を提唱した著者が、様々な出会いの中に見出した希望の原点とは。〈解説〉花田昌宣

S299
紙の建築 行動する
―建築家は社会のために何ができるか―
坂 茂

地震や水害が起きるたび、世界中の被災者のもとへ駆けつける建築家が、命を守る建築の誕生とその人道的な実践を語る。カラー写真多数。

S300
犬、そして猫が生きる力をくれた
―介助犬と人びとの新しい物語―
大塚敦子

保護された犬を受刑者が介助犬に育てるという米国での画期的な試みが始まって三〇年。保護猫が刑務所で受刑者と暮らし始めたこと、元受刑者のその後も活写する。

S301
沖縄 若夏の記憶
大石芳野

戦争や基地の悲劇を背負いながらも、豊かな風土に寄り添い独自の文化を育んできた沖縄。その魅力を撮りつづけてきた著者の、珠玉のフォトエッセイ。カラー写真多数。

S302
機会不平等
斎藤貴男

機会すら平等に与えられない〝新たな階級社会の現出〟を粘り強い取材で明らかにした衝撃の著作。最新事情をめぐる新章と、森永卓郎氏との対談を増補。

S303
私の沖縄現代史
―米軍支配時代を日本《ヤマト》で生きて―
新崎盛暉

敗戦から返還に至るまでの沖縄と日本の激動の同時代史を、自らの歩みと重ねて描く。日本〈ヤマト〉で「沖縄を生きた」半生の回顧録。岩波現代文庫オリジナル版。

S304
私の生きた証はどこにあるのか
―大人のための人生論―
H.S.クシュナー
松宮克昌訳

私の人生にはどんな意味があったのか？　人生の後半を迎え、空虚感に襲われる人々に旧約聖書の言葉などを引用し、悩みの解決法を提示。岩波現代文庫オリジナル版。

S305
戦後日本のジャズ文化
―映画・文学・アングラ―
マイク・モラスキー

占領軍とともに入ってきたジャズは、アメリカそのものだった！　映画、文学作品等の中のジャズを通して、戦後日本社会を読み解く。

S306
村山富市回顧録
薬師寺克行編

戦後五五年体制の一翼を担っていた日本社会党は、その誕生から常に抗争を内部にはらんでいた。その最後に立ち会った元首相が見たものは。

2022.5

S307
大逆事件
―死と生の群像―
田中伸尚

天皇制国家が生み出した最大の思想弾圧「大逆事件」。巻き込まれた人々の死と生を描き出し、近代史の暗部を現代に照らし出す。〈解説〉田中優子

S308
「どんぐりの家」のデッサン
漫画で障害者を描く
山本おさむ

かつて障害者を漫画で描くことはタブーだった。漫画家としての著者の経験から考えてきた、障害者を取り巻く状況を、創作過程の試行錯誤を交え、率直に語る。

S309
鎖塚
―自由民権と囚人労働の記録―
小池喜孝

北海道開拓のため無残な死を強いられた囚人たちの墓、鎖塚。犠牲者は誰か。なぜその地で死んだのか。日本近代の暗部をあばく迫力のドキュメント。〈解説〉色川大吉

S310
聞き書 野中広務回顧録
御厨貴
牧原出 編

二〇一八年一月に亡くなった、平成の政治をリードした野中広務氏が残したメッセージ。五五年体制が崩れていくときに自民党の中で野中氏が見ていたものは。〈解説〉中島岳志

S311
不敗のドキュメンタリー
―水俣を撮りつづけて―
土本典昭

『水俣―患者さんとその世界―』『医学としての水俣病』『不知火海』などの名作映画の作り手の思想と仕事が、精選した文章群から甦る。〈解説〉栗原彬

S312
増補 隔離
―故郷を追われたハンセン病者たち―
徳永進

らい予防法が廃止され、国の法的責任が明らかになった後も、ハンセン病隔離政策が終わり解決したわけではなかった。回復者たちの現在の声をも伝える増補版。〈解説〉宮坂道夫

S313
沖縄の歩み
国場幸太郎
新川明
鹿野政直 編

米軍占領下の沖縄で抵抗運動に献身した著者が、復帰直後に若い世代に向けてやさしく説き明かした沖縄通史。幻の名著がいま蘇る。〈解説〉新川明・鹿野政直

S314
ぼくたちはこうして学者になった
―脳・チンパンジー・人間―
松本元
松沢哲郎

「人間とは何か」を知ろうと、それぞれ新たな学問を切り拓いてきた二人は、どのような生い立ちや出会いを経て、何を学んだのか。

S315
ニクソンのアメリカ
―アメリカ第一主義の起源―
松尾文夫

白人中産層に徹底的に迎合する内政と、中国との和解を果たした外交。ニクソンのしたたかな論理に迫った名著を再編集した決定版。〈解説〉西山隆行

S316
負ける建築
隈研吾

コンクリートから木造へ。「勝つ建築」から「負ける建築」へ。新国立競技場の設計に携わった著者の、独自の建築哲学が窺える論集。

S317
全盲の弁護士　竹下義樹
小林照幸

視覚障害をものともせず、九度の挑戦を経て弁護士の夢をつかんだ男、竹下義樹。読む人の心を揺さぶる傑作ノンフィクション！

S318
一粒の柿の種 ―科学と文化を語る―
渡辺政隆

身の回りを科学の目で見れば…。その何と楽しいことか！　文学や漫画を科学の目で楽しむコツを披露。科学教育や疑似科学にも一言。〈解説〉最相葉月

S319
聞き書　緒方貞子回顧録
野林健・納家政嗣編

「人の命を助けること」、これに尽きます――。国連難民高等弁務官をつとめ、「人間の安全保障」を提起した緒方貞子。人生とともに、世界と日本を語る。〈解説〉中満泉

S320
「無罪」を見抜く ―裁判官・木谷明の生き方―
木谷明・山田隆司・嘉多山宗聞き手編

有罪率が高い日本の刑事裁判において、在職中いくつもの無罪判決を出し、その全てが確定した裁判官は、いかにして無罪を見抜いたのか。〈解説〉門野博

S321
聖路加病院　生と死の現場
早瀬圭一

医療と看護の原点を描いた『聖路加病院で働くということ』に、緩和ケア病棟での出会いと別れの新章を増補。〈解説〉山根基世

2022. 5

S322
菌世界紀行
―誰も知らないきのこを追って―
星野保

大の男が這いつくばって、世界中の寒冷地にきのこを探す。雪の下でしたたかに生きる菌たちの生態とともに綴る、とっておきの〈菌道中〉。〈解説〉渡邊十絲子

S323-324
キッシンジャー回想録 中国(上・下)
ヘンリー・A・キッシンジャー
塚越敏彦ほか訳

世界中に衝撃を与えた米中和解の立役者であるキッシンジャー。国際政治の現実と中国の論理を誰よりも知り尽くした彼が綴った、決定的「中国論」。〈解説〉松尾文夫

S325
井上ひさしの憲法指南
井上ひさし

「日本国憲法は最高の傑作」と語る井上ひさし。憲法の基本を分かりやすく説いたエッセイ、講演録を収めました。〈解説〉小森陽一

S326
増補版 日本レスリングの物語
柳澤健

草創期から現在まで、無数のドラマを描ききる日本レスリングの「正史」にしてエンターテインメント。〈解説〉夢枕獏

S327
抵抗の新聞人 桐生悠々
井出孫六

日米開戦前夜まで、反戦と不正追及の姿勢を貫きジャーナリズム史上に屹立する桐生悠々。その烈々たる生涯。巻末には五男による〈親子関係〉の回想文を収録。〈解説〉青木理

2022.5

S328
人は愛するに足り、真心は信ずるに足る
―アフガンとの約束―
中村 哲
澤地久枝(聞き手)

戦乱と劣悪な自然環境に苦しむアフガンで、人々の命を救うべく身命を賭して活動を続けた故・中村哲医師が熱い思いを語った貴重な記録。

S329
負け組のメディア史
―天下無敵 野依秀市伝―
佐藤卓己

明治末期から戦後にかけて「言論界の暴れん坊」の異名をとった男、野依秀市。忘れられた桁外れの鬼才に着目したメディア史を描く。〈解説〉平山 昇

S330
ヨーロッパ・コーリング・リターンズ
―社会・政治時評クロニクル 2014-2021―
ブレイディみかこ

人か資本か。優先順位を間違えた政治は希望を奪い貧困と分断を拡大させる。地べたから英国を読み解き日本を照らす、最新時評集。

S331
増補版 悪役レスラーは笑う
―「卑劣なジャップ」グレート東郷―
森 達也

第二次大戦後の米国プロレス界で「卑劣な日本人」を演じ、巨万の富を築いた伝説の悪役レスラーがいた。謎に満ちた男の素顔に迫る。

2022. 5